邵燕祥 著
萧跃华 编

昏昏灯火话平生

邵燕祥话旧文选

生活·讀書·新知三联书店 生活書店出版有限公司

图书在版编目（CIP）数据

昏昏灯火话平生 / 邵燕祥著 ; 萧跃华编 .—北京 :
生活书店出版有限公司 , 2019.4
ISBN 978-7-80768-282-0

Ⅰ . ①昏… Ⅱ . ①邵… ②萧… Ⅲ . ①散文集－中国
－当代 Ⅳ . ① I267

中国版本图书馆 CIP 数据核字 (2018) 第 300781 号

责任编辑　廉　勇
装帧设计　罗　洪
责任印制　常宁强
出版发行　生活書店出版有限公司
（北京市东城区美术馆东街 22 号）
邮　　编　100010
印　　刷　北京隆昌伟业印刷有限公司
版　　次　2019 年 4 月北京第 1 版
2019 年 4 月北京第 1 次印刷
开　　本　635 毫米 ×965 毫米 1/16　印张 25.5
字　　数　280 千字　图 22 幅
印　　数　0,001—8,000 册
定　　价　56.00 元
（印装查询：010-64052612；邮购查询：010-84010542）

作者近照

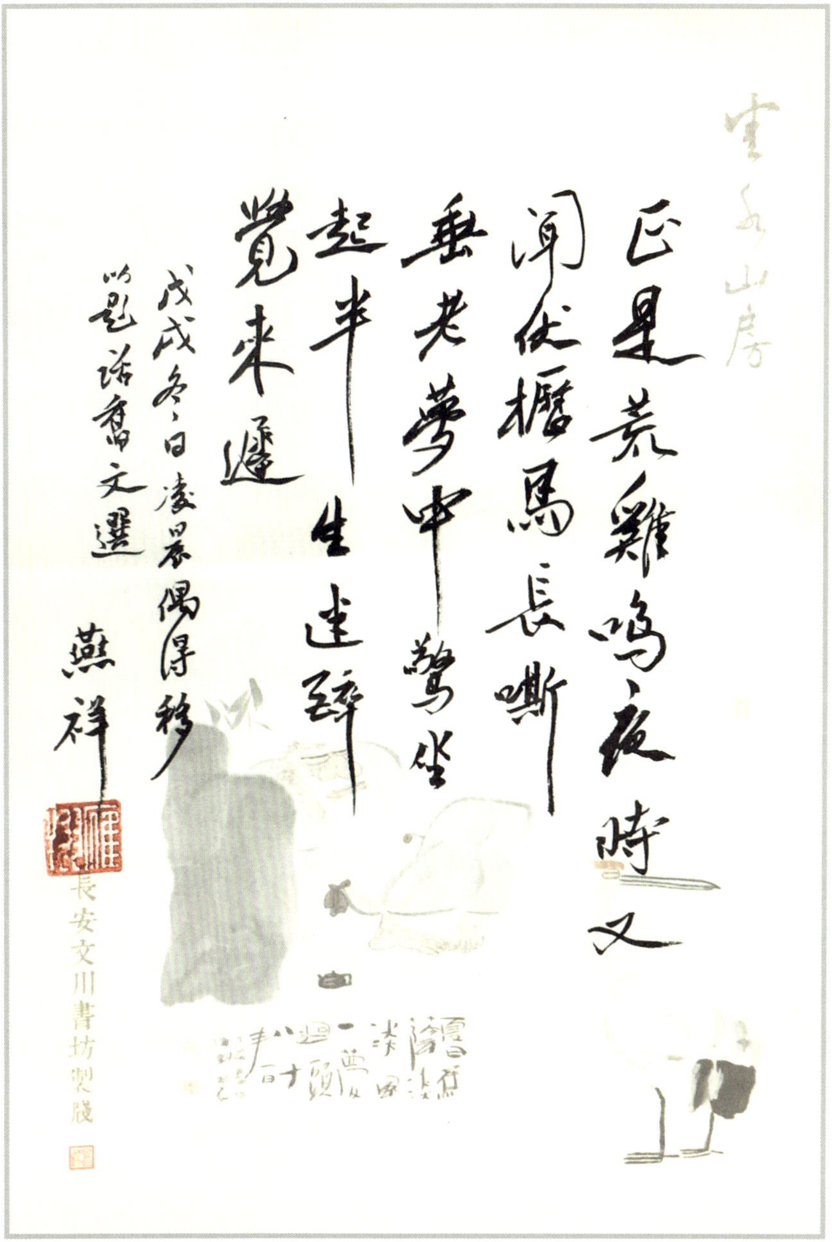

作者手迹

目 录

第二辑 伴我少年时

第三辑　我的第一个上级

第四辑 有轨电车

第五辑 北京的城墙

第六辑　今天里的昨天

第七辑　梦云游

第八辑　落叶也非无情物

记　忆

——代序

人类有记忆。一个民族共同的记忆是民族的历史。全世界人民共同的记忆是人类史。

忘记了历史的民族会遭到什么命运？

世界上总有一些人要掩盖或篡改历史。

幸耶不幸？我的记忆力逐渐减弱了，只有早年的记忆还算清楚。我生于一九三三年多难之年。懂事以后第一个本命年一九四五，抗日战争胜利和世界反法西斯战争胜利，与此相联系的是关于日寇侵华的记忆；第二个本命年一九五七，“十月革命”四十周年，印象最深的则是反右派斗争；第三个本命年一九六九，“九大”宣布“文革”要“争取更大的胜利”，地球上其他地方发生了什么已不甚了了……

这就是我的记忆，我的人生。

邵燕祥

一九九六年三月四日

附骥攀鸿不害羞

——《昏昏灯火话平生》缘起

邵燕祥先生是我十分敬重的文坛前辈，又与我高攀上的何满子、吴小如等先生谊兼师友，年龄上还是我的父辈（先母与先生同庚），这些都使我对先生怀有特别不一样的感情。当看到“岁历行开九秩新”的先生精力难以分身时，我就想力所能及地为他分担些“体力活”，但附骥攀鸿总是找不到合适的机会。

王平兄知我正在与先生合作“书话”——《邵书珍藏录》（二〇一四年五月九日开始连载于《文汇读书周报》），建议趁热打铁选编《邵燕祥年度文选》。时葛剑雄先生有签名题跋本《我们应有的反思》（样书，无版权页）相赠，体例恰是编年自选集，于是我向先生提出动议。先生说：“这个想法可先放一放。我的书你全有，你可考虑从中选编一本话旧类的书，书名暂叫《昏昏灯火话平生》，或可加个副题‘邵燕祥话旧文选（或话旧随笔）’。”

我根本不知道书名出自何处、自己能否胜任，就斗胆一口应承，幸亏有百度（尽管它的权威性需打折扣）帮忙，否则到哪里找王安石三十九岁大作《示长安君》：

少年离别意非轻，老去相逢亦怆情。

草草杯盘供笑语，昏昏灯火话平生。
自怜湖海三年隔，又作尘沙万里行。
欲问后期何日是，寄书应见雁南征。

王安石三年未见大妹王文淑（受封长安县君），匆忙一见又要远去万里外的辽国，兄妹聚少离多，无限伤怀。他将家庭生活琐节检点入诗，用质朴自然的语言来表达，成为其七律中的代表作。特别是“草草杯盘供笑语，昏昏灯火话平生”，被历代文人雅士广为引用。丰子恺先生就曾将这两句诗的意境引入漫画，成为他影响较大的画作之一。

先生记得这两句诗，也熟悉丰子恺先生这幅漫画。他喜欢寒夜围炉、篝灯坐对的天伦之乐，喜欢人世间最自然、最纯真的血缘亲情，喜欢生于斯、长于斯的北京，更不忘梦醒之后的痛定思痛，心有所得，付诸笔端，抉心自食，思想启蒙。我摊开先生公开出版的数十部大作，挑选录入话旧类文章标题，并逐篇计算字数，形成篇目送审。事后方知先生早有此意，文字上做过一些编排，后来“事多冗杂”搁置下来。我的主动请缨唤起了先生沉睡的记忆，但他有更重要更紧迫的写作任务，来邮件说：“现在从我的精力和手头的事情看来，只有请你偏劳了……请你来写序，我有三两句话请你写进去就行了。这本书的编选以你为主，参照我初始的想法和后来提供的篇目线索，取舍概由你定。”

我当面解释：“技有不及，力有不逮，不敢写序，怕自取其辱。”先生笑着说：“那就写缘起或小引吧。”

先生的许多散文、随笔、杂文都有涉及个人经历处，本书只选其话旧的单篇文章。其以忆旧为主题的成辑或成书的文字，如

《邵燕祥自述》及《沉船》《人生败笔》《找灵魂》《一个戴灰帽子的人》《我死过，我幸存，我作证》等“人生实录”，《旧时燕子》中的“断梦编年”“爱荷华札记”，以及大量的山水游记等均不入选。书以短文为主，三篇字数较多的话旧文：《与其说是关于鲁迅，毋宁说是关于自己的一些回忆》写于一九八三年二月十二日，近六千字，刊于《鲁迅研究月刊》，收入《热话冷说集》（宁夏人民出版社，一九九五年版）；《审诗》写于一九八六年七月一日，文长近万字，刊于同年《人民文学》八月号，收入《旧时燕子》（河北教育出版社，一九九七年版）；《城与年》写于一九九二年十一月，文长万余字，收入《乱花浅草》（山东画报出版社，一九九七年版），定稿时只好忍痛割爱。

本书收入先生话旧文一百零三篇。篇目根据内容自幼及长排列，个别时间跨度较大、内容前呼后应者取其大意，分辑其实并不十分严谨。书中二十一帧照片时间跨度数十年，可知光阴似箭、日月如梭。这个人类社会的永恒话题，庄子有“人生天地之间，若白驹之过隙，忽然而已”的浩叹，苏轼有“谁道人生无再少？门前流水尚能西！休将白发唱黄鸡”的旷达。先生呢？他有“假如生活重新开头”“明天比昨天更长久”的祝福。

如果读者有机会翻阅这部话旧文选，就会发现它好像是从上世纪四十年代到本世纪初断代史的一个小小缩影。先生历经抗日战争、解放战争、反胡风运动、反右派斗争、大跃进、三年困难时期、反右倾、“文化大革命”、改革开放。这八十多年不过是人类历史长河中的一瞬，但其起伏动荡、风云变幻之出人意表，恐怕即使“诗圣”杜甫身历的时代，也难以相提并论。“十年朝夕泪，衣袖不曾干。”杜甫不就经历了八个年头的“安史之乱”及两年多的外族入侵、蜀中大乱吗？他不用化名投稿（《化名》），担心“洗脚也会犯‘忌讳’”（《买脚盆的故事》），无须“在自己曾经为之奋斗的旗帜下，却像做贼一样，以无辜的罪人销毁无罪的罪证”（《焚稿忆旧》）……老杜颠沛流离、斯文扫地的程度，会比一千二百多年后的“胡风分子”“反动右派”“反革命分子”们还严重？历史是波浪式前进和螺旋式上升的，“今胜昔”或“今不如昔”总会隔三岔五地交替出现，哪个朝代哪个群体能跳出这个历史的逻辑？！

西汉辞赋家王褒曰：“夫蚊虻终日经营，不能越阶序；附骥尾则涉千里，攀鸿翮则翔四海。”我（“蚊虻”）懵里懵懂来当选家，自然难脱“附骥尾”“攀鸿翮”的干系。可扪心自问，我既没有“涉千里”“翔四海”的远大志向，更没有苏轼笔下苏州定慧院学佛者卓契顺“倘可以援明远例”的文苑留名，就是出于敬仰之情，想让先生腾出有限精力多写些东西，给历史留下更多的佐证和注脚，所以我十分乐意认领“附骥攀鸿”这个成语，而且并不觉得害羞。如果社会上多些像我这样的人，也许就会少一分对文化和文化人的鄙视，多一分对文化和文化人的敬重！

是为缘起。

萧跃华

二〇一六年八月二十五日

第一辑

童年的阳光

纸　窗

巴金回忆他战时在桂林漓江东岸寄寓朋友处的时候说，他渐渐地爱起这个小小的“家”来：“我爱木板的小房间，我爱镂花的糊纸窗户，我爱生满青苔的天井……”

在北京，糊窗户是用高丽纸，其次才是东昌纸、粉连纸。东汉蔡伦始造纸，然而据说明以后才有纸窗，一篇什么文章这么说，大意是窗牖洞开，于是才在床上张帏以避风。不算严格的考据，姑妄听之。

也许明清以后的人才用纸糊窗，也才领略此中的情趣。月明三五照着花影婆娑，这是温馨的；若是霜天冷月，把因风摇晃的枯枝的影子描在窗纸上，可就显得凄厉了。

儿时，四五岁，父亲在烟台，家中只有母亲带着我们三个孩子。一夜，有贼来，隔着窗纸索钱，月亮把那人的影子拓上窗纸，留下个恐怖的印象。后来读武侠小说，武侠从房檐倒挂下来，舔破窗纸，窥探室内，这场景遂仿佛不陌生，但我的同情，自然多半在武侠身上，而不在室中人了。

舔破窗纸，从屋里看院里的动静，不露痕迹；至于也有从窗外看窗里，用这个办法的，除了闹洞房，却都属于爬锁眼一流，是窥探意识的表现了。这是还不兴玻璃窗的年月的事吧，北京城里，从我记事起，不用说像样一点的房子都有玻璃窗——不过周围的窗棂糊上纸——就是大杂院的房子，窗户上也好歹嵌一块玻璃。

"隔着一层窗户纸——一捅就破"，这个歇后语，今天出生在公寓楼里只认得玻璃窗的孩子是缺少感性的体会了。

一九五一年春，我因公到北海前门西侧的团城上去拜访郑振铎先生，他当时是社会文化事业管理局（即文物局前身）的局长，这个局就在团城里办公。郑振铎的办公室是坐北朝南的一排平房。可能因为他的写字台临着纸窗，他兴致勃勃地说起纸窗的好处，最主要的是它不阻隔紫外线的照射。这位魁梧的因《取火者的逮捕》进入我童年精神世界的学者，转瞬成为古人。但每逢翻到《西谛书话》《绘图中国文学史》，我都想起他这一段谈话，心中浮现一方雕花的窗户，上面罩着雪白的窗纸，鲜亮的太阳光透过纸，变得柔和温煦，几乎可掬了。

郑振铎后半生在上海、北京，怕都没有更多亲近纸窗的机缘。终其一生，大概像梁思成先生有关城墙花园的遐想一样，不过是一个纸窗的梦而已。

一九八九年九月十一日

听耳鸣

这一则半新闻半广告的图片说明应该剪存：

> 图为由天津医学院第一附属医院和天津金山电子仪器厂技术人员共同研制的我国第一台耳鸣掩蔽器，填补了国内耳鸣医疗仪器的空白。这种RM系列耳鸣掩蔽器，不仅直接采用了声频共振的科学原理，而且开发出窄带噪声等当今治疗耳鸣的国际先进技术。中华医学会专家评议会和我国著名耳鼻喉专家姜泗长、顾瑞等对这种袖珍耳鸣掩蔽器给予了很高的评价。(《今晚报》一九八九年九月二十日)

不是为了什么“立此存照”之类的目的，而是准备什么时候耳鸣继续发展到非就医不可的时候，购买此类仪器的参考。

前几年曾经抱怨过住在可称闹市之区，日夜车声盈耳，设想有一种“塞听器”，像游泳时用来塞耳的橡皮耳塞那样，好一下子隔绝喧嚣，建议搞“小发明”的朋友朝这个方向动动脑筋，准有销路；因为生存环境本来偏窄，闹声超过分贝限制，不胜其苦的恐不止我一人。今春在美国跟居停主人说起，她说有这样的东西，要送我一副，我借住其家，已觉叨扰，连忙辞谢了。因知美国已有这样的产品，“美国的耳朵”对闻听宁静的要求获得了相应的服务。有一位华人小说家，用电脑研究《红楼梦》同时也写散文的陈炳藻先生，夜间稍有动静即失眠，所以搬到一个离城很远的郊区去住，距邻居农家尚有百米，偶有犬吠也只是遥闻，这当然是特殊的例子。而他并不能用塞听的仪器，因为听不到外界的声息后，心脏的搏动声就充斥耳间，同样睡不着觉。由此也可见工业社会如美国有它种种不利于健康、不利于精神安憩的后果，非药物、仪器所能疗救，如不是亲耳听说，也难以想象的。

比较起来，我们以“心远地自偏”来解脱人境车马喧，如同在没有冷气设备的盛夏以“心静自然凉”祛暑，倒真有点返璞归真的情趣了。

听一位访问过新疆高寒山区边防哨所的记者讲，那儿的战士常年不见人踪，除了几个战友外听不到任何属于人间的声响，寂寞万分，是以回到城市听听人们的言语声息，甚至市声车声为最大的愉快的。我虽未亲历其境，也能想象。这大概同《叶尔绍夫兄弟》中描写的斯捷潘，刑满回到正常社会时的感受差不多。人毕竟是社会动物，难怪说单身监禁是最重的刑罚之一。

耳之官则听。但平常比起别的“四官”来，远不如与眼睛以至眼睛相邻的眉毛那样受到诗人、作家的青睐。“满堂兮美人，忽独与余兮目成”（《楚辞·九歌·少司命》），从两千年前直到今天，地无分南北，眉目传情，何止亿万人次，连政治上的表态，也有“遥送秋波”之称。但耳朵也许不工于传递内心的感情，只收报而不发报，就只得甘当无名英雄了。

前几年读张学梦一首诗，写的是对着炉口的火焰产生的想象，实际可以叫作幻视。近又读牛汉为他在青海将出的一本诗集所写序言，说有一首题为《幻听》。然则幻视、幻听都有人写到了，唯独耳鸣似未经人道。

回想起来，我的耳鸣颇有年头了。还在我自以为耳聪目明的童年时代，每逢夜深人静，万籁俱寂，耳鼓内就有持久的蝉鸣，赓续不断，即使在白天，独处斗室，养病在床，或掩卷小休，四顾无人，也一样听到这不知来自哪里的金属音。只有当寂静打破，与人接谈，这声音才忽焉隐去。

近年发现在视茫茫的同时，听觉也遽减，还够不上聋，习称耳背，在不注意的时候，竟可以听而不闻。乐得耳根清净。但毕竟是老之已至了。平时倒无所谓，戒严期间，倘若踽踽而行，心有所思，不及旁骛，而置口令于不顾，那是有被“强行处置”的危险的。原来好在晨昏散步，在里巷间信步所之，如今也只有裹足了，虽然我知道，我所住的“宣南”，鳞次栉比尽是平民小院，没有什么警戒森严的禁区的。

足不出户，默尔而息，两耳不闻窗外事，却越发觉得“万籁无声耳自鸣”，想来医生也没有多少妙方，尽信医不如无医，也就这么迁延着。罗曼·罗兰写约翰·克利斯朵夫小时候躺在床上，望阳光入室光束中的尘埃而生种种遐想，这种感受我也有过，但这类感觉，孤立地写是没有多大意思的。罗曼·罗兰如果以这副笔墨来写耳鸣，必然也会绚烂多彩，摇曳生姿，十分热闹。

闭目听耳鸣，以为蝉声，便似步行山中磴道上，“蝉噪林逾静”，或“蝉声渗入岩石”（松尾芭蕉《奥州小道》，据张香山《病倒旅途仍梦绕枯野》一文转引）。倘在夜间，就是山野草丛，虫鸣如织，织出满天月色。若瞑想在城市，那就是踱入了工厂的车间，电闸一旦合上，机床竞相转动，于轰响一片中，流水线如流水之不断流，生产之为过程，一如历史之为过程，社会与自然之为过程，这平铺直叙而了无起伏的鸣声，就像无限延伸的时间，绷出笔直成行的五线谱，但要你自己在上面添加音符，才能谱成旋律！于是，耳鸣之境地也许就颇不寂寞了。

耳鸣既久，能否使人完全丧失听觉？完全失去听觉的人，还能感到耳鸣吗？先天或后天重听者有没有区别？贝多芬重听以后，他是怎样听到那从心里沁出的旋律的，可有耳鸣相伴吗？可惜贝多芬的传记里也没有说。

忽然记起韦应物咏声四句：“万籁自生听，太空常寂寥。还从静中起，却向静中销。”是不是写的耳鸣？

一九八九年九月二十五日

我也养过蚕

“春蚕到死丝方尽”这句诗，常常被人抽出来引用。在李商隐的诗中，八句之一句，这是无可替换的。因为那是诗的世界。而到了以维持人的温饱为目的的物质资料生产为基础的现实世界里，那就是一件残忍的事情：使蚕吐丝，待丝成茧，作茧自缚，付之一缫。真是轧油轧到渣，何异于敲骨吸髓！还要故作亲切地昵称之曰“蚕宝宝”，不是伪善得可以？而对于早不是宝宝的年纪的人，勉以春蚕的精神，正像对牛和羊说：好好做牺牲，我们等着剥你的皮、吃你的肉呢！

话虽如此说，我也穿过真丝，吃过蚕蛹，蚕蛹吃不习惯，屏着鼻息一尝，而真丝衫穿起来并不感到不自在。“遍身罗绮者，不是养蚕人。”同情养蚕人的疾苦，就是难得的人道精神，也就是古典诗歌中“人民性”之所在了。

我也养过蚕，不是为了生计，而是为了好玩。我们那个时代的小学生，大半都做过的。有一年暑假，我的也在读小学的哥哥姐姐，还曾经捉了枣树上的毛毛虫，在厅堂的方砖地上摆列成行，一五一十地计数，可以算是百无聊赖了吧，却也从中得到一种达到指标的慰藉、满足和趣味。毕竟跟成年人中的拿肉麻当有趣，以凶残求一逞，是不同的。

小孩总是喜欢小生命。比起毛毛虫来，“蚕宝宝”真是好玩多了，而且可爱，看它白得干净，白得透明，看它“蚕食”桑叶，一晌一晌明显地长大，就如用一团棉花蘸了水养起麦粒，看小小麦芽嫩如翡翠，透出生机，自然感到愉悦。

我的蚕养得少，因为桑叶难得。我家前院台阶根上原来冒出过一棵桑条，但院里不该种“丧”树，拔掉了。我到一个同学蒋家龙家里去，看他养的蚕，桑叶充足，养了满满的一大盘，私心十分羡慕。他家住在东四牌楼往东，朝阳门内大街路北，我至今走过那一带，早已找不到那个大门，但记忆里还是小跨院北屋窗下，一盘油绿的桑叶，雪白的蚕，满窗充足的阳光。我认定《陌上桑》的情境，一切也必是在充足的阳光下发生的。

好奇，有趣，欣赏，到蚕将结茧时，功利的念头就在心里形成，并且占了上风。因为我从哥哥姐姐那儿接手的墨盒，里面丝绵早已坨成一块，又干又硬，毫无弹性了。

雪白的丝绵终于絮入我的墨盒，浸润在微臭的墨汁里。将近半个世纪以后，回首往事的时候，聊以自慰的是，我当时到底不失天真，从来没有念叨什么“春蚕到死丝方尽”之类，去鼓励蚕们世世代代继续为我献身。但是，以多少蚕毕生的劳绩为代价，我竟没有写好毛笔字，这是愧对春蚕的。不过，说这种空话又有什么用处！

一九八九年九月十五日

童年的阳光

陈寅恪说“温旧梦，寄遐思”。

童年是旧梦。

梦和回忆分不开。先有回忆后有梦，还是从梦中找回了记忆呢？

梦和睡眠也分不开。而睡眠和死相邻。睡眠被称作黑甜乡；死乡被称为冥土。

冥土当是没有阳光的。睡眠里有阳光吗？

我的回忆里，竟也找不到更多的阳光。

能找到一次又一次的月光。古典的月光。诗中的月光。

中国的诗里，多的是月光。多的是月光下的夜晚。

有月光的夜晚没有睡眠。

“床前明月光”：我童年的第一课。

在夜里，没有想到黑暗，没有想到死。

在睡梦里寻找我的童年。

在童年的回忆里搜寻阳光。

多的是夕阳。

大白天的阳光不多见，但不是没有。

还是很小的时候，早晨一睁眼，已是满墙的阳光，晃眼，这时候，我知道，哥哥姐姐已经上学去了。阳光里飞舞着渺小的尘埃，等我穿好衣服，就看不见了。

记得阳光照在窗前的金鱼缸，金鱼在荇草间游动，水是暖的，金鱼是辉煌的，于是我把几个脸盆放在门窗透进的阳光下，倒上一盆半盆水，用手指弹水，弹盆，弹出高低不同的声音。

在大雪纷飞中堆起的雪人，在艳阳下并没有融化。雪地阳光更加明亮耀眼。阳光是温暖的，空气是凛冽的。

中午放学回家，头一件事是进屋洗手，准备吃饭。脸盆架后面的栏杆上，总是搭着当天的报纸，正好有一段连载的武侠小说，那块版面正好被中午的阳光从门窗透进来照射着，仿佛照亮了那些暗夜里蹿房越脊的黑色身影。

童年的记忆里再也没有白天的阳光了。哦，不，还有就是从教室的窗户望出去，蓝蓝的天，响晴天，白云缓缓地浮动，没有想挡住阳光。

只有在走神的时候，才注意阳光。尽管那时年纪小，白天也忙着干这干那，可不就把阳光忽略了吗？

于是只记住夕阳，因为放学回家，可以东张西望了，又得留神时间，要在天黑以前到家，看到夕阳越来越低了，树影越来越长了。

然后，月光照进了童年的夜晚。

童年是贪睡的。深夜的印象是那样稀少。大多交给睡梦了。

为什么几乎没有童年的朝阳？

因为我住在城市。朝阳被住家、商店、各样的房山挡住了。更不用说日出。

课本里写到日出，我像是听童话或神话。

羡慕乡村里长大的孩子，从山下能望见最初的一抹阳光在山头出现，从大平原的雾霭里，能望见一盏曚昽的红灯似的晓日挂上遥远地平线上的树梢。

白天的阳光，不在我的记忆里，却在这一刻照亮了我童年的记忆。

一九九八年三月十日

火　柴

那一年，我在大会上说："到我参加革命工作那一天，我还不会划火柴……"

当然更没有陈白露在鞋底上反手划火柴那么洒脱。

说明我四体不勤。

没有点火做过饭，饭来张口衣来伸手。

小时候管火柴叫"取灯儿"。我也没点过灯。火烛小心。

卖火柴的小女孩离我很远。她一根根燃着火柴看见的天国，离我更远。

我母亲离我很近。她也卖过火柴。日本人配给的火柴，我家谁也不吸烟，用不了，顶着西北风，到大街上偷偷卖掉。能值多少钱?

我必须检查资产阶级思想的历史根源、社会根源，以求脱胎换骨。

火柴之微，也能说明大问题。

会场上对这个噱头，只报以冷落的哄笑。

多数人笑不出来了。

是给我正式戴上帽子的群众大会。与会者不能不联想自己的命运。

从此我就学会了划火柴。

小小的火焰的光影里，常想起钻木取火的燧人氏，盗天火给人的普罗米修斯。

他们也许会不屑于划火柴的举手之劳吧？

抑或将被煽风点火的罪名而遭逮捕、押解、流放，到高加索或神农架的崖壁上囚禁？

苏俄新经济政策时期，市场上尽是卖打火机的。制作打火机的工艺，比制作火柴更比划火柴高出一头。所以多是工人——无产阶级，也有《克里姆林宫的钟声》里的失业工程师。可惜安徒生已经死了。

一九九〇年五月二十日

花

我是个俗人。问我爱什么花，都是大路货：洋槐，石榴，荷花，桂花。

小时候院里有一棵洋槐树，是棵大树，年年初夏以后，枝叶长齐，能荫盖大半个院子。从记事到八九岁搬出这个院子，我喜欢这个树阴凉儿，仰望那成千上万的羽状复叶，透过那密密层层的绿叶的间隙寻找天蓝和阳光，常常一待就是半天。讨厌的是“吊死鬼儿”，槐树上生得最多，但那毕竟是有数的。四五月间槐花无数，一串串开，又白又清香。用竹竿钩下不多一点来，掺在面里，加点糖，甜香甜香的，比榆钱糕好吃。在我的记忆里，绿叶，白花，晴和的初夏阳光，槐花糕，都混在一块儿，分不开。

对了，夏日风光里，还少不了石榴花。石榴开得较晚，槐花若开得久些，还能赶上五月榴光。

小时候家里有四盆石榴，长得比我高。我喜欢石榴叶像打了蜡那么油亮，更喜欢石榴花远看火炽，近看精致，瓣是瓣，蕊是蕊，恍如铃铛，又有光泽和质感，一丝不苟地生长，一丝不苟地开放。那股鲜明旺盛劲儿，足能煽动一个孩子对生活的爱和好奇。我爱石榴花，纯属欣赏，没有别的功利心。石榴花不能吃，石榴也仅是秋天的点缀，吃吃玩罢了。

我爱荷花，不是因为读了《爱莲说》，熟记“出淤泥而不染”之类的说教。我家里无处种荷花，我在见到荷花以前先见到荷叶。小时候夏天家里常常熬荷叶粥；熬大米粥的时候，覆以荷叶，粥熟，淡绿，泛荷叶的清香，这粥凉凉再喝最好。懂得看荷花，吟味林黛玉介绍的李商隐名句“留得残荷听雨声”，都是后来的事了。就在四五十年以后，在陶然亭、紫竹院、避暑山庄，见莲叶田田，闻荷香阵阵，我首先想到的还是童年的荷叶粥。多没出息，多欠风雅啊！

桂花也如此，我爱的桂花那甜甜的香，最早也是来自年糕和点心。每到三秋，闻到金桂那沁人心脾的甜香，都要重温一遍久久未偿的夙愿：养一盆桂花。可总是想想而已，随后就忘了。

无地又无水，种洋槐与荷花都不可能。七寸径的盆里种过一棵小石榴，前后十年光景，每年结一两颗小石榴，我不会照料，去年秋天枯了，今春再也没缓过来。对不起石榴，桂花不养也好。

桂花的甜香，我以为使人感到亲近。

古代的雅人推重梅花，把它作为岁寒三友之一。可惜在北方不得见，除了盆景。不常见的，没有亲近过的，虽敬其品格，毕竟谈不上喜欢，谈不上爱。

我喜欢的洋槐、石榴、荷花、桂花，是大路货，小时候，生长在北方城市的我仍能常见的，有缘。这缘分是：这几种花，以其不同的风姿长留在我童年的回忆里，甚至以其不同的芬芳长留在我的味蕾上。所以说我是个俗人。

我承认我是个俗人。

一九八七年五月八日

望　月

醒来不像凌晨，看表，差一刻三点，却怎么也睡不着了。

妻子呻吟了一声，又像要喊却喊不出，怕是魇住了。轻轻推她，她又睡去，含糊不清地说了句什么。

她白天太累了。

我越发清醒了。越是睡不着了。窗外天空混混沌沌，半个月亮朦朦胧胧。不知天亮有雪还是有风。

原来是腊月二十三之夜，看到下弦月才想起来，谁还祭灶呢！难怪傍黑听到几声鞭炮，还心说谁家兴致这么大，不怕孩子崩坏眼睛。

合一合眼，再从睫间望出去，半个月亮已经往西挪了一窗格。

半个月亮，歪歪斜斜的。我四五岁就会对着月牙儿说："月牙儿仰，米粮儿涨；月牙儿歪，米粮儿摔！"

照母亲的解释，米粮儿说的是粮食的价格，涨自然是涨价，摔就是跌价。

我识字以后，琢磨过，是不是"米粮儿长"，指庄稼节节生长，"米粮儿衰"，也许是指庄稼长势不好。可我一直没有再问过母亲。

而母亲去世已过了百日。母亲过了七十八个春秋，用她丙寅年初写的自挽词里的话，是“一生坎坷”。看着月亮，给我说粮价的时候，她才不过三十岁。

中国的未脱尘俗的老百姓，连看月亮的时候想的也是柴米油盐。哪有心思吟风弄月！

母亲生于一九〇八年，大半生是在形形色色的动乱中度过，十年前已经一身是病。但是从一九七九年初开始，居然情况好转，神经衰弱、失眠好了，胃痉挛很少犯了，经吃药控制，心绞痛也不再经常发作……我知道，这是因为我的“右派”问题澄清了，二十一年这个心病压在母亲身上，比一顶帽子在我头上的分量沉多了。因为她绝少当我的面提这一案，而能够谈心的人又不多！

现在母亲的骨灰埋在公墓里，静静地，在扁柏后面，在积雪下面。操心了几十年，该歇息了：我为您庆幸，您去得其时，不然您听说这样那样的消息，风鹤草木，又会担心旧梦重来，胆战心惊了。

母亲，原谅我，饶恕我说这样绝情的话——您在这一切之前撒手而去，您去得好啊！您静静地歇息吧。我们熬过了十年、二十年，我们死过了一次、两次，这样的孑遗，您放心吧！

一九八七年一月二十三日

剥毛豆

妻子在厨房弄什么，叫我剥毛豆。

我在过厅桌上垫了废报纸，带露水的毛豆角把报纸沾湿了。我剥出的豆扔进小碗，豆荚顺手堆成堆儿，在报纸一角。

剥着剥着，想起小时候，放暑假，也常常帮母亲剥毛豆，在院里，坐小板凳。豆角在筐，豆荚就抛在地上，完了事扫。

记得快到八月节，供兔儿爷，拜月——拜月没我的事，女不祭灶，男不拜月嘛。早晨也让我剥毛豆，我就想，兔儿爷爱吃毛豆。

五十多年了，从没想起小时候剥毛豆的情景。在干校割豆子，几百米不直腰，也没想过剥毛豆的事。干豆荚扎手，嘿呼带喘，顾不上。

近来常有这样的一瞬：站在雨后的树下，回到了小时候某一天，树叶上的雨点滴进衣领的感觉；走在路上，出神或入神，仿佛这是四十年代初期某一天，我走在某一条大街上，那时的行人，那时的氛围。

此刻，剥着毛豆。有一刻，那手感那心态，都恢复了童年时光，连着带露水的豆荚的清香，当时院里甬道边湿漉漉的泥土气。还有十天就到中秋，坐久，穿短袖的胳膊有凉意了。

一九九一年九月十三日

小时候，大风天

——为《中学生语数外》作

小时候，大风天，天不亮就被风吼醒了。糊着窗纸的窗棂也在颤动，从小方块玻璃望出去，看得见黑瘦枯硬的树枝被看不见的风刮得东摇西晃。风从什么门缝、墙洞钻进钻出，发出吹哨的声音，又扑打着废旧杂物，一片响动。只有被窝里是暖的，想着大街上一定人烟稀少。

“起来啦，起来啦，”母亲总是看透我的心思，“懒汉听风，越听越凶！”

一，二，三，噌地起床，穿上冰凉的衣服。匆匆吃过早点，背起书包冲出门去，逆风而行，多么痛快呀！

几十年过去，每逢夜里有二三级转五六级的北风，早上想赖床头的时候，就想起母亲的话：“懒汉听风，越听越凶！”起来迎上去，倒也没什么了不起。

你不要被那气势汹汹的狂暴的风势吓住，你就取得了一半的胜利。

后来我又从老农民那里记住了一句谚语：“听‘拉拉蛄’叫，还不种庄稼了？”

尽管蝼蛄叫个不停，也明知它是见麦苗就咬，还是照样耩麦子。

在生活中，像鬼哭狼嚎的大风、叫得人心烦意乱的蝼蛄，都是不免会遇到的。但是只要我们有明确的目的，就不甘当蹲炕头的懒汉，顶着风去上学，听着蝼蛄叫去播种。

我总觉得在青少年成长的过程里，除了学习文化知识、锻炼思维能力以外，非智力因素的培养也很重要，比如道德的自律和追求，意志力包括恒心和毅力的磨炼……

母亲去世许多年了，她向幼年的我说“懒汉听风，越听越凶”这句话时的神态却仿佛在眼前。我至今弄不清这是久已流传的谚语，还是她催我起床随口说出来的。

愿你在大风的早晨试一试。

愿你能记住这句话。

一九九三年十月三十一日

城市之声

读到韦柰的一篇《我看“老插”文化》，他说：“只要我一听到样板戏，便会想起当年挂在村头的大喇叭，心就不由自主地咯噔一下。”何止村头有喇叭？城里各处的高音喇叭全都一样。

一个人的记忆里，不但有人物的悲欢离合，天气的阴晴雨雪，不但有光线，有颜色，有气息，有冷暖，而且有声音。

曹禺剧本《北京人》的舞台提示，把老北京的氛围写绝了。那鸽哨，水车的“孜妞妞”，下午长胡同里算命瞎子的“报君知”，傍晚的鸦噪，入夜的更锣，还有一段我能背下来：“在苍茫的暮霭里，传来城墙上还未归营的号手吹着的号声。这来自遥远的、孤独的角声打在人的心坎上，说不出的熨帖而又凄凉。……”

这样的号角声我也听过，在我幼小时。那是三十年代中期，我听到的该是宋哲元二十九军号手的号声吧。

古城很快沦陷了。日本占领者每天中午放“午炮”十二响，让你想到他们又向我们国土深入了，后来改为鸣笛，其声凄厉，虽在中午也叫人发冷。

这是半个世纪以前的旧事了。近几十年，什么是北京的城市之声？五十年代的锣鼓，六十年代的高音喇叭，七十年代，记不清是北京站还是电报大楼，一天几次正点播放“东方红，太阳升”的旋律，但音量有限，不能遍传遐迩。八十年代似有人提议过恢复钟楼鸣钟，一时大约也难办到。

北京，纵然有多样的景观，但缺少一个声音作为城市的象征，还不能给人留下刻骨铭心的听觉记忆。

不久前过山西临汾，日已偏西，去逛尧庙，看那雍正年间的二龙戏珠、绿琉璃浮雕影壁底下，散落着一块两块残落的琉璃，茬口像是刚刚从浮雕上敲下来的。于是也有了点兴亡存废之感，仿佛我自己失落了什么。怏怏地回旅社住下，半夜忽听打门声，同室的蓝翎睡得警醒，立马起床，开门一问，原是民警查房，探头见是两个老家伙，没事了。看表近三点，迟迟再难入梦。蒙眬中由远而近的噪音，先以为是广播车，定神辨别，是大街上的高音喇叭“开始战斗”了，不是样板戏，也不是社论、要闻，沙沙喇喇的，仔细捉摸，像是商品广告——古老的尧都也在向初级阶段的市场经济迈步了。

偶一邂逅，这个比北京古老得多的尧都，倒让我从一种熟悉的声音，忆起了高音喇叭统治听觉的岁月。

一九九五年四月十九日

老校门

我站在灯市口路北的老校门前。因为重新修缮过，漆色还是新的。依然一对红漆立柱，敦敦实实树在台阶旁边高高的基座上。我仿佛看见傍着西边那柱子，有个七八岁小学生，不时向西眺望，等着哥哥从骑河楼过来，接上他一起回家。那小学生就是五十多年前的我。

每天一下课，我抄起书包，跑出油房胡同二院的小学部，进一院初中部的后门，一口气到前边校门。常常还要等一刻钟，同学们差不多都走光了。

我又站在老校门前了。我想再上台阶，靠着曾经是红漆剥落的立柱，重新眺望一下，重新体验一下往日心情。犹豫之间，没走上去。这喧闹市廛夹缝里保存下来的老校门，还是当年的校门吗？“致知力行”的校训是镌刻在迎门的影壁上了，“双元”大匾却不知在何年何月派了什么新的用场；当年双双获得一九三四年全市高中初中会考第一名的两位老同学，都已经白了头，他们经历的风霜应不少于这似乎无知无觉的老校门吧？

脚下这条明清以来的灯市古街，早变成一条崭新的街，再难寻旧踪迹。从前这育英初中部校门对过，一个好几进的深院，是

同辈中也有饱经苦难者，如在育英小学中学的同学郭源（后改名郭慕岳），他九死一生之后，晚年写出《被革命回忆录》，我赠诗有“五十万人一郭老，悲欢生死录从头”之句。诗由著名书法家康殷书写

我从小学一年级就同班的林盛超的家，我们不知多少次上他家踢球——当然是小皮球。现在校友通讯录上找不到他的名字。……往东走，妇联大院那里，原先有一家“李广泰修理金笔”什么的，至少从三十年代开到四十年代；我的小学同学李宝银，据说就是李广泰的儿子，多年没有他的消息，曾有人传说他家是共产党的一个地下联络点，又说他在抗战胜利前后就参加了八路军，做过骑兵团长……所有这些都没有核实，同学录上没见过他的名字，有时候就想，他是不是还在这个世界上？

这个初中部的东邻，隔一条油房胡同，就是育英的四院——高中部，那校门没有高台阶，但显得更开阔也更敞亮，进门以后，一重重院落，格局严谨，果然是严嵩相府的气魄。四十年代后期我在那儿上高中时，虽说我们有了自己的读书会、读书小组，自读我们所欲读之书，而由胡适题匾的图书馆，还是以它的肃静和藏书吸引着我。另有一个小小的东花园，我们到那里都不由得放轻脚步，不光是因为大家敬畏的教务主任黄（子彦）先生住在园里一间小屋，也由于花木清幽氤氲出的氛围。我后来看过海默的回忆文字，他在一九四〇年奔赴平西抗日根据地之前，就是在这小花园里计议的。海默不在了，他的记忆留下来了。

跟育英初中部一墙之隔的西邻，是基督教公理会的大院，贝满女中初中部就在那院里。短墙边一排白果树，秋来一片金黄，先是在阳光下闪亮，一夜西风，就铺满草地和甬路。还记得一九四七年秋天，我们几个人无心拾取那扇形的落叶，只悄悄地踅进公理会大教堂，躲在彩色玻璃后面开秘密会。当时与会的韩玉珠，听说在一九四八年被捕，一九四九年后一直没有他的消息，这两年老同学联系多了，才知道他四十年来遭遇了许多坎坷（也许就为曾经被捕过吧），竟郁郁而死了。

尖顶的钟楼已经不在。原先贝满女中的教学楼显得古旧了。白果树想是在拆墙的同时挖掉的。早年育英初中部和贝满初中部的校址，合在一起成为今日北京二十五中全部的校园。至于早年育英高中亦即严嵩府的旧迹，则已片瓦无存，矗立起景山学校宏伟的校舍。

健在的同学寻找往昔的老师，老师们却是除了少数高龄健者，许多已难再见了。望着仅存的老校门，这个费了不少心力保存重修的育英学校的遗迹，在这育英学校纪念建校一百三十周年的时候，我想不止我一个，在这校门前从心底涌出了沧桑之感。我们想起的，又岂仅是我们难再的童年、少年和青年时代呢？

一九九四年十月十七日

狗

北京曾经是个大乡村，鸡犬之声相闻。

小时候，星期日碰上雨天，只能赖在家里。睡醒一觉，窗外还在淅淅沥沥，出不了门好闷人。忽听远处一递一声鸡叫，啊，“细雨梦回鸡塞远”，不正像是写我此时的心境吗？诗词断句都是看人转引的，没读注释本，不知道鸡塞乃指边关的鸡鹿塞这个地名，以为是鸡窝呢。

这样的误读也给我带来过欣赏的意味。

不认真地马马虎虎过了大半生。六十岁才读到王世襄先生讲“狗”“犬”之辨的文章，也没想实地察看一下哪条狗的脚趾。只能还是犬狗混称了。

我家没养过狗。北京城里的狗都善良，不像农村题材作品里的地主家动不动纵狗咬人。一路上学，经过阀阅之家的大门洞，常有黄狗（别色也有吧，黄狗居多）或坐或卧，目送着你，叫也不叫一声，一副阅世很深的样子，看你也碍不了主家的事，懒得搭理。夏天，在门墩旁边，树荫底下，把肚皮贴着地，频频吐着舌头喘气，分明是太阳毒，天气热，气压低，它也难受着呢。至于野狗，只是耷拉着尾巴，犄里旮旯四处钻钻闻闻，忙于土里觅食或屎里觅道，更连叫也顾不上叫一声。

只有咬架，北京城里的狗才亮开嗓门叫。我们小孩子自然作壁上观，狗们仁义，并不误伤围观的群众。后来下乡，到了真是鸡犬之声相闻的农村，日子长了，入夜能遥测犬吠声发自哪个自然村，想是那儿有什么动静。

乡村的狗不是白养的，看门守夜，的确警醒。尽管在古今务实的农家眼里，马牛羊居六畜前三名，下面才是鸡犬豕，鸡犬已经是老四老五了。

到皋兰白茨滩土改的时候，在这个村开会开到半夜，回另一个村的住处。有月亮没月亮，走过一片荒坟我没什么怕的，还没进村，看家护院的狗们早就察觉了，一只狗叫起来，多声部跟进，你才懂得什么叫“十犬吠声”。说时迟，那时快，我必得条件反射般掏出手电壳，捻亮，然后在夹道的狗叫声中，用手电光前后左右闪着照着，像节日天安门上空的探照灯那样，虚虚实实，迷惑狗们。狗们也进进退退，犹疑不定，从谁家门口走过，那家的狗心放踏实，就不叫了，直到我走到村子那头，推门进屋，一场止于虚声恫吓的心理战才算终止。大地复归宁静。估计想来偷鸡的黄鼠狼或狐狸也让一阵子狗叫给吓回去了。

但还是有一个阴天下午，才进了个农家院，抽冷子从斜刺里窜出条狗，也不叫（“咬人的狗不叫”），朝我腿上就是一口，把我咬个跟头。还没省过神来，屋里主人忙推出门来喝住。幸亏我穿的是厚棉裤，只损失了一团棉花。可一颗心半天兀自跳个不住。这一户是贫农，不是地主富农，自然不会怀疑他们是故意的。

七十年代初期，文秀到陕北农村采访，借住在村里一户工人家属家。她家养了条大狗，文秀最怕狗，可村干部告诉她，没事，干部家的狗只咬农民，不咬干部；农民家的狗只咬干部，不咬农民；你是干部，工人家的狗绝不咬你。果然，文秀在那家跟狗和平共处，安然无恙。不知这些狗们有个什么共识。

城里有些年不许养狗了。我们说过风凉话，“以后北京孩子只有到动物园里才能见到狗”。

到拉萨一看，野狗满街游荡，倒像我童年时北京城里的风光。

北京城里又准许把狗当作所谓宠物来豢养了，但一条狗要交不少钱。养个小狗以慰寂寞的不算，养狗成了人的身份的一种标志。

见得多的是哈巴狗、板凳狗，当年那种瘦骨嶙峋依然忠于职守的狗不见了。大狗也有，都成狗中贵胄，膘肥毛亮，腿壮腰圆，目光炯炯，属于狗眼看人低那一路，让人敬而远之了。

不过我如有所怀念，念中的狗还是往日的狗，不管是北京城里的，还是农家门前的，是“柴门闻犬吠”，还是“云中鸡犬喧”，总之是“鸡犬相闻”的那些犬或狗。怀旧与怀古相通，我一九六三年冬天初到四川，想起“一犬吠影，十犬吠声”的古话，即兴写了八句文字游戏的《蜀犬谣》：“蜀水巴山走一走，蜀犬吠日相传久；一条蜀犬吠日头，十条蜀犬跟到吼。狗叫声高狗屎臭，摇头摆尾不绝口；雾散天开江水流，只见日头不见狗。”谁知过了三年多，“文革”骤起，指责我对运动不满，想要翻案云云，不是莫名其妙？

在那不讲理的地方，不讲理的时代……

二〇〇一年三月二日

〔附记〕

顷读韩羽《两凑集》中有一则《如是我说》:“清人张潮说，阅水浒传至武松打虎。因思，人生必有一桩快意事，方不枉在世一场。我说，且再看武松在孔太公庄外为黄狗所欺，人生有快意事，也当必有败意事。”诚哉斯言。

三月二十三日

由蜗牛想到蚂蚁……

我生在北方，长在北方，大半生住在北方，只见过像衬衫纽扣那么大的小蜗牛。去年初夏，在桐庐，黄昏雨后，忽见台阶上一只蜗牛，有大衣纽扣那么大。于是猜想，报道说有些外国人以蜗牛为美味，该是这种大蜗牛吧。

我可从来没想过，对这种小生命，竟能剥其壳而食其肉。我们北京的孩子从小念的一首歌谣，那是把蜗牛当自家人待的："水牛儿，水牛儿，先出犄角后出头哎，你爹，你妈，给你买的烧肝儿、烧羊肉……"简直是引为小小知己，同辈兄弟，可以一块儿享用烧肝儿、烧羊肉哩。也多半是在黄昏，雨后，在布满青苔的墙角，甬道砖缝中间，湿淋淋的树干皴皮上，盼着用歌谣把蜗牛唱得崭露出头角来。

而在晴天，我喜欢趴在长满杂草的荒园废畦里，用两眼盯着，或者眯起一只眼：一丛丛的马莲，以至草茉莉、狗尾巴，全部幻化成林莽乔木，甲虫、蚂蚁成了武士或懦夫，而我就是闯进了小人国里的大人。这样一待半晌，觉得比沈三白在蚊帐里用烟熏蚊子，想象仙鹤冲云高飞，要有趣得多了。

稍稍年长一些，读《南柯记》槐安国的一梦，我确信李公佐小时候也爱像我一样趴在老槐树下，欣赏过熙熙攘攘的蚂蚁出洞——有时候是天闷欲雨，蚂蚁搬家，有时候竟是成群结伙地打架，不惜咬得两败俱伤，尸横遍野。

李公佐生于公元八九世纪之间，他比写《格列佛游记》的斯威夫特早生九百年。我总觉得两本书有些相似之处，许是因为我揣度斯威夫特小时候一定也在树根草丛里匍匐过、幻想过。

我们有《西游记》，但那里的妖魔鬼怪、孙猴、八戒、火焰山，都远在若干个筋斗云外；我们有《聊斋志异》，狐鬼花妖，也有许多可爱的幻境，但那都不是属于童心的。

而在安徒生的笔下，我们却看到了那个至死爱恋着纸剪的跳舞的少女的小锡兵，看到了夜深人静后在小意达屋外群花狂欢的舞会……这里，就在我们身边的花草、器皿、玩具中间，有多少通向童心的想象、美好的情操、纯真的神往啊！

而差不多就在这前后的历史时期，我们的大学问家还笃信《搜神记》里冒名孔夫子的话，认为物老便为妖，龟蛇草木年头久了都能成精；我们的笔记小说写道，有两箱傀儡戏的木偶存放多年，后来在月明之夜，看见木偶在院里跳舞演戏，咿唔唱曲，第二天就把两箱木偶都烧了。

直到鲁迅的童年，孩子们的读物还只能是《二十四孝图》，能给予遐想的满足的也就只有插图本的《山海经》了。

总之，我们的文学史上缺少美好的童话，甚至可以说缺少童话这一门。但显然不是因为科学排除了幻想，理性开启了童蒙。至于为什么，我却说不明白。似乎是该由比较文学、民间文学、民俗学、历史学、心理学和教育学的研究家们琢磨的问题。

我早已诀别了自己的“百草园”。我许久许久不曾伏在草棵中间驰骋想象了。童心早已被世俗的阅历所冲淡。如果哪一天有闲蹲下来，一下子看见满地都是蚂蚁，我大概不会去杜撰槐安国的故事，也许倒会冷静地想想我读过的科学小品，对这些黄蚂蚁、黑蚂蚁、大蚂蚁、小蚂蚁各有什么习性，有害还是有益，略略作些分析吧。

一九八三年九月

〔附记〕

当时听说一位权威人士也说过对蚂蚁的观感，大意是站着看不见蚂蚁，蹲下来看尽是蚂蚁，用来阐释什么深义我已忘记，也许压根就没弄清。但在此文最后略有涉及，被刊物编者审慎删去，踪迹毫无了。

你们就是祖国

我们没有了自己的国旗。我们没有了自己的国歌。

我们的城市被日本人占领了，这古老的城市。

日本人占领了卢沟桥，前门，西直门，西单，东四，灯市口，盔甲厂，泡子河；占领了街道，岗哨，车站，教堂，商店，饭馆，妓院……他们也还要占领学校。

日本占领者来到了我的小学。我们没有了自己的国旗，也没有了自己的校旗；我们没有了自己的国歌，也没有了自己的校歌。

日本占领者派来了教官。我们的学校改了名字。但是我们学生没有改名字，我们老师没有改名字，我们姓中国，我们的名字是中国人。我们书包里装着“国语课本”。

我们每一课都是“最后一课”。随时准备日本教官闯入我们的教室。日本人占领了我们的学校，但是没有能够占领每一间教室。每一间教室里屹立着我们的老师。

王法章老师！您总是穿着粗布的长袍，当您把我搂到怀里的时候总是暖烘烘的。因为教室是阴冷的，秋天的下午光线也暗淡了，一片片落叶打在窗棂上。您轻轻地向我们发问：“你们见过秋海棠的叶子吗？”所有的叶子会在秋风里凋落，但是不能让秋海棠的叶子凋落。

吕向欣老师！您不轻易流露自己的情感，除了讲课以外也没有多余的话。然而您，二十四岁的女级任教师的眼神，使我觉得自己不像四年级而像一年级的小学生。那一天，您从我的日记作业里仔仔细细裁去了一页，那一页写到一个难民和显然犯禁的话。从您的眼神里，我感到无言的责备和热切的关注。那默契的一霎，我长大了。

刘雄渊老师！我对不起您，我也跟别的同学一样，在背后叫过您"瞪眼刘"。您在中学读书的儿子不辞而别了，您炯炯的目光几乎熄灭了。我想减轻您的痛苦，我向您闪闪烁烁地透露我从谁那里打听到，那个中学有几个学生到什么地方去了，让您放心。为了让您多一点慰安和希望，少一点担心和煎熬，我骗了您。您又一如平素地给我们讲解孙中山的贡献，讲解杜荀鹤的"夫因兵乱守蓬茅……"

孙敬修老师！您给我们讲的从来都是日本占领前的故事，您教我们唱的从来都是日本占领前的歌。您巧妙地引导我们这些孩子从没有外国人占领的过去看到没有外国人占领的未来。您还记得吗，日本教官被征回国了，一天下午放学以后，您和刘牧师、鲁老师们把我留下来，我们一起听那大胆保存下来的、北平沦陷前的爱国歌曲唱片。那是一九四五年春天。

一九四五年夏天，抗战胜利了，我也走出了小学校门。啊，四十年了。

我的小学时代，是在侵略者的占领下度过的。日本侵略者占领了我们的城市，并且要占领学校，要占领教室，要占领年幼的中国孩子的心。

但是，他们办不到！我们尊敬的老师们屹立在每一间教室，每一个讲台上。他们保卫着我们这些孩子的心，他们塑造着我们的灵魂。他们整齐的衣服已经送进当铺，他们连杂和面、混合面也不能吃饱。但是他们尊严地朝朝夕夕地坚守在黑板前面，粉笔末如雪纷飞，这里也是堑壕！

我们没有了自己的国旗。我们没有了自己的国歌。占领者要我们忘记祖国，要我们成为一代小小的亡国奴啊！

而我们多难的、遍体鳞伤的、血迹斑斑的祖国，没有仆倒，没有沉默，没有离去，就在我们这幼小的孩子身边，哺育我们，爱抚我们，召唤我们……

谁说不是呢？我的敬爱的小学老师们，你们就是我们小学生们的祖国！

四十多年过去了。回首往事，我从心底呼唤着：我的老师，亲爱的老师，你们就是祖国！

一九八五年七月十一日

花阴凉儿

花阴凉儿，是北京特有的词儿，因此必须“儿化”。

跟花阴凉儿近似的，有树阴凉儿，树有大小，但在夏天日照下总得能遮阴才行，所谓“树大好乘凉”，“前人种树，后人歇凉”就是了。树越老，荫庇越大。遥想蒲松龄当年，就是在官道路口大树下，借着阴凉儿，摆上桌椅、茶壶水碗，招待过往客商贩夫走卒，一边饮茶止渴，一边留下故事新闻，既是道听途说，何妨说狐道鬼？

花阴凉儿不一样，顶多让一只慵懒的花猫卧下打盹吧？

所以树阴凉儿可与人共，花阴凉儿却是只能个人独享的。

我生之初，对世间万事万物的命名，都是从母亲那儿听来的，我格外欣赏“母语”之说。我小时候知道，树阴凉儿是泛指所有在阳光下有树影的地方，而花阴凉儿，我长期认定只是指我家外院南墙底下那一溜花花草草呢。

沿着南墙，有一棵榆树，两棵枣树，其中一棵白枣，一棵嘎嘎枣，树底下的制高点，是青砖垫起来的一个豆青色鱼缸，没养鱼，养着一棵出水挺拔的慈姑。孩提时候，不往高处看，眼目所及，更多是低矮处的草花，有盆里种的，如姐姐的指甲草（学名凤仙花），就地种的，有牵牛，有草茉莉，一早一晚都会开花。现在回想起来，它们的自然地位极低，又处墙脚，成天不见直射的阳光，倒也持续起着光合作用，绿绿的叶子，向上的生命，虽不鲜明夺目却也天天悄悄开放的小花……

这个花阴凉儿，不同于树阴凉儿，并没有阳光透过枝叶，镂出深深浅浅的影子，不过，每天用喷壶浇花后，地面的湿润保持得久些。干湿得宜，可能就是金龟子和别的小昆虫乐意在这里栖止游弋，更是暮色四合后萤火虫从隐身而亮相的理由吧。——萤火虫的出现才是真正的“亮相”！

较起真来，这个花阴凉儿，其阴凉儿并不是花之所荫，也并不能让人躲在下面乘凉，它所处南墙背阴，一晌午牵牛花也不会被太阳晒蔫，在六七八月酷暑天气，算得一个好去处。我搬个小板凳坐在南墙下，母亲就管那儿叫“花阴凉儿”。我到现在也不知道别的老北京有没有这个说法。记得词牌里有“醉花阴”，我没有查找过创这个词牌的第一阕词，也不知它的确指。我缺少想象力，总觉得只有乔木荫下可以坐饮可以醉卧，而灌木更不用说草本植物，不可能有伞盖替食客与酒人遮阳的。

树阴凉儿，太阳一落山就消失了。而到了晚上乘凉时，母亲仍然指着南墙下，说“看花阴凉儿萤火虫儿飞起来了”。

此时，那里如有花阴，该是月亮的微光留下的花影了。

晚上的“花阴凉儿”，是跟“月亮地儿”相对来说的。月亮地儿，一年四季里每月轮流出现，不管是月明如水，还是明月如霜，不管是悠闲漫步，还是着急赶路，都胜似了黢黑一片。

二〇一六年七月十三日

第二辑

伴我少年时

上　路

——回忆我在汇文中学的两年

一九四五年暑假，我从盔甲厂小学毕业，投考北平市立九中。大约八月十日，我从家里二楼北窗，看见后面小报房胡同院里住的日本人跪了一地，原来他们在听天皇宣布无条件投降的诏书。“八一五”以后去学校报到，九中已经恢复为北平私立汇文中学，盔甲厂小学也改回汇文一小了。

那时候我也真像“初出马棚的小马”“初出鸟巢的小鸟”，走出沦陷于日本侵略者的八年，也走出封闭压抑的童年，渴望着看天空，看大地，看人间世界。

但是，从日本占领者的统治下挣脱，刚刚获得一点儿自由感，很快被迎头泼了冷水。国民党的“劫收”丑闻四下传开。“盼中央，盼中央，中央来了更遭殃。”幸好当时汇文中学校园里洋溢着一种畅所欲言的气氛。教学主楼安德堂前壁报纷呈。我自己也编了一份壁报，四张十六开的纸，用毛笔小字抄写，刊名《五十年代》，请高中的李戏鱼先生隶书题签，生色不少。壁报上的诗文都是我一个人的，至今保存了其中一页，题名《流线型》的小剧本，写阿Q冒充“接收大员”到咸亨酒店来招摇；剧本前面两句题词是“伊人天外飞来，此君地下钻出”，当时到处冒出国民党的“地下工作”人员，胡作非为。

我对写作的爱好，是跟我哥哥的影响分不开的。哥哥燕平，大我五年，我们在家里就办过壁报，他把课文里《爱的教育》选篇编成小剧本，我也投入试演。日本统治后期，一九四四年末的寒假，他和黄琮、潘咏蔚、王广荃几个同学，就办过一份手抄的刊物，叫《天亮了》。

一九四五年秋，我上汇文，他在育英中学高三。有一天他说给我一本书看，拿出来，是土纸印的小册，陈伯达著《评〈中国之命运〉》。

雪夜闭门读禁书，那快慰不仅在于神秘感，更在于扩大了视野，开拓了全新的思路。蒋介石国民党的形象在我心目中接近崩塌了。

初一上半年教我们国文的仇焕香先生，毕业于北大，是周作人的学生。他在堂上挥洒自如，绝不囿于课文。通过几次作文评卷，他竟对我无所不谈，从周作人谈到鲁迅，谈到时局。我凭感觉就判断他的同学朋友中有“那边”的。果然，寒假前夕他借给我一本油印的毛泽东《论联合政府》，这是我初识毛泽东，并为他呼唤的一个独立、自由、民主、统一、富强的新中国而神往，而振袂欲起。

记得那个寒假里，除了读禁书，还写过散文诗《灯火篇》，表达一种灯蛾扑火的情怀，向光明扑去，虽被烧死而不惜……投寄给天津《大公报》，没有刊出。

一九四六年的春天，已是政协会后，国共两党重庆谈判及其后的较量中，总的说来中共是得分的。汇文中学西楼宿舍的前廊，每天中午有书报摊，从这里也可以看出舆论的倾向。共产党办的

《解放三日刊》畅销，而国民党仿毛泽东书法题报头的《解放区》，主要是揭露攻击共产党的，没有什么市场。还有《群众》《民主》《文萃》等等一新耳目的报刊。自从我找到这个“阅览处”以后，就不像初上中学时那样勤于跑图书馆去看“五四文学”了。

虽然全国和战的政局阴晴不定，汇文校园的思想却十分活跃。担任教务主任的高庆赐（他是高凤山校长的侄子）出身于燕京大学，属于自由派，他曾请来民盟元老张东荪教授到全校周会上演讲。他还办讲座，请过法国文学学者、翻译家、诗人沈宝基来讲诗，请校友王蓝（抗日战争中得过国民党政府的文学奖）来讲小说。

还在一九四五年秋天，校内《奔流》壁报征稿，我投去一首诗，刊出了，编者让我领纪念品（好像是铅笔之类），我认识了主编壁报的马宗汉，他是高二的大同学，对我有如老大哥一样亲切。后来他邀我跟他一起编文艺作品的版面，并且郑重地打招呼：做编者，发稿子就没有纪念品了！

我当时还参加了朱云瑞主持的话剧团，在校内演出过一次根据日本作家菊池宽同名小说改编的《父归》，我反串女儿。

一九四六年春，我加入了主办《自由周刊》的自由读书会，以后就围绕着这个读书会的几个骨干“转”——他们是赵嗣良、葛福群、陈秉智、张乃圣、李新民，不再参与《奔流》和话剧团的活动了。

汇文中学在船板胡同东口，我家住这条胡同西口一处原名“万庆”的浴池旧址。中午回家吃过饭，就回学校，在西楼前廊书报摊上浏览，或是到楼上赵嗣良、葛福群的宿舍房间闲坐，读读他们订阅的日报，更多的是无所顾忌地“纵谈”天下大事。这里有欢洽，有忧虑，还有愤懑。这年四月在中山公园，国民党特务殴打朝阳学院陈瑾昆教授，如同年初在重庆制造较场口惨案一样令我们激动，对国民党为维持其专制而倒行逆施，已经忍无可忍了。

陈秉智不住校，我也不止一次到崇文门外木厂胡同他家去过。我不知道那时他已是地下党员，只是怀着一个少年的嘤嘤求友之心，找自己信赖的、谈得来的兄长倾诉和交流。我们也不是光谈政治，还谈文艺，谈生活，记得陈秉智就跟我研究过：恋爱很浪漫很诗意，一旦结了婚，居家过日子，早晨起来甚至有口臭，还有什么意思？……那时候我十三岁，他也不过十六七岁吧。

自由读书会在东楼有一间活动室。那里不但有艾思奇、沈志远、韩幽桐等教授著的哲学、法学、政治经济学等社会科学书籍，还有不少文学作品，解放区作家的小说、散文、诗歌。张家口出版的《北方文化》，有一期封面是毛泽东的画像。后来形势紧张时，有少量的书一度分散保存在我家里。有一本艾青诗集《黎明的通知》，至今还留在我手头。

在政治上，我接受了新民主主义革命的纲领，可以说我选择了共产党。同时，可以说，我选择了文学创作，作为个人的爱好和致力的重点。不过，从一九四六年四月到这年年底我发表在北平《新民报》“北海”副刊上的几十篇散文小品，基本上看不出革命的倾向，呈现了“二元论”的样子。

赵嗣良就曾一半委婉一半直率地批评过我当时发表的这些东西“风花雪月”，但他还是介绍我做《新民报》“学府风光”栏的通讯员（慕贞中学的通讯员是陈今蒨）。我也没很好地完成任务，有一两次政治色彩鲜明的百字短讯没有刊出，我也就弄些无聊的琐闻塞责。只是这年初冬各校联合举办尊师活动时，我在那专栏发了一篇小特写，还多少有点意思。

我少年时即倾心于“七月诗丛”的诗风（田间《给战斗者》是其中突出的一种），从少作《哭长城》中就看得出田间长诗《她也要杀人》对我的影响。这是一九八四年我与田间在广州白天鹅宾馆合影

如果我记得不错的话，一九四六年暑假赵嗣良、葛福群曾去过张家口。葛福群或谁说过他们在那儿见到《给战斗者》作者、诗人田间。田间的妻子是晋察冀边区的文艺工作者葛文，跟葛福群有亲戚关系。

当时另一些同学圈里，也有出入解放区的。初一上学期同学中有位马凤翔，年纪比我大好几岁，老家不在北平，据他说有做买卖的亲戚来往北平张家口之间，他也去过那里，看过共产党出的《晋察冀日报》。我跟他交谈也只到此为止。初二好像他就不来了。还有一个高高个子的王石兰，他就告诉我他家是解放区，说起共产党、八路军，他对我并无避忌。后来到五十年代初，我在东四区一个会场上见过他，他当时在公安部门工作。

记不清是在一九四六年秋还是一九四七年春，周世贤进入我的生活。他到我家来过，我们谈文学，谈理想，谈《钢铁是怎样炼成的》，谈苏联，谈革命，自然也谈各自的经历，知道他是从四川的国立六中复员回北平，而在沦陷时期去大后方之前，就在育英（当时改为市立八中）读书，和我哥哥不熟，但也是知道的。

赵嗣良他们已是高三，快毕业离校了。周世贤在高二。我又有了一些高二的兄长，跟江敬文、智潼一起看苏联影片《宝石花》，也一起交谈对时事等等的看法。在当时观念里，这些都是“进步同学”，都是在参加隐隐中感到的中共地下党组织领导的活动中结识的，互相信赖，没有隔阂。

这些高年级的兄长们没有把我当成世事不知的小孩对待，使我更加感动，而愿意亲近他们。在“五二〇”反饥饿反内战运动前后，周世贤找我参加过一个校外的活动，地点在地安门西大街一处天主教会的“学生公社”，来自各校和社会上的一些中青年成立了一个“文友联谊会”，讨论过《马凡陀的山歌》，朗诵过艾青长诗《索雅》（即后来译为“卓娅”的苏联青年女英雄），还曾酝酿办手抄本刊物。开过几次会就中断了，但我在那里结识了年长些的何挹彭（当时任北大职员）、管文熊（银行职员），印象极深；胡令蓉（解放后改名胡泓）大姐住在北池子，直到一九四八年上半年我每到北京大学红楼孑民图书室借书，往往弯到她家小坐，她的妈妈也很亲切开明，后来我才知道老太太早就加入共产党了。

那时候倾向革命的学生无不是喜欢读书的，而且很多是文学爱好者，不少人正是通过读苏俄文学和中国左翼文学作品，接受那影响了一两代人的“打破旧世界、建设新世界”的启蒙。我爱读又爱写，一九四七年上半年起，我的文学趣味，就从原来咀嚼古典诗词意境的描红，跨入对革命的热情想象、对光明和黑暗爱憎分明的咏唱。

仇焕香先生已经离开汇文中学，但我与他仍有来往。从他那里我借阅了几乎所有已出版的鲁迅杂文集单行本，囫囵吞枣地通读，自以为领会了鲁迅精神。不过当时并没写杂文，所写的诗和散文，都重在抒发渴望革命的情绪。如一九四七年参加北大“五四”营火晚会后写了一篇纪实文字，却只是重申了艾青的一句名诗：“给我一个火把！”此文好像曾在《自由周刊》壁报上发表。

很快，就迎来了“五二〇”运动。在这之前，围绕校内学生食堂办伙曾有过波及不小的斗争，我不住校，没有参与。而这次学潮澎湃而起，打出了“反饥饿反内战”的旗帜，连平时不那么易于激动的同学都大幅度地卷入。我这里更是鞍前马后地尽一分力，干得比较多的，是埋头在东楼一角刻钢板，有动态简讯，也有歌篇。我管写不管印，我的字还工整，这就算发挥所长了。可能就在那前后，我熟识了在东楼一边为学校打工一边读书的王明安，也成了知心朋友，他一九四八年上解放区去，把一个装着衣物的皮箱寄放我处（其中一条裤子我还借穿过）。北平解放后他回来，才知他在去解放区的路上，改名“卜易风”了。

一九四七年六月二日是全国反内战日。我在六月一日晚就应召连夜排练话剧《凯旋》，这是个反内战题材的类似“活报”的剧本，王松声编剧，我在剧中反串一个农村姑娘小凤。大家忍受着睡眼惺忪和饥肠辘辘，到后半夜实在熬不住了，才就地和衣打盹休息。天刚亮，听说警察和宪兵已包围了学校，卡住大门外船板胡同通向丁香胡同和南城根的路口。出校演出必然发生冲突甚至流血。后来知道，是经地下党决定，不仅在汇文而且在全北平市停止有关活动，这或者就是“有理有利有节”的斗争策略。我一生从此没再登台演过戏，尽管写过付诸演出的剧本。

由于精力主要用于课外活动和课外练笔写作，加上学业上的偏科，我在一九四七年暑期得到的分数单上，化学不及格。自忖补考也难补救，不如转学。便去找了育英中学教高中国文的刘曜昕先生，他是仇焕香先生要好的同学，教过我哥哥，还曾经过我哥哥拿到我一篇杂文，交给他的同学、朋友许铁谷先生在其所编的锦州《新生命报》副刊发表，时为一九四六年六月七日，是我问世的第一篇杂文。一年以后我到他家，请他介绍我以同等学力报名投考育英高一。经过考试，我在一九四七年暑假后便转学育英了。

我把这些情况告诉了周世贤。我把同年级两个最要好的同学谢钟栩（后改名谢林，已故）、詹同渲（后用笔名詹同，已故）郑重地介绍给他。他让我到育英后找李永华。育英的民主氛围不如汇文。我在那里参加了地下的读书小组活动，不久就加入了地下党外围的民主青年联盟，十月间在北大民主广场席地而坐，北平市地下学委的老丁同志（后来知道他本名李营）同我们（我，杨树滋，是否还有吴铭泉记不清了）谈话后，领我们宣誓入盟。

回忆一九四五年暑假到一九四七年暑假，在汇文中学读初一、初二的两年，是我投身革命和文学上路之始：在政治上选择了共产党领导的革命道路，在个人志趣上选择了“五四运动”开端的新文学的习作。

要为校友会写些回忆文字，半个多世纪前的短短两年，却使我不胜沧桑之感，前前后后想起多少旧事直到细节，而突出在这背景上的，是一张一张当年的年轻的脸，当时我把他们看作兄长的，顶多也不过十八九岁！那时我们多么年轻！

还有老师们：前面我只提到了高庆赐、仇焕香先生，教过我国文的还有浦克刚、阎振益先生，教过我英语的师玉珽先生和“英文赵”（大家都这么叫，当时就忽略了他的名字），给我们讲自编故事又带领我们露营的童子军“阎司令”……想来最年轻的健者如浦克刚先生，也当在八十以上，解放初期我见他在一家数学刊物上列名，原来教我们国文只是暂时的代课！

难忘的少年时代。难忘的汇文中学。难忘的众多的师友。

二〇〇一年一月三日

（此文收入汇文中学校友会编的回忆文集）

负疚的怀念

——关于沈从文先生断忆

沈从文先生去世了，我看到有几位他的学生写的纪念文字，都很朴实的。

我算不上他的学生，我没听过他的课。不过我也可以算他的一个学生，我小时候读了他不少书，偷偷学过他。但是我从来很少说起这一点。起先许多年，连确实听过他的课的学生，有的也不愿意承认是沈从文的学生了，因为要跟“反动文人”“划清界限”啊！这几年我还是很少说起，因为我自知是一个不够格的、不争气的、学无所成的学生。

一九四七年春天，很寂寞，风沙也大，我写了好些诗。三四月间，我拣出其中的几首，《橘颂》《失去譬喻的人们》《偶感》《病》，还有一篇习作故事《喇叭》，寄给了沈先生。为什么寄给他呢？那时我常读天津《益世报》上标明沈从文主编的《文学周刊》，并且看了他的包括《烛虚》在内的一些书，我行文有时也生硬地学他的简古，当然，不像。

不多久，收到那篇故事的退稿。附一章草字条，说“稿甚多，恐积压，敬奉还”，署名“从文”。三十年后我做文艺刊物编辑，直接退稿时往往袭用这个话，想到沈先生这样措辞，一定设身处地怕伤了初学者的感情。

那之后我投入了“反饥饿反内战”的学生运动，抑郁之情一扫。九十月间，见我那几首诗陆续在北平的《平明日报》上刊出，每星期这个报上有一版《星期艺文》，由沈从文、周定一合编。

这是我在报刊上发表诗作之始。这鼓舞起我的创作激情。《星期艺文》在一九四八年三月刊出我的散文式小说或小说式散文《窗花》，写的是我所向往的解放区新的人物新的世界，只把“延安”两字以“××”代之，读者是懂的，编者能不懂吗？

当时我还没有看到郭沫若的《斥反动文艺》。郭文登在《文艺的新方向》（大众文艺丛刊第一辑），是同年三月在香港出版的。我在夏天读到这篇激烈的檄文，说“特别是沈从文，他一直是有意识地作为反动派而活动着”。我很惊奇，郭沫若当时也是我所景仰的名家，但我总觉得他把沈从文列为红黄蓝白黑五色“反动文人”之首有点夸张，而把沈从文归为所谓“粉红”，更有点勉强。说沈从文是反动派，我总觉得不是那么回事。

秋天，我见到沈先生，在中老胡同他家里，是吴小如介绍我去的。他编的一个文学副刊上刚刚发了我的《沙果林记》，分明看得出《边城》的影响。沈先生说他“复员”回到北方后，在中文系学生中发现两个人才，其一就是吴小如。

在忘年的交谈中，我也压根忘记了眼前笑语温和的沈先生是“反动派”。我向他推荐赵树理的小说，他跟我讲从事文学要能坚持。他从开明书店才送来的样书里拿了六种，一一题字送给我，《从文自传》上写的是“一个顽童自传给燕祥弟存”，《湘行散记》上写的是“一个小城的平凡记事……”，《春灯集》上则是“二十年前知识分子的几种恋爱形式……”。

转过年来，一九四九年春，我在正定准备南下，接到吴小如信，知道沈先生曾想结束自己的生命。他才四十多岁，比我现在的年龄还小。我那时怎么也想象不出，不久以前还那么平静地观照世界、谈在青岛和昆明看云、谈故宫角楼下景山前是世界上最美的一条街的沈先生，会忽然厌倦了生活。

沈先生没有死，但是从热火朝天的生活里消失了。我回到北京，听说他到了故宫博物院，他还能从角楼下走过，也许他还能暗自体味走在这条街上的情趣，直到连这一点也被剥夺。所以我的挽诗中最后两句是：

> 今日魂来谁管得，
> 角楼水畔好看云。

一九五六年秋，在政协礼堂看廖静秋演的川剧。休息时听后面有人叫“沈先生”，回头看沈先生夫妇正坐在后一排。互相问讯了几句近况，当时正提出“百花齐放”，我希望沈先生这次回乡能写出新的“湘行散记”。

匆匆一面之后，没想到再见又要过二十多年。一九七九年，我在小羊宜宾胡同五号院内东南角的小屋里拜访已显老态但精神极好的沈先生。他兴奋地谈说敦煌，他才从那里归来。

我已经到《诗刊》工作，惭愧我没有写出像样的东西，每期刊物都寄一本给沈先生。沈先生在一封信里说：“照近年诗作成就倾向看来，不少熟人用旧体诗表现思想感情，多见出一定深度。白话诗，或由于笔下运用词藻不灵，一般印象似不易达到三十年代某些散文见诗意。”说得多么中肯，但说出来会开罪不少诗人。

沈先生与世无争，尚不免命途多舛，倘再被人认为吹捧三十年代某些散文，贬损当前某些新诗，岂非异端，又添新账，缠夹不清。先生撒手去了，这言论也不妨公开了。沈先生以小说传世，但他的小说中有诗，有的篇章本身就是诗，何况他早年也多写新诗，中年以后又有旧体之作，于诗是行家里手。陈梦家一九三一年在《新月诗选·序》中就曾说："所惜他许多写苗人的情歌，一时无法尽量搜寻，是我最大的遗憾。"这个遗憾，不知现在的研究者能弥补否？

也还是因为我在《诗刊》工作，为了在十年动乱后让青年读者重温"五四"新诗传统，我们逐期介绍了二三十年代的诗人诗作。我随着三位主编到丁玲处约写关于胡也频的文章，谁知拿到的是一篇借题发挥的文字，把《记丁玲》及其作者指责了一番。

回忆我知道丁玲的名字，还是从沈先生这本据说"编得很拙劣"的、充满"胡言乱语"的《记丁玲》；读了这本据说"不仅暴露了作者对革命的无知、无情，而且显示了作者十分自得于自己对于革命者的歪曲和嘲弄"的书以后，不仅胡也频烈士而且连丁玲也给我留下一个青年革命者的形象。在胡也频被捕后，沈先生曾奔走营救，胡也频牺牲而丁玲被捕并传说也遇害以后，沈先生带着感情写出这本书来，总不是为了反对革命和诬蔑为革命死难的旧友的吧？

在郭沫若那里，沈先生是一九四八年被封为"反动派"的，而在丁玲那里，沈先生怕从一九三三年写《记丁玲》一文时就该是"反动派"了。就因为并非革命者更不是共产党员的沈从文，对参加了革命和共产党的知识分子朋友有所批评吗？还是其他的什么缘故？文学史家和将来的读者会弄清这一切的。

我为我经手发出了这篇不得不发的文章，对沈先生感到歉疚，须知这不是在“文革”中或“文革”前，而是在一九八〇年，但沈先生淡然置之，他对这一切大概已经习惯了——说习惯是不确切的，应该是对人情世态众生相的洞察和彻悟。一九八六年，曾经是我的领导的顾文华在病中读了我的诗话集《晨昏随笔》，问我为什么没有一语及于沈从文。如今他也去世了。他大约看过档案，知道我和沈从文有一段文字缘。他不知道有些话当时是不便说的。

我和沈先生过从不多，但作为一个读者、投稿者、学生，与先生的长子同年的晚辈，几乎从一结识先生起，几十年间经常处于一种矛盾中：我从心里尊重沈先生，不仅因为他于我个人走上文学创作道路有很大影响，而且因为其人其文自有值得尊重之处；但总遇到一种客观的力量制止着我和别的尊重沈先生的人：不许！

沈先生安详地去了。我也摆脱了这个矛盾，在这里写下我对我私淑的老师沈从文的敬意和缅怀。

一九八八年十月十一日

想起我的三位语文老师

这些年我写过不少自叙，就像在“政治挂帅”的年代写过不少的“检讨”“交代”材料一样，都是奉命作文，不是自己真正想写的，写腻味了。

现在因有一篇短文和一首短诗分别被选入高中语文实验课本的《现代文选读》（上册）和《文学作品选读》（上册），让我就此向《语文学习》的读者说点什么，我肃然。我想起我走上文学写作这条路跟语文课和语文课老师分不开。

小学三年级的春天，碰上一个作文题《春》。鬼使神差地我想起寒假里跟哥哥姐姐一块儿备课时，听他们朗读《初中国文》第四册开卷朱自清的文章：“盼望着，盼望着，东风来了，春天的脚步近了。”我就搬到我的作文本上，把“脚步近了”改成“脚步重了”，我还不太懂“重”字的意蕴；后面朱先生怎么写的我记不住，只好用我的话语敷衍成篇。没想到教我们作文的王法章先生看了以后，狠狠地夸了一番。很可能是从这天起，我就把当发明家的志愿悄悄换成从文了。假如王先生指出这篇作文迹近抄袭，我也只能低头无话可说，后面的事情全得改写。

上初中刚一开学，第一堂作文，仇焕香先生就在我的卷子后面以漂亮的行书写了批，对文笔充分肯定，然后笔锋一转，问："……是从何处抄来？"我百口莫辩，直到第二堂作文才得到这位北京大学中文系毕业的老师的信任。以后我们竟成了忘年之交，不但谈文学，而且谈思想，谈政治。那年他二十七岁，我十二岁，还不到他的一半，但他竟把油印本《论联合政府》借给我看！须知这在当时可是禁书，收藏和流传毛泽东著作的印刷品，泄露出去就会被抓，至少也要砸了饭碗的。

仇先生有个同学刘曜昕先生，正教我哥哥的高中国文。经他介绍，我的一篇杂文《由口舌说起》发表在一九四六年六月七日锦州《新生命报》副刊，那好像是刘、仇两先生共同的同学许铁谷编辑的。这是我平生发表的第一篇杂文。一年以后我转学跳班，也是刘先生出具的证明。那时候我已经从仇先生处借阅了鲁迅大部分杂文集的单行本。

在我童年和少年的时代邂逅的这三位语文老师，对我后来的生活道路起了决定性的影响。他们的种种好意、宽容、鼓励，我永远铭记不忘。我希望今天的老师们都能以这样的爱心对待自己的学生。

说到入选的一文一诗，选读本编者的阅读提示和赏析文字写得很好，我只就有关的一些情况略作补充。

八十年代初，我在一家诗刊做编辑。当时有一批年轻的诗人，以北岛、舒婷为代表，不仅和"文革"后复出的众多中老年诗人一道突破了所谓"帮腔帮调"的"文革"诗风，而且也不再接受"文革"前十七年中形成的主流诗歌的规范，于是引起一片惊呼；有些人不是把诗风诗体的代变视为正常和必然，而是看作洪水猛兽似的，指责之、围剿之，发展到一九八三至一九八四年之交，过甚其词，竟重弹"文革"旧调，上纲说是方向路线之争，很不像样子。

我在一九八四年七月写的长诗《中国，怎样面对挑战？》其中有一节“八十年代的青春这样说”，写了如下两段：

扔掉你的老年忧郁症吧！
扔掉你的中年忧郁症吧！
我们不是同龄人，
我们不是同辈人，
我们却是同世纪人——
我们同属于二十世纪
还要走向二十一世纪的开端。

扔掉年龄歧视！
无论老人歧视青春，
还是青年歧视老龄，
都是世纪末的神经衰弱症，
而我们正在迎接：
新世纪的黎明。

以议论入诗，这已经达到极限。然而我意犹未尽，这样便有了其他一些杂文之作，包括这篇写于一九八六年四月的《说“后生可畏”》，都是有感而发的。

在我的杂文里，像《说“后生可畏”》这样掉书袋的东西不多。一来我于经史子集都是门外汉，无书袋之可掉；二来我不喜欢掉书袋的文章，文章不妨有书卷气，那是学养的外化，自然而然。掉书袋则是临时抱佛脚，翻检獭祭，给人以穷措大点数钱钞之感。关于孔夫子讲“后生可畏”，后人的训诂，此中的真诠，我都是“现趸现卖”的。说明这一点，是想告诉学生和习作者，为了弄清一个词语、一句成语，特别是先哲的一个命题，要认真，尽量追本溯源，切不可人云亦云，更不可望文生义。不过，杂文这种文体，是最最贴近生活的，要从生活出发，不是讲经；那种找一句格言、一则故事，同现实作些类比，发挥几句完事的杂文写法，是不足取的。

文中有一句“可怜虎子变毛虫”，是今典，选读本未注。诗人、学者、美国文学研究家和编译家荒芜先生，一九八六年写有《丙寅岁首感事二首》，其一云：“眼不瞎来耳不聋，脑瓜一点不冬烘。神驰黑水白山外，心在千家万户中。堪笑牛皮非马列，可怜虎子变毛虫。彩油剥尽人争看，第一神州克里空。”（收入《纸壁斋续集》，此处据作者抄赠稿，略有出入。）前四句是夫子自道，后四句则咏一轶闻；克里空是乌克兰作家考涅楚克剧本《前线》中一个夸夸其谈、擅写虚假新闻的记者，延安《解放日报》曾发社论要求杜绝克里空作风。

荒芜的旧体诗，许多都要加注才能看懂，因为诗中所用的旧典，不加注还可以从辞书、类书里查到，而今典时过境迁，往往不知所指。但像“可怜虎子变毛虫”，不知其原型，字面上也能明了作者的意思，有典又如无典。

我没想到我的《沉默的芭蕉》一诗，也需要在串讲时加不少注释。这样，年轻的读者就易于进入诗中意境了。感谢刘真福先生所做的析解工作。

一九九六年一月五日

我为什么要伤害好人？

回忆童年是一种幸福；回忆童年时候的同学，哪怕是一次争吵；回忆童年时候的老师，哪怕是受到训斥，都会感到一种难以重复、难以挽回的温馨，是吧？

可是，每当我回忆童年的时候，总有一件事鲠在胸口，仿佛音乐教员宝希珍先生站在面前，时而穿着藏青色的西装，时而穿着不那么整齐的蓝布大褂，平静的眼光从近视镜后面看着我，久久地，使我不由自主地低下头去……

音乐课有专门的音乐教室。从一年级到六年级，都是宝先生教。那间教室几乎每堂课都飞出宝先生钢琴伴奏的歌声。“我们一同瞧瞧，我们一同瞧瞧，飞机来了，飞机来了，在天空像小鸟！”这是我学会的第一支歌。

宝先生在课堂上没有多余的话，也没有多余的动作。他按照音乐教材，在钢琴前面，一边伴奏，一边领唱，一遍又一遍的；让这些不识谱的、没有节奏感的不同的嗓门，终于谐调一致地唱出一支又一支像模像样的歌，需要多大的耐心啊！

后来，似乎有一个星期宝先生没来，这样的事是少见的，于是传说宝先生结婚了。小孩子谁管这些？我更是“眼里没活”的，但连我也慢慢发现宝先生的衣服不那么熨帖了，头发也不如往日光亮整齐。有一天，他身上穿的不再是藏青的西装，而是一件蓝布衫了。这在春秋还不显，到了冬天，穿棉袄的宝先生，虽说棉袄不厚，并不臃肿，但比起原先利落洒脱的宝先生，可就不只是换装，倒像整个换了个人。听说宝先生有了小孩。

我也模模糊糊觉着先生家里花销大了，不胜其负担。这时太平洋战争已经发生，我所在的育英小学原是美国基督教会办的，被日本人接管改成"市立灯市口小学"，来了日本教官。大家的日子更不好过了。

偏偏在这时候，小同学中间，从议论天桥"八大怪"，说到其中有个民间艺人名叫"宝三儿"，不知怎么，一来二去，大家就拿"宝三儿"当成宝先生的外号了。我没去过天桥，没看过"宝三儿"的表演，把宝先生叫成"宝三儿"我也叫不出口。但我当时是班长，每堂课一开始，教员进门以后，班长叫"起立，敬礼，礼毕"。有一天音乐课，也正是大家哄叫"宝三儿"的高潮里，我忽然把"起立敬礼礼毕"一口气连着呼完，同学们才站起来又坐下去，弄得椅子哗哗啦啦响，秩序大乱，坐下来还久不平息。宝先生一进来怔住了，但他什么也没说，等全班安静下来，照常教唱，好像一切都没发生过。

现在我怎么也回想不出当时的心理，当时大约更没好好想过。但绝不是明确的预谋，又绝非一时失口。到第二堂音乐课，大家望着教室门口，等候宝先生出现，这时我一定从营营之声感到了同学们的鼓励和期待，于是又脱口连呼"起立敬礼礼毕"，又一次造成噼里啪啦一阵混乱，造成宝先生的尴尬……下课还要敬礼一回，重演一遍，然后大家挤出教室，谁管先生什么表情，什么心思？接连这样好几堂课，我已经从起初造成轰动的有所得意，变成不知所为何来，我从先前回避宝先生的眼光，到不能不发现宝先生投向我的疑惑的眼神。我想下一次不这样呼了，但是鬼使神差，到时候竟不由自主。

直到有一天，校长把我叫到校长室，他并没有厉声厉色，只是说："我们知道你是个好学生，宝先生也说你是个好学生……"

我知道，好学生就是老实的学生，听话的学生，我属于这一类，不然怎么老是当班长呢？但我至今也弄不清楚那时候怎么一下子……在音乐课上无缘无故对着宝先生来了这一场——叫调皮？淘气？捣乱？恶作剧？还是起哄？莫名其因由的无事生非、兴风作浪？

不久，我因搬家，转学了。五十多年过去，多少大事，地覆天翻，我也再没见过宝先生，只有这件事，逐渐在记忆中一天比一天突现出来。回忆童年的教师，一一细数，都已经退休了，宝先生该六十多岁了，宝先生该七十多岁了，宝先生还记得我对他的伤害吗？从我今天的经历和体验，当年的宝先生，三十岁左右的宝先生，除了跟大家一样忍受着亡国之痛、生活在侵略者统治下的屈辱以外，一定还因为成家和添人进口，日子过得困窘拮据。而我，却又无端地使他的自尊心受到伤害，使他损失了从教孩子唱歌本来也许能得到的一份乐趣和安慰，这不是雪上加霜吗？

这一回育英学校校庆，我原想也许会在退休教师中间看到宝先生……但是我于无意中，意外地听到宝先生在不久以前去世的消息。尤其听说宝先生一直到晚年，日子都过得不很如意或很不如意，我的心一下子沉重下来。宝先生在后来不如意的日子里，想没想到早年的教书生涯？在他教过的学生里，大约再没有比我更让他失望的，大约再没有比我更让他伤心的了。但是，他能想到我也会永远记着这件对他极其残酷的往事吗？

我是无法对宝先生去诉说这一切了。但我想，宝先生的厄运也许，不，一定就是从我带头在班上跟他闹别扭开始的。

……我为什么要伤害好人？

一九九五年一月十二日

伯利恒之星

所谓中东—西亚，于我是一片陌生的土地，远不如欧美一些国度，虽然没去过，但对它的方位、幅员，大抵有个模糊的印象。

然而有些地名，像耶路撒冷、伯利恒，可是从小就听说，记得清清楚楚。恐怕是得之于教会学校的熏陶了。

这一切都跟辉耀着冰雪和灯火的圣诞节分不开。这是传说中耶稣降生的日子，也是孩子们欢乐的节日。

我一九三九年上了北平育英学校小学部。那年冬天过我生命旅程中的第一个圣诞节。没有宗教仪式，一年级小学生也没上相邻的公理会教堂。但每人发了一纸袋，吃的，记得是夹馅面包，还有零星糖果。数量不大，意思到了，上帝的馈赠啊。拿回家，自然是我个人享用的；好像高年级的姐姐哥哥并没有拿到这份圣诞礼物。那该是格外厚待我这初来者了？——谁知道，或许他们也有份，没带回家就在学校吃掉了？

我还做过一件与圣诞节有关的“美术”兼“手工”作品。算起来该是一九四〇年的圣诞节前夕；因为一九四一年圣诞节还没到，十二月七日，日机偷袭珍珠港事件发生，我们这家由美国基督教会资助的学校就被日本占领者接管，我们提前回家过了一个长长的寒假。

而那年，日本还没接管我们学校。为了欢度圣诞节，不记得老师是怎样布置的，反正我想独出心裁，决心做一个金星，然后饰以青枝绿叶的流苏。但回到家，真正动起手来，头一个困难是材料；手头没有现成的金箔纸，连“电光纸”都没有，只能用单面挂白的硬纸壳。借来姐姐和哥哥他们的直尺、三角尺和圆规，比来比去，改来改去，画出个五角星的形状，再用橡皮把浅浅的铅笔痕迹擦去，保持纸面雪白光洁。原来构思作流苏用的枝叶，是心目中的藤蔓植物，但这时已是严冬，窗外萧索，室内又没养文竹之类可堪披挂垂拂，想得不错却实现不了；无奈只得就在白纸壳上画出几缕枝枝叶叶，涂上绿色，跟五角星联在一起剪下来。那五角星是任其雪白，还是染成金黄，也还颇伤了一会儿脑筋。

这是我平生唯一一件自己创意的“美术品”。起先家里人见我苦思冥想，画了又改，改了又画，问我的作业是什么，我还保密，想做好后给他们一个惊喜。待到大功告成，竟只是一个平面的五角星上挂着一串死板僵硬的“青枝绿叶”。

这个想法是受到什么启示而来，早已忘得干干净净了。但那颗星，无疑是伯利恒天空上悬挂的，“东方三博士”远路迢迢，奔着它来，终于赶到马槽旁边，“听啊天使唱高声，报知耶稣今降生……”

忽然想起这些陈年旧事，而且真是陈芝麻烂谷子的小事，是因为看报上国际新闻标题，伯利恒战火不断。我不是宗教徒，我总是有意识地回避有关宗教与战争的残酷的历史，告诉自己，一切宗教都是主张和平与仁慈的。但在人间的权力和武装面前，似乎宗教情怀就变得脆弱无比了。

伯利恒天上的星，什么时候能摆脱战火的遮蔽？

二〇〇二年十一月二十七日

珍珠港事变纪念

一九八九年十二月七日。四十八年前的此刻，正是日军偷袭珍珠港的前夕。

三年前的这时候，我在夏威夷前往凭吊了这一战争遗迹。纪念馆就建在当时被击沉的“亚利桑那”号战舰的原地，沉船没有打捞。阴云垂岸，时作微雨，海涛相叠，海魂谁招?

在国际战史上，船长和船员们与船舰共存亡的故事已成通例，那自沉本身就是史诗式的挽歌，更无须史诗与挽歌以增其悲壮。

我凭栏俯瞰了许久，却缅想起另外一件事情。

一九四一年十二月八日（九日？）晨，我和我的同学们照常到北平灯市口油房胡同的育英小学上学。在第一节课上，老师就宣布，由于日本和美国发生战争，宣布停课，我们提前回家度寒假，等候通知。

育英小学，和育英中学、贝满中学一起，跟其他的基督教会主办的私立学校燕京大学，以及汇文、慕贞、崇实、崇慈几个中学一样，都是由美国教会方面资助的，这一回都将被日本占领军接管了。

在这一突然事件面前，我们自然只是沉默地接受了现实。我们排成长队，背起书包，从一年级开始，然后二年级、三年级……依次默默地走出校门。在校门口，一侧站着育英学校副校长邵作德（他有一个中文名字，他是美国人，可能是美以美会的牧师），他默默地目送着这支向他告别的队伍，在他即将告别这所学校的时候。

育英学校在灯市口有三部分，一院、四院是初中部、高中部，二院是小学部。邵作德平时不大到小学部来，这一天却到小学门口来照拂了。

后来听说，邵作德在送走我们以后，就和所有在北平的美侨一起进了日本的集中营，一九四五年日本投降以后，育英复校，不知他曾否回来。我在育英旧年刊上见过他的照片，瘦瘦的，戴一副眼镜，文质彬彬，年纪约四十许。我到美国时，曾想到他如果健在，应该在八十岁左右。在美国，宗教界、教育界中人八十多岁的老者是不少的。但我发现我原来不知道他的英文姓名，连问询打听也无从了。

在珍珠港，我再次想起他，仿佛他就是一个船长，把老弱妇孺转移逃生，然后与舰船一起沉没的船长，在他的沉默镇定中，至少有这一"船长精神"。

我们多年来在谴责帝国主义的文化侵略和"披着宗教外衣"的侵略活动时，往往把一般教育家、教师和传教士，与帝国主义分子混同起来了。这在一定的历史时期是不足怪的。就是在国内，共产党领导的革命队伍内部，也有许多界限有待于区别。应当看到，有些帝国主义国家、资本主义国家的教师、传教士和其他文化工作者，到中国来，虽不是为了支持中国共产党领导的革命运动，但也不是自觉地为了掠夺和压迫中国人，而是一般地对中国人抱有友好的感情，那么不管他们的世界观怎样，都不应该简单地把他们等同于帝国主义，把他们所从事的文化、教育、宗教活动划作侵略行径的。当然，我在这里不是作政策性的分析和表述，可能不全面、不准确，但感到敌友不可不辨，指友为敌是同视敌为友一样，在政治上是不利于我的，在道义上是不公正的。

一九八九年十二月七日

一个无神论者的箱底

这一篇叫《鬼之章》。

永夜里的市声撒下一片冬日的凄凉。拥炉兀坐，忽然在我的心端掠过一个暗影。记得小时每每要在这样的冬夜，和家里人围炉吃着半空儿，一壁谈着鬼的故事，从茔园说到《聊斋》，以致我一听到窗外的咳嗽声也会无端地发指。尤其是病中，噩梦连连，更为这暗影所恐怖。

记得在一个夏夜，听到若泣若诉的箫韵，让我想到一个枯涸的河边古老的坟墓，以及闪烁的鬼火，箫韵实在太哀伤了。“我是人间惆怅客，问君何故泪纵横？断肠声里过平生。”不由得联想到鬼。又是一个苦寒的冬夜，江南落着大雪，折竹声中，隔墙邻家嫠妇的夜哭也让我联想到鬼。……我想起深山埋古寺，一盏风灯，得得的马蹄，夜雨闻铃，种种的意境，无端地心悸起来。

楚辞《山鬼》篇：“雷填填兮雨冥冥，猿啾啾兮又夜鸣，风飒飒兮木萧萧，思公子兮徒离忧。”读后我沉湎于诗篇的境界中了。

现在我觉得鬼并不可怕，可怕的是人心中的鬼。再回过头看看人们的嘴脸，似乎比那幽寂山林中游荡的鬼魂更可怕了。

一年以后的深秋，《雁·塔·鬼》三篇中的末篇又写到鬼：

窗外鬼吱吱地叫起来，我的心也狐疑而跳动。蓦地那敲丧钟的塔又在发声，我越发恐怖着，像囚犯等待新的命运的宣判，陷入一种凝心的静止与孤寂中。

分明是脚步声音，然而谁的脚步又这样轻呢？

我等待，等待叩门声，但没有，我几度踟蹰，终于打开了门。

门开，月明如水，一阵凉风随着枯树幽灵似的倒影落在我脸上，令我发怵。呵，真的什么也没有，除掉如许月光。

我遂安心地回到炉边，我想，这是落叶们在作怪了。明天，用麻包装出去，可作烧锅柴。

叶子们的恩惠也不少，夏天给我们荫凉，冬天，又焚化了自己，把温暖给我们。

我只有感谢，忘却了这夜间的恶作剧。

叶子好，我愿听叶子的声音，而鬼又有什么呢？想到这里，不禁有些愤恨了。然而丧钟又从那塔里敲响了，我忽觉得鬼的巢穴是在那座古塔里，所以终究是鬼气森森的。

我要睡觉了，梦里或将与鬼们恶斗也说不定。然而夜是长的，冬天也是长的。冬天为善良者安排了令人胆战的鬼，和敲丧钟的塔。雁们飞远了，风声却在外面呼啸着。

那是一九四六和一九四七年。粗厚的报纸，焦了，黄了，脆了。一个十三四岁的孩子有什么不胜怀旧的情怀，有多少愁苦悲伤，还不是虚构的抒情，无病呻吟，连篇的鬼话？四十年间，有多少年头我们虔信散文必须纪实。连作者自己也怀疑起自己的少作。

为什么反复地写到鬼？是为了反衬人们的嘴脸比鬼更可怕？其实，对那一片萧飒中鬼影的感觉是真的，那理智的论证才是套话。

那时候还反复写到了病，有散文，有诗：

> 病里的世界是死生间的距离，
> 有三分自由，七分酷刑，和不算舒服的休息。
> 噩梦接着还是噩梦，一串殉葬的玉连环，
> 蓦一声悲壮的号角抚摸着半床冰凉的被……
> 没有病不知药的苦，
> 没有失眠不知夜的长。
> 马蹄表随幻想的蹄声
> 踽踽地走着风风雨雨的路。

咽着苦味的药，恋恋于苦味，自以为在咀嚼人生，夜半惊醒，被如冰，月如霜，失眠，疲于幻想，但没有翅子飞不动，听遥远的号声如咽，如一匹瘦马，徒然在瑟瑟秋风里，听自己的蹄声。这些感受都是真实的。

想起来了，我原是个多病的孩子。

母亲怀着我时，生一场大病。别的孩子生下来，都是粉红的。我呱呱落地，身上发绿，有菜色。都担心留不住。

居然留住了。成了小学生。有一回在小学校的图书馆里，教

我们三年级的张泽仁先生对另外两位先生议论我，被我听见了："眼睛没有神，怕活不长！"

活不长是什么意思？我还从来没听人说过这样的话。我茫然，又感到神秘。

过了几天，父亲和母亲正愉快地说什么，我也想凑趣："张先生说我眼睛没神，活不长！"

这可闯了祸，父亲和母亲的笑脸顿时收起："谁说的？""怎么说的？""在哪儿说的？""你听清了？"

"下回再有人这么说，你就说，你才活不长！"父亲压下气，嘱咐着，"听见了吗？"

八九岁时的事。从那就懂了，说一个人活不长，就是诅咒他在不到可死和该死的时候提前死去。一个人什么时候才到他的"大限"呢，反正是很远很远的事。而说我活不长，也是诅咒吗？张先生对我很好，是因为可怜我活不长才对我和气吗？说我活不长除了眼睛没神，还有什么根据？他的话会应验吗？怎么样才能不使它应验？

我比别的孩子更早地添了一个心病，思考着生死之谜，感觉到冥冥中有一个昏天黑地的死，在威胁着我的好梦，我的将来，我的命运。

就那么一句话，刻在我心里，像一道伤痕，再也抹不平、剜不掉，每到夜深人静失眠的时候，不如意的时候，家人亲戚中受冷落的时候，卧床生病的时候，就隐隐作痛。

是一种对死的恐惧，对不可知的令人绝望的厄运的恐惧，深深藏在心底。

家里是忌讳谈"死"字的。

那些天真烂漫的同学谁会想到死呢？就是在教室里背诵着“人生自古谁无死”，也都是如说一件陌生的人或事啊。

四十年后，我翻检箱底，却忽然发现了当时寂寞地只能用笔诉说衷曲的孩子所一直没有说破的秘密。他当时也没有意识到他是在吹口哨给自己壮胆，描写幻听幻视为自己禳灾。

他没有像那并无恶意的老师所预言的夭折。虽然他在人鬼之间的确曾经生生死死好几次。

〔附记〕

从这一篇起的八篇，属于总题为“神鬼之什”的一组文章，总共十篇，另二篇《科学与人》《不怕鬼的故事》未选，均作于一九八八年六月。刊于《钟山》，收入《热话冷说集》（宁夏人民出版社，一九九五年版）。

信佛的外祖母

对死的恐惧，只是潜意识的活动。在我，从来没有升华为对生与死、过去与未来的哲学思考。我看宗教，有神秘感，但始终有隔膜感，觉得与我无关。

按照满族的习惯，外祖母我们叫太太，太太属马，比我大六十三岁，她在六十八岁上死了。我一直记得她和善的模样，脖子上有个“气嗓”，扁嘴，大概没牙了，这个清晰的印象大概是反复看她的一张遗照得来的，印在心里了。她穿一身道袍，手里拿着蝇拂。但她是信佛的。太太有个佛堂，就在里院的西厢房。西厢房是套间，太太住里头，外面供佛。怕打搅太太的清净，不让我们去。不是太太不让我们去，我知道她并不讨厌我们。我还记得她坐在向阳的台阶上，饶有兴味地看一本哥哥从学校借来的画儿书，指点着告诉我，画儿上那叫鳄鱼。我记得太太的佛堂里也是满墙满地的阳光，佛堂里空空的，更显得只有阳光，太太睡觉的里屋，纸窗，没玻璃，显得暗些。就在这儿太太躺在炕上，拉着我的手问：“看过出殡吧？……那是雪柳。”她怕我记不住，说：“我死了，我也要那样的雪柳。”这也许就是她留给我的遗嘱。

什么叫死？怎么会死？……那时候我并不明白。

太太死了，念过经了，出过殡了，我忽然想起太太对我说过的雪柳，我竟忘记跟大人们说了。太太是只跟我说过的呀！

赶紧去问母亲。“……有雪柳吗？”有雪柳。一颗心才放下了。不然我会永远负疚，永远觉得对不起太太。我有负于她的嘱托啊。

老人意识到死，操心着死后的事，惦记着殡仪、佛事，直到执事里的雪柳……老人无所求于今生了，关注着来世的祸福休咎，这样就接近了宗教。都以为宗教是船，可以渡到遥遥在望的彼岸，彼岸该是净土吧。

太太一生是不如意的。她所能有的可以实现的具体的愿望是渺小的。……几棵雪柳！

而彼岸渺茫。她却吃了半辈子斋。

太太不在了。佛堂的供桌边添了一对椅子。有时候有客人在这里坐坐。姐姐和哥哥在这里策划过阴谋：把癞蛤蟆尿滴进茶水里，对付不受欢迎的客人，不过好像止于策划，没有实行。平时佛堂里存放着他们俩共用的自行车。我转动车链子玩，手指头卷进去了。若是太太活着，这一切都不会发生。

家里没人念佛。太太的念珠成了后来出生的妹妹的玩意儿，摊在玩意儿笸箩里。只有过年包素饺子的习惯保留下来了。

一九八八年六月

宗教外围

我六岁上了育英小学，是个教会学校。油房胡同里一重重旧式小院落连成的校园。坐在教室里能听到灯市口公理会教堂的钟声。不记得在什么时候听什么人说过，在教堂的尖顶里关着一只鸡，一只兔子，颇引起我的幻想：兔子能在月亮里捣药，该也能在那尖尖的阁楼里打钟。这不会是哥哥或姐姐告诉我的，他们不会把基督教理解为“鸡兔教”。然则是我幼小时接触的干妈、四姨儿、舅妈、老张这些当时五十岁以上的与“洋务”绝缘的女监护人们的传说了。那么可以断定她们是泛指一切“洋教堂”的。

我上的虽是教会学校，学校并不要求我们参加宗教活动，如做礼拜等等。填过的表格里有一栏：“宗教——”问父亲怎么填，他说填“儒教”。如果真有所谓“儒教”的话，父亲也只是在家的“居士”。他从没参加过什么“儒教”的活动，我也没听说古城里有什么有影响的“孔教会”，如时下香港还有的那样。

同学里好像没有虔诚的基督徒，家里在教的或有之。而填写“儒教”的怕只有我一家。老师也不管不问。

如果说对于佛，我在家里处于外围——我的外祖母大概也只是个外围的礼拜者；那我在基督教会的小学里，于基督教依然是外围。

只有一回略窥堂奥，在圣诞节发给每个同学一纸袋奶油点心。至今我喜欢那点人情味，包括化装的圣诞老人给小孩子的袜筒里送礼物啦，等等，都跟那个时期外来的白雪公主、米老鼠、罗宾汉一起，丰富了童稚者的想象。

听《弥赛亚》大合唱，震撼人心的“哈利路亚，哈利路亚，哈利路——亚……”是后来的事情了。最初留在我记忆中的基督教歌曲，是不无温馨之感的：

平安夜，至圣夜，
全安静，全光明……

路易莎·梱·阿尔柯特的《小妇人》，上海世界书局或启明书局出的译本，我总觉得在那个和睦家庭里过圣诞节的时候，就应该在烛光明灭中唱着这支歌的，是那么一种气氛。

还有一支歌，节奏明快：

11 12 11 50 | 65 67 11 |

那歌词很有中国味：

雪后寒山露万家，
明月山头斜挂……

快活地唱着这支圣诞歌曲，在仿佛中国水墨画的衬景上，我看见跟一弯冷月遥遥相对、湛蓝的天上闪亮伯利恒的星，颠沛奔波的三博士，马槽里诞生的婴儿——我一点不觉得那是与人世隔绝的神。

音乐，绘画，片断的故事……而不是抽象的经典教义的说教，在近半个世纪之后，我到敦煌莫高窟忽然顿悟，佛教在其盛时，也是用壁画、歌舞、经变讲唱，如水渗沙地远播着潜移默化的影响。

这是“影”和“响”。不是剑拔弩张的。怎么能想象一手持剑，一手持经？

怎么能想象宗教史上一系列残酷的斗争，以至跨国的征讨？

三年级的时候，一个曾经一同逛东安市场旧书摊的小朋友（他现在是有成就的古文字学者了），送给我一本广学会翻译出版的辛克莱著《日内瓦的小木刻家》，那里面为了宗教改革而提心吊胆、出生入死的秘密活动，打开了我的另一扇眼界。

我从这里体验到入世者的执着。跟东土上的岳飞、文天祥们的“成仁”“取义”相近的一种献身。没有我所听说的佛教里的自我牺牲，如跳崖、饲虎、斋蚊、损毁自身那样的怪癖和矫情。

因为搬家到崇文门内的船板胡同，我转到另一所教会学校，盔甲厂的汇文第一小学。这里是北平内城的东南角。汇文中学和慕贞女中，还有一个妇婴医院都在这一带，围绕着亚斯立堂。这里的学校和教员跟教会的关系，似乎比我在育英那里感到的要更密切些。现在回想，可能是在太平洋战争爆发之后，日本占领者接管了学校，但是教堂还维持着日常的宗教活动，一种反抗日本侵略者的政治情绪、民族情绪，通过宗教的纽带维系着、寄托着。

从我家到学校去，有两条路，一条穿过镇江胡同、钓饵胡同，一条索性走南城根。这后一条路上，总要经过一片基督教公墓。透过木栅门，密匝匝的白十字架，常年荒落无人，只有丛丛青草，寂寞的白的黄的蝴蝶。我们也从不想进去玩儿。我们管它叫外国坟地。

这里怎么埋了那么多外国人呢？我当时没想弄清，现在也无处去细问。

不过，从阿英编的《庚子事变文学集》的一些纪实文字里，我发现有关于亚斯立堂的记载。那时候船板胡同、孝顺胡同住的多是“教民”，一九〇〇年这一带发生过激战。这里的十字架下，也许并不是八国联军的士兵，而是被称为“二毛子”的教民。

四十年代中期，在我盔甲厂的小同学里，还是没有虔诚的基督徒。有家长担任教职的，但他们自己是跟我一样的没有宗教色彩的孩子。

老师里有基督徒。教国语的杨老师（到放假前她题纪念册的时候，我才知道她有一个怪名字“杨汤桂荣”，原来杨是她夫家的姓）。冀东玉田人，很和气可亲，讲课也不枯燥，作文课上她曾经拿一幅风景画来，让我们以画为题，来描写或叙述。又一次作文，写冬天什么的，我就我亲身经历的、书上看来的，把圣诞夜的气氛渲染了一番，她以为我家也是基督徒呢，我也才知道她的丈夫在教会里供职。

还有一位刘牧师，当时是校里年纪最大的。孙敬修老师四十多岁，他就是五十多岁近六十了。高个子，蛮魁梧的，至少从幼小的我看来如此；戴眼镜，鬓发和胡髭都花白了。他没有教过我，但他好像跟所有没直接教过的孩子也都熟识。他爱我们，是的，他爱我们。我敢这样说，我相信一个人童年时对爱的直觉和敏感。他名字叫刘界平，我们常去买练习簿和别的文具的，崇文门内大街路东的“天新成南纸店”，那匾就是他写的。他有时候穿西装、灯笼裤，有点“洋牧师”的样儿，其实他首先是个题字写匾的典型中国老先生。如果说他是个虔诚的基督徒，完全无碍于他同时是个虔诚的爱国主义者。有一回课后我和几位老师一起偷偷听抗战前的爱国歌曲的唱片，我不敢仰视刘牧师眼里噙着的闪闪的泪花。

北平解放以后，我再没有见到过刘牧师。他继续工作了几年就退休了。他去世的消息是一次邂逅孙敬修老师，他告诉我的。刘牧师在解放初那几年的政治运动里，一定也过得不怎么舒心，虽然他是爱国的。杨老师——杨汤桂荣解放初期全家去了香港，就再没有消息。她现在该有七十多岁了。

宗教一跟政治沾连，就不能那么超脱。而回头看看几千年的文明史上，重要的宗教，几乎又无不与政治相瓜葛。瞩望来世，一脚迈向来世者，也还有一只脚在此生红尘界中。芸芸众生，谁能遁入空门?

不过，这自然只是我这一直置身宗教外围的人的见识。

一九八八年六月

庙

我到河北正定华北大学集训的时候，才悟到宗教和政治的一点因缘。而这，绝不仅是由于某一天夜里逮捕了天主堂里的外国神甫。那一夜，我们睡梦中听到怪声喊叫，第二天才知道是怎么回事。一九四七或一九四八年，献县张家庄天主堂法籍神甫尚建勋曾因介入中国内战，危害解放区，受到解放区法院的追究；当时法国驻天津领事奚居赫陪同被判驱逐的尚建勋等离开解放区的时候，对法律程序和处理的宽大表示满意。记忆犹新，不知道正定一案要怎样解决。

我指的远不只是这一点。我从互相毗邻的天主堂和大佛寺的对比，发现了近代史格局的某种象征。

我到大佛寺去看过千手千眼佛。这是个隋代的古刹，历经重修，却破败不堪了，停厝的棺柩不知几多年月，我颇怀疑其中枯骨早化成磷火，夜逐萤飞，晨熄于草露。不见和尚，不闻钟磬声。而隔壁的天主堂，像新坟般崛起。阶石平滑，磨砖对缝，彩色玻璃完整如新。若是没有神甫被捕的事情，足能以它的衣冠楚楚，睥睨荒寺的褴褛寒酸。这是随坚船利炮俱来的外国文明对日趋没落无以自拔的老旧传统的冲击，千年之久的上层建筑，可怜“暗牖悬蛛网，空梁落燕泥”。

而我们华（北）大（学）的四千学员，军事化地按区队住在教堂院内的附属建筑里，有如校歌中说的一支“新文化的先锋队”，进驻了这片原本属于中国的神圣土地。在此以前，这片“圣地”也是禁区，不是人人能涉足的。然而的确是好去处。我们齐刷刷地坐在马扎上，撒遍林荫下，一边听大课，一边倾心谛听远处斑鸠唤雨：“咕咕，咕咕！”其声低沉。讲大课的也许是李新，正昂扬地批判蒋介石国民党的“领袖脑壳论”，所谓“一切都在领袖脑壳里”！

那时候我们只记住进城“约法八章”中保护一切应予保护的物质财富和生活秩序的条款，不暇想到日后会拨款重修寺庙，更不会想到若干年后重修的庙宇会仍然香火不断。

当时我不会反对把北京东岳庙改作公安学校，原有阴曹地府“七十二司”的模拟雕塑荡然无存。“有人叹息失去了的天堂，而我们失去了一个地狱”，也失去了一处具有文物价值的古雕塑群。雕塑者不是无名工匠，他叫刘蓝，至今只有一条“刘蓝塑胡同”纪念数百年前元代这位造型艺术家了。

东岳庙，白云观，蟠桃宫，都是在我童年那个时代北京城里的胜游之地，更不用说西城的白塔寺、东城的隆福寺，不仅庙会的日子，平时也是热闹非常的。我生在一个没有什么宗教影响的家庭，但是“学龄前”就已熟悉“一点一横长，一撇到南洋，十字对十字，日头对月亮”的字谜，知道那是“廟”。庙宇，对平民百姓，首先并不意味着如山的神圣，如海的智慧，或伽蓝古建筑的美轮美奂，而是老少咸集、僧俗杂沓、熙来攘往、仕女如云的社交场所。宗教就是这样打进了、羼进了、糅进了、化进了世俗生活。

而我对庙宇以至僧尼的观感，还受着文学作品的影响甚至左右。

读《西厢记》，对于普救寺、西厢下，隔墙花影，旖旎风光，也曾很是神往了一阵子。但是惊艳的机缘千百不一遇，古押衙式的僧惠明更渺茫难期，把命运寄托在好心和尚禅杖的庇护下，更不可靠，所以还在年少的我，已经不做那虚幻的梦。

《儿女英雄传》里的能仁寺，跟一切黑店有什么两样？有过之无不及。更加阴森惨厉，叫人毛骨悚然。后来许多武侠小说、场景和手法，都从能仁寺一节袭来。被害者已经闭眼念道“今生休矣”，哐啷一声，倒是仇家的匕首落地，从檐角墙头，搭救的人来也。大起大落，挺能抓人，所谓抓人，就是先叫你提心吊胆，再叫你一块石头落地。好多更是一波未平，一波又起，再让你的心悬起来。情节小说，大率如此。倘以情节取胜，最恨平淡无奇。此中高低，要看是否落套，应该是让人猜不出，看头不知尾，一旦揭底，又觉正该如此。无巧不成书，巧要人编，编而不瞎，不是瞎编，此之谓也。

能仁寺的和尚，真刀真枪。金山寺的法海，法术则大得多了。他能以金钵为塔，镇白蛇于地下，图的不是些许财利，而是儆戒世人。这是佛门中另一路“无毒不丈夫”的方丈，今之佛教协会可能不承认法海为个人会员，也许还要声明这是被歪曲塑造的艺术形象，然而这个形象的客观存在，的确在民间起了反佛宣传的作用。我自然是从小接受这种宣传的一个。我把法海归入了妖僧一类，以为其可恶不下于俗界的恶霸与官僚。所以当我游镇江金山寺时，除了欣赏苏黄的刻石，恭听米醋的做法以外，也还默默重温了一下水漫金山寺的浩浩荡荡的壮举。

在镇江，还游了甘露寺的旧址，又曾兴致勃勃地去轻敲“满眼风光北固楼”的山门。一僧启门，不言不语，一施白眼，砉然闭门。我正在门外徘徊，见一小车欻乎而至，下车者军人，狠敲山门，门复开，前僧复出，面堆笑，躬腰伸臂延入，门闭如初。“天下名山僧占尽”，岂其然乎？我从此长了些见识。二十多年过去，不知那位和尚是否还健在，北固楼已对外开放否？

在北方一座佛教名山的清凉胜境中，我却得以入坐禅寺，一饮东南亚的善男信女邮寄来的咖啡加方糖。当然一扫被拒门外的落寞之感。在这里风闻一位头面人物去年伴送比丘尼去省城人工流产，我也没有特别地吃惊。只是怅然地想到，如张君瑞过此，留住寺内，虽还是禅房花木深，唯恐难找到惠明如古人了。是王实甫的诗笔耽于浪漫，还是我们浸身其中的现实过分功利了呢？在山寺的菜畦里，遇到一位劳作的僧人，听他满嘴京白，竟恍惚有如虚构。攀谈起来，原先在北京广济寺待过，四十年代游方到这里，灌园种菜至今——说话这个“今”也是六十年代之初了。老和尚不识字，念叨起菜经来头头是道。

庙院深深，但与庙外只是一墙之隔。无论什么时代，空门不空，宗教是整个社会的一部分；而庙院里面，也自成一个并不与尘世绝缘的小社会。

一九八八年六月

禁　忌

今年初写过一篇短文《说“禁忌”》，是为某地日历上又印上了“宜动土”或“诸事不宜”而发的。单看这一篇，好像我不但致力破除迷信，而且从来不曾受过迷信的熏陶似的。

其实，我从小生活在一种尽是禁忌的迷信空气之中，例如：

换牙的时候，下牙掉了往房上扔，上牙掉了往地下埋，则新生的下牙、上牙都会很快地循着定向长齐；

走路的时候，如要从晾衣的绳子或竹竿下通过，务必躲开裤子、裙子一类下衣，否则……我想，是回避胯下之辱吧；

扇扇子的时候，如果一手一扇，死后会变蝴蝶……庄子化蝶，很有诗意和哲学意味，但也只限于做梦，真的下世托生为蝴蝶，还是命薄的结果；

戴两顶帽子——死舅舅，此中干系失考。

戴两顶帽子，扇两把扇子，都是小孩子偶然淘气，而大人随口编派，吓唬人，何至于以如此严重的后果示儆，甚至以为祸延娘舅呢？小孩子大概还不知死为何物，是上辈人认为死是最大的不幸吧——相信轮回转世，因此死后的出路和待遇都要先作关心，由此生出许多禁忌来，比如寿衣无论单夹棉，只宜穿一条裤子，不宜再加内裤，为什么？据说那样一来，就变成“四条腿”，来生只能变犬马了。好像十殿阎王有很大的主观随意性，而死人服装上无意间一增减竟会影响到为人为畜的选择。人生实难，死亦不易！

不知道从谁开始，自豪地宣称“人为万物之灵”的。可惜这个万物之灵，又相信“万物有灵”，而且万物之上，三十三天上更有神灵在，于是一灵见多灵，小灵见大灵，万物之灵的人缚住自己的手脚，灵也不灵了。

树木谁不爱呢？“前不种桑，后不种杏”，桑谐丧，不吉利，种在园外尚可以，却不必种在屋前。杏谐幸，应该种在房前屋后，象征幸福了吧？偏又说“树幸人不幸”，于是说“后不种杏”，意谓可以种在门前，怕也是对这种“两头堵”的促狭的禁忌，一半妥协，一半禳解。人自己画地为牢，给自己设下圈套，又要点小聪明，钻点小空子，从圈套里脱出半边身子透一口气。

三千年前就有“箸”字。或作筯，大约起始是用竹做的，后来富贵人家才有玉箸。据说船上人忌讳“住”这个音，把箸子叫成快儿，创出个新字，就是筷子。我小时候老北京的饭桌上还说：“夹一箸子！”当时还是箸子、筷子并称。现在人们只说筷子了。停船与箸子何干？称筷就一船如箭？聊以自慰的烦琐哲学罢了；烦琐固有之，哲学在哪里？

所有这些弄不清发明权谁属。好像只要有人出了主意，大家都愿意风从景行。小时我家东面紧靠石碑胡同（叫石碑胡同的在北京有好几条），所以叫石碑胡同，就因为在它南口，正对面南墙根上埋着半截石碑，上书“泰山石敢当”。我走过别的石碑胡同好像并没见过石碑，最近经过旧居附近，这块石碑早不见了，并胡同也改名了。（邵按：八十年代重过旧地，看得不仔细，以为石碑不见了；二〇〇二年为礼士胡同拍照又去踏访，发现那小石碑还在，只是下半埋在土里。二〇一六年八月）而“泰山石敢当”碑，在全国何止万千，城市乡村，大概三四十岁以上的人都见过的。这类驱邪镇宅之物，还有嵌在房脊上的铜镜，贴在门前门后的符箓。这类东西多半源于道家，但三教九流都能兼收并蓄之，中国人在顺应禁忌、于禁忌的夹缝中苟且求生存，甚至企图略施小计，变害为利，是颇有点实用主义功夫的。自然，这种战术上的小主动毕竟是防御性的以攻为守，在战略上无疑还是被动的。友人老梅（承藻），宣南老住户，解放前杂院里对门搬来个新房客，没几天，那一家宁肯牺牲了预交三个月的房租，悄没声地搬走了。原来该户姓钱，被梅家的姓氏威慑住了：“梅钱——没钱。”何等晦气！卷起铺盖，迁地为良。

禁忌常常与象征为邻，而以语言为符号。置身禁忌之下的我们的先人们，也采取了相应的象征物为对策，其中特别显示了万物之灵的语言的威力。改“箸”为“筷”属之，“泰山石敢当”属之，数不清的符箓咒语属之。

从最通俗的普及版“驱蚊咒”，“长脚蚊公短脚蚊母……太上老君急急如律令”云云，到请专业人员在黄表纸上龙飞凤舞写的符文，都是人们愿望的表现。也许推而广之，可以说咒语出文学，当然是原始状态的文学，首先是诗歌。不但有诅咒，而且有祷祝，从“时日曷丧”到“万寿无疆”，都不过表达一种愿望，“祷祝”二字都从“示”，可见历来就是祭桌前的念念有词。是颂是祷的歌诗，是神道设教的产物，距离“人的文学”不可以道里计的。

睡不着的时候，口念“阿弥陀佛”或“南无阿弥陀佛”，这是一种最廉价的催眠的办法，易记易行。大人这样教给，不止一次试过。这可能是我平生最早使用的咒语，如果也可以叫咒语的话。

一九八八年六月

幽冥之间

小时候，包饺子没我们的事，包纸锞子是人人动手的。春秋两季，清明和七月十五，用金银箔叠成小元宝，装进买来的大纸“包袱”里，白纸上木版淡墨打框框，家里大人用毛笔写上死者姓名，待黄昏时分，打开街门，堆到路边，点起火，转眼忽忽烧尽，一阵风来，把焦黑的余烬也吹光了。

到了十月一，还要送寒衣。到时候，檐角寒鸦飞作阵，漫天都是催寒信。还是“烧包袱”，纸包袱里还是金银锞，让死者在阴间置办衣物。

这里寄托着对死者的最朴素的思念。幽明永隔，人鬼异路，但是，“祭如在”，有人情味。

中元，称作鬼节。本来是盂兰盆会，放河灯，给迷魂指路的仪式。而在世俗中，尤其对孩子，竟转化为玩莲花灯的节日。住在西花厅的四姨儿活着的时候，每年七月十五必给我们送个莲花灯来。只是随着物价的飞涨，生活拮据，一年比一年的灯小了。灯虽小，规模还在，总有几瓣粉白的莲花捧着灯芯烛的座。我们念叨着：“莲花灯，莲花灯，今儿个点了明儿个扔！”这种快乐托福于对死者的纪念。孩子懂什么纪念呢，但有人情味的鬼，想也乐意与年幼的后人们同乐。

传统的天地人哲学，到了闾里小民这里，就变成了以人间为主、天上和地下为辅的格局。日子过得还好时，感谢祖宗的荫庇，按时依节令行礼如仪，端阳、中秋、大年不忘上供，就算一份心意。日子越过越窘蹙，今生休矣，便寄一线希望于渺茫的来生，为此也总力求与那个世界保持一个良好的关系。

不依赖这样的自欺自慰以维系可怜的心理平衡，而能视肉体的死亡为自然规律，持旷达的态度，需要有相当的文化修养。至于为了一定的目的，不惜从容赴义，视死如归，那就需要有对生命价值的更高的道义上、政治上的执着的自觉，才能做到。

一个人的生死观，是人生观的一部分，是诉之于理性认识，而体现于感性的行为实践；最终恐怕要经一生的检验，盖棺论定，不能看高谈阔论的。

回想我在还不懂得什么叫人生观的童年，先有了某种模糊的对死的恐惧，其实是同对鬼的畏惧一样，不是怕正常死亡和正常死亡后的“鬼”，而是怕横死的恶鬼。

我平生经历的第一个亲人的死亡，是外祖母的死。并没有使我生畏。如果说死后为鬼，我也从没想过她的鬼魂会加害于我。当我知道有“托梦”一说之后，还曾盼望着梦中再睹慈颜呢。

而从小听的鬼故事，那些受屈的、被害的鬼，本来也都是善良的人，他们的死，甚至赚出我同情的泪。然而几乎绝大多数的故事里，这些化为鬼的冤魂，不是去报复那陷害他们的恶人，却向普通的、无辜的、与他们无冤无仇而正耽于生命欢乐的，或也处于他们生前一样苦况的人身上去“讨替身”。这是多么地不合道理、不合人情啊！

后来我想过，在这类结局的民间故事中，反映了一种极端自私的卑劣心理，就像生了病写张帖子散出去，以求把瘟病转嫁给别人的陋俗一样，是民间传说中的糟粕。对于善良的鬼——善良的死者，这是施之于死后的诬蔑。

我整个小学时期，是在日本占领下的沦陷区度过的。古城里的报纸，唯社会新闻版上可能有些众生相的真实报道。偏偏总有凶杀案的新闻。我识字不多，已能看报。这类新闻，一见黑体字横横竖竖大标题，配上油墨模糊也是血肉模糊的照片，就会心怦怦然。好奇想看，而又怕看。写得越如实细腻，越是看了堵心，放下报纸，犹不能去怀，如郭华氏杀子，广宁伯街八号杀一对老人……记者的文字寥寥，但经过我阅读时的想象，常常如临其境，从一小段新闻想见一个有声有色的案件。这往往比从武侠小说看的杀掉一两人以至《三国演义》中的尸横遍野，更能震撼心灵，因为它是真实发生的，发生在某街某胡同某个门里！但它同小说里被杀的人也有一致之处，那就是对我说来，都是陌生人。

听说过一个令人毛发倒竖的传说。在什么王府夹道里，一个挑担的夜夜来卖馄饨，这天听大门一响，笑笑闹闹一群丫鬟跑出来，一人拿了一碗馄饨，飘然而去，卖馄饨的醒过神来，追上要钱。睁大眼睛一看，竟一个个只是没有头颅的尸体！

这就是一个还没有由唯物主义思想武装起来的孩子之所以怕鬼、怕死人。

一九六六年五月，在山东半岛上接急电，催归参加“文化大革命”。连忙乘船跨海，船到大沽口，天明，在甲板上凭栏而望，不远一个小船，船尾立一人，神色淡漠，手持竹竿拖进水里，顺着竹竿看去，竹竿尖必定还缚着铁钩，竟钩着一具死尸！

当时我并没有把这个场景跟“文化大革命”联系起来。后来偶一想起，也不能断定死者是因“文革”到来而寻短见，但人的身命如草菅，而善后者如此麻木冷淡，却不失为有典型意义的象征。

随后，接二连三听到相识的人凶死的噩耗。我也能做到麻木冷淡了。我可以说毫无畏惧之心。倒不是粗浅的唯物论观念使我不怕这些朋友“找替身”，而是我确凿地认识到，可怕的不是已死的人，哪怕已化厉鬼；而是那些能以种种鬼蜮手段致人于死，并且处心积虑置我于死地的活人。

一九八八年六月

凶　宅

月明之夜，风动树响，从屋里隔玻璃窗看见屋脊、墙头噌噌蹿过一只瘦猫，仿佛也有几分妖气。

把这处房子卖掉以后，我才听说，早在我家搬到这里来之初，还没有我，就有人吹风，说是一所凶宅，说外院西厢房的墙上，不时显现带血的手印。我记起来了，那破败的西屋，一开门进去就有一股潮气，窗外的老榆树、金银藤白天挡住阳光，夜里挡住月光，屋里总是阴阴暗暗的。墙上的灰斑驳脱落，使我起过从墙上刮硝的打算。若是在阒寂无人的夜里，墙上透出手印，渗出血痕，鬼影憧憧，哭声啾啾，那有什么奇怪？不过，据说其实有人觊觎这处房产，造出谣言，想吓唬我家落荒而逃，仓促出手，就可以贱价得之。然而我的父亲是不迷信的，或是宁愿遭受怪异的威胁也不愿遭受经济的损失，住下来了，谣言也渐平息，这里从没有发生任何灾变。那些年头里的灾变都不是只及于我们一家的。

迁入新居，不久又听到邻居的好言劝告，说是这里有过凶死，有过“响动”。这回就连我的母亲，胆小怕事的母亲也不管它，因为的确是无处可去了。这邻居是个开冰局子的掌柜，五十年代初因“一贯道”的案件受到查究，他当初以凶宅相恫吓，也许是要传“一贯道”也说不定。

我不怀疑我住过的旧屋，或旧屋所在的地皮上，可能发生过死于非命的不幸。一九四九年以后，我住过德胜门内的一处旧府邸，南河沿的小四合院，西单武功卫的金城旅社，谁能说这些都是净土？六部口路北一处后楼，往近里说曾经是三十年代南京政府军委会北平分会的一部分，西便门外真武庙，清理地基时就有一堆乱葬的枯骨，地之吉凶，难言之矣。

我小时候读报上的社会新闻，有些凶杀案的街名门牌号数依稀记得，几十年后偶然经过，还不免朝着敞开的街门向里张望一下。不知换了几茬住户，连老街旧邻都死的死、搬的搬，当年的旧事新闻大概没人记得了。

如果说有过横死的人就叫凶宅，那么凶宅何其多！母亲说起，单是光绪二十六年（一九〇〇）八国联军进北京，老君堂东口大姑娘、小媳妇“全节”的“殉国”的，总之跳井的上吊的，有名有姓能举出来的，一个门里就不止一个。可惜我从文学作品读到这使人伤心惨目的情景，倒是罗逊的《冰岛渔夫》。罗逊当时是随着法国侵略军到过北京的吧。

北京三十多年来从二百万人口发展到近千万，高楼平屋鳞次栉比，人无隙地，谁还计较是否凶宅，能有立锥存身处就好。就是几百年间传说的荒园废宅中的狐狸、长虫、黄鼬、刺猬“四大家”，也早就被挤走，再无处兴妖作怪。每家每户，顶多有老鼠掏洞了。

又要说在我小时候凡是院落里总还有草树的。有一次我发现荒园马莲丛里贴地游着一条花蛇，后来许久不敢一个人再来。

而热心于向所谓凶宅的住房传播凶宅的故事，说得活灵活现的，往往各有用心。这使我悟到白居易的一句诗有更广的内涵，就是："人凶非宅凶。"当然他的原意是指那些阔气的府第不断易主，其中阔主人的倒霉不该归咎于凶宅，而是咎由自取的。

纪晓岚《阅微草堂笔记》里，屡屡指陈某处某处是凶宅，如南横街、香厂，都是阅微草堂附近，也是如今跟我的住处（虎坊桥南）一里半径的近处，言之凿凿。在清人笔记中，《聊斋志异》无疑是文学性最强的，借狐魅写人情，宛细入微，虽有"异史氏"间或在结尾作赞作论，却通篇都是诉诸形象的；而《阅微草堂笔记》，虽也有些近于小说，但多数从文学角度看，则嫌警世之心太切，倾向不是"从场面和情节中自然而然地流露出来"，作者急于站出来亮明自己的观点。不过，我把它索性作杂文读，便觉议论风生，尽管难免迂腐之论，却不失锋芒。可从而得到与读《聊斋志异》不同的享受。

但是，前后翻检几遍，我发现更有趣的是，纪晓岚，这位《四库全书》总编辑，虽属御用但确是有学问且极聪明机智、博闻强记的高级知识分子，由于种种难以摆脱的局限，他诚实地暴露了自己在鬼神问题上的矛盾，和自圆其说的徒然的努力。子不语"怪力乱神"，宋明理学也不信那一套；但他面对着有识之士和无知愚民"姑妄言之"的种种怪异现象，不敢信其必有，又不敢断其必无，从两方面都设法作出解释，不免自己跟自己打架。这是一个颇为有趣的，并且富有象征意味的现象。如果能有时间，把他列举的怪异和他试图作的解释剪贴胪列，可以题之为：《纪晓岚：在有神论和无神论之间徘徊》。从这里可以理出纪晓岚的思维逻辑，而中国许多世代的不光吃饭而且肯动脑子的知识分子，也正往复碰壁于这样一种思索的悲剧之中。

我还想建议有心人于《中国宗教史》之外，写一部《中国迷信史》。先秦遗籍中就有所记载，有的是像煞有介事地郑重笔之于书的；六朝志怪至明清笔记，也积累了不少书面资料。然而，还需要到各地民间向耆老访问调查。这意义决不限于可以交论文，换博士学衔。也不算爆出冷门，像这样不可能成为热门的学问也该有人去做的，而且要甘于寂寞的人踏踏实实去做。

其中，可以在某章设一节，曰“凶宅”。但在泱泱大著中，北京四大凶宅的故事，顶多也只能占两三行吧。

一九八八年六月

父亲的迷信

父亲在我出生那一年已经四十三岁，我能记事，他就是年近半百的人了。

父亲说他不迷信，他信奉科学。他认为欧美一些国家富裕，生活好，是因为科学发达。他认为欧美和东洋的帝国主义能够侵略中国，也是因为科学发达，而中国在科学上落后。

父亲不信佛。我见过他藏书里有很漂亮的八开本线装手写影印的经卷，单是《华严经》或《楞严经》就是六卷本的。他不信佛为什么会有佛经，有佛经又从没见他读过。我心里有这个问题，却从来没有机会一问。后来有一天我见他把那部《华严经》或《楞严经》用报纸包起来，匆匆地带出去，回来却空着手。又过些日子，从父亲和母亲片片断断的对话里，才知道这部佛经送给了一个在法院办事的人，因为打官司要托他的人情。不知为什么，我就断定这个法院中人也不会读这几卷经，虽然写经的中楷可以作字帖。

父亲也不信道。邻居一位老先生是我父亲很尊重的，曾做北洋政府高官，而诗书自娱，淡泊自许。他送给父亲一套由他资助刻版的四卷《一贯天机直讲》，还有《菜根谭》和署名蒲松龄的

《蓬莱宴》等。父亲收受下来就放在那里。大概只有我有时候去翻翻。《蓬莱宴》后附《东郭墦鼓儿词》，是从我听讲“四书”后留下印象的仅有的几段故事之一——“齐人有一妻一妾”敷衍出来的，当然能够看懂；《菜根谭》有些格言也还能囫囵吞枣，连猜带蒙；唯有《一贯天机直讲》玄奥得很。只是若干年后，我恍然大悟，这是当时一贯道的理论基础，原来一贯道有其自己的纲领性文件，而设坛、扶乩，只是普及宣传、联络道众的技术层面的形式而已。

父亲也不信基督教、天主教。他学德语、学西医，他迷信西门子的电器和拜耳的药，不迷信别的。

然而我终于发现父亲的迷信了，他迷信医卜星相中的低档的“八字”和《麻衣神相》。我凭着他教诲我们的一点点科学头脑，认为这些属于迷信，但是他说这是哲学。我不懂什么叫哲学，自然就眼看着父亲的哲学和父亲的科学这样并存着。

等到我能够从父亲的通俗“哲学”读物里，找到最简单的算式，填出一首又一首含义朦胧的，或说多义性的、富于暗示的七言“诗”以后，那“哲学”的神秘顿时黯然失色。我还没到为自己的命运和前途提心吊胆的年纪，对这类文字游戏没有多大兴趣，对于八卦的演算更没有钻研的劲头。读曹禺剧本《北京人》里姑老爷江泰对着镜子端详自己的鼻相，因为算命的先生预言他快走鼻运了，他仿佛发现新大陆那样欣赏起“鼻子！鼻子！”。一方面想起果戈里的人物寻找失落了的鼻子之可悲，一方面不免凄然地想起我的父亲，他从十几岁离开清寒的家门，到十里洋场上去觅出路，在世局多变的夹缝里，度过自己的大半生。他汲汲于八字、面相，是在不能掌握自己命运的境遇里，找一点聊以自慰的精神支撑吧。

到了晚年，托“包下来”政策的福，吃上了“大锅饭”，大局稳定了，生活也稳定了；他称道共产党做的两件大事，一是普遍就业，一是公费医疗。

父亲自己学医，一直到老都保持着冷水浴的习惯，很少进医院，并没有充分“享受”公费医疗的优越性。然而他是十分注意自己的健康的，身上什么地方出现一个新的小小的黑痣，他都要认真对待。他不愿意死。

据母亲回忆，父亲晚年讳言“死”字。必须说到这个字，比如说某某人死了的时候，他不说“死”，他说“那个”。还有一点我注意到了，他每天拿到当天的报纸，首先看最后一版下角的讣告，如果发现死者的年纪比他小，脸上便隐约有一丝近似得意的表情，当然不是幸灾乐祸，而是慰藉与侥幸的优胜之感，这种优胜不在于领先，而在于拖后。

他不愿意死，甚至怕死，这种心理又不肯明说出来，只是在孤独中默默地算计着、期望着、防范着。这里也可能有一种迷信，怕一说出就泄露了天机，有所触犯，受到冥冥中的报复。但是，他终于在七十三岁的“坎儿”上去世了，去世时满口牙齿整齐，无一脱落，他是用心养生的。

父亲的一生，怕还不算个迷信的人。偶有近似迷信的表现，只是想活下去，并且活得顺利一点罢了。

一九八八年六月

伴我少年时

——为《外国文学评论》作

我的童年是寂寞而压抑的。一九三九年我上小学一年级的时候，我居住的古城北平已经成了日本人信马由缰的世界。属于我的世界只是学校的教室和自家的院落。不过，说实话，我那时还不知道外面的世界是什么样子。那年夏秋，天津“发大水”，不知怎么我总以为天津在北平的西北方向呢。

走出我的小世界、走向外面大世界的第一站，是大人国、小人国和鲁滨逊的荒岛。“小人书”上的虚幻世界，一下子来到身边，于是我匍伏在院里的草丛中，也幻想那是蛮荒的榛莽了。那时候根本不知道斯威夫特和笛福为何许人，更不解他们歌颂和宣扬、暴露和讽刺的是什么；读到原著是很久以后的事。

为了我童年时代隐秘的惊喜和慰藉，我感谢那些把外国名著改编成儿童阅读的连环图画的先生；正如我回忆中许多难忘的歌曲，是为外国优美的民歌或名曲译配甚至改配了歌词，而词曲浑然天成，这是费了心血的。虽然我不认为这是向孩子作艺术启蒙的唯一途径。但让孩子尽早地略窥世界文化的珍藏，可能比吃中外合资企业生产的饼干重要得多。

青鸟、水婴孩、匹诺巧（现译为皮诺曹），伊索的山羊、乌鸦、狐狸……从课外读物，从课本，从老师的讲述里熟稔起来。我还记得美术老师王善甫（王宝初，现健在，已是八旬老人）讲《汤姆·莎亚历险记》，一开始把眼镜拉下来，模仿老祖母的表情。

育英小学有一个"儿童生活园"，有一壁图书开架，二年级以上可以凭证借阅。管理图书的郭宗渊先生十分和善，我几乎天天去换书也不发怵。换书以后，还总要在装有"万有文库"的玻璃柜前流连一会儿，那是不对学生开放的，我从书脊上记住了《黑奴吁天录》《块肉余生述》这些古怪的书名，直到读过郑振铎编著的四大本《文学大纲》，粗知了世界文学的轮廓，我才一一弄清了我这些外国朋友——作家们在文学史上和书中人物在典型画廊里的位置。

我和这些忘年朋友的相识相交，各有不同的际遇。比如雨果，那时候译作嚣俄，谁知道什么叫嚣俄！有一次在一本文学刊物《中国文艺》上读到招司编的独幕剧《银蜡台》，听说是根据嚣俄《悲惨世界》的开头改编的，唤起我对冉·阿让命运的关注。嚣俄的名字被我记住，招司的名字也记住了；五十年代他写过一首有名的歌词《全世界人民心一条》（瞿希贤曲），后来就再也不曾见到了。

尽管成年人读书，也有"读《三国》掉眼泪——为古人担忧"的，但一般说来，没有比孩子读书更以全部感情投入的了。不论是图画为主的"小人书"，还是故事、寓言、传记、小说，常常要设身处地，"假如我是……"只凭感觉，不硬"分析"，而且是纯粹非功利性的——不为应付考试，不为学习写作，只是打开书页，环顾世界上各样的人们在怎样地生活。读《十五小豪杰》，便一同颠簸在海上了；读《侠隐记》，便也神出鬼没、智勇双全了。……

那时候读外国文学，没有高人指点，偶然得到什么就读什么，不像读国内现代文学作品，从课本，从口碑，先有了鲁迅、巴金、冰心的名字在心里。因此我之所读，不都是第一流的、永垂不朽的。但留在印象里深刻不磨的，却总有其缘故。而像辑译美国畅销小说文摘的如《女人们的故事》，看过也就忘了。

路易莎·楣·阿尔柯特的《小妇人》，是假期在炉边读完的。也是启明书局排印的行距很小的版本，密密匝匝的，读来却很顺畅，或许因为我们拥有的也是大同小异的这样一个小家庭，而感到亲切。那小康之家的温馨气氛，回忆这段时光的些微惆怅，久久地萦回在我幼小的心里。它的续篇《好妻子》《小男儿》对我就没有这样的吸引力了。

我的哥哥姐姐长我五六岁，已经是中学生，我们一起读书，一起议论。亚米契斯《爱的教育》中每月讲一个震撼人心的故事；哥哥曾经把其中《少年笔耕》(新译叫《佛罗伦萨小抄写匠》)等两三篇改编成剧本，我们就在书房里扮演着玩。——那时候，我们还扮演过孔乙己，我们读得起劲的书还有从书摊租来的《联镖记》《蜀山剑侠传》。我们自己的世界也是多元的。——由此我倒联想，不但大学，中小学也是可以有校园戏剧的，如果不让所谓正课和作业占据了全部课余时间的话。

各种各样的文学作品包括外国文学作品，助长着我们的想象力，磨炼着我们的感情和意志。都德的《最后一课》，莫泊桑的《羊脂球》，最能触发我们偷生于日本占领下的亡国之痛了。而从一本名为《吾友》的非文学周刊上偶然读到一篇《茑萝叶子》(欧·亨利作，现译为《最后的藤叶》)，则从深心幽隐处唤醒一种甘愿为别人的幸福而献身的情怀，尽管还是朦朦胧胧的。前一类作品的效果该是所有论者都承认的，以为合乎逻辑的；像后者，那老画师在风雨之夜去为病中的姑娘添画一片不落的藤叶，因冒风寒染恙而死，远不算英雄行为，不算壮烈的牺牲，这个情节在一个中国孩子身上的影响，恐怕是看透世事、玩世不恭的欧·亨利怎么也想不到的吧。

童年是短暂的，少年更其短暂。那只是一九四五年暑假战争结束到一九四九年初北平易帜，短短三年多的时间。希望、失望，和平、战乱，大起大落中睁眼看中国、睁眼看世界，有所困惑、有所追寻的岁月，这使包括我在内的一代少年早熟了。

学校里有公开的和半公开的读书会，读公开的、半公开的书刊以至禁书。我有了更多读书的朋友，也有了更广阔的读书的眼界。这时候我读了鲁迅单行本杂文集的大部分，也囫囵吞枣地读了他译的果戈里的《死魂灵》，牵肠挂肚地读了他译的班台莱耶夫的《表》，以及爱罗先珂的《桃色的云》等等。

我在涉猎外国文学作品时，居然采用了“瓜蔓抄”的老法：由鲁迅而知《域外小说集》，遂知有《乐人杨柯》《灯台守》，因郑振铎《取火者的逮捕》而知去寻觅希腊罗马神话故事，因果戈里而知普希金，戈宝权译的《普希金文集》向我展示了一个雍容、潇洒、蕴藉，但没有中国读书人酸气的俄罗斯才人。

大约是一九四五年秋天一个风雨黄昏，我第一次读到以苏联反法西斯战争为题材的小说《虹》，瓦西列夫斯卡娅著，似是中外出版社出版。我一口气读下去，竟没有吃晚饭。一个女游击队员被纳粹匪徒抓住后，逼迫她在冰天雪地中赤足跑步，我为之惊心动魄。我所读过的外国文学作品所潜移默化形成的人道主义精神，面对社会不公正现象的正义感，弱小民族和一切被侵略、被压迫

一九九九年，是俄国大诗人普希金诞生二百周年。老友诗人、散文家、画家及俄苏文学研究家、翻译家高莽作《普希金组画》，邀诗人牛汉及我到他家中商量为他的画题诗的事情。中为高莽，右为牛汉者的同仇敌忾，还有混杂着宗教感情的对美好社会的向往，在这个画面前通通调动起来，沛然于我胸中了。

加上巴金《俄国社会运动史话》、蒋光慈《新俄文学中的男女》（我想是这本书，因为我拿到的既无封面封底，亦无书脊，更没有版权页），使我神往于俄罗斯深厚的革命传统和文学遗产的同时，也神往于苏联社会和文学的崭新现实了。因此，早于一九四九年在全国范围号召“走俄国人的路”之前，在外国文学阅读上，我，可能还有一代文学青年，已经向俄罗斯和苏联文学倾斜了。——我觉得，不但罗米欧与朱丽叶自囿于狭窄的私人感情，就是《汉姆蕾特》《李耳王》《双城记》和《夜未央》也离我们太远，而神话里把心捧出来燃烧照路的丹柯，小说里义无反顾地勇敢赴死的奥列格，以至于歌曲中珍藏着忠贞爱情的卡秋莎，才是亲近的、可以生死相托的朋友和同志。

于是，《钢铁是怎样炼成的》（段洛夫的译本），《青年近卫军》（《苏联文艺》连载的初版本），《苏联卫国战争诗选》（林陵等译，时代出版社出版）……成了我们的文学经典。在学生公社的会上，我们朗诵袁水拍《寄给顿河上的向日葵》：“哎！你顿河上的向日葵，你这肖洛霍夫的心爱，葛利高里曾经坐在你的翠绿的叶子底下，和他的婀克西妮亚谈情。……”那时候我们是把顿河、伏尔加河，以至肖洛霍夫《静静的顿河》这部小说都当作那片实验着一种新理想、新制度的土地的象征的。在后来的日子里，我更多地了解到一些作家如高尔基、法捷耶夫生平中的憾事，他们意识和行动的矛盾，他们精神世界内部的矛盾，但我无法改变少年时代读高尔基、读《青年近卫军》时就已植根的对作者的感情。

对屠格涅夫也一样。我因他对年轻的杜勃罗留波夫的冷漠而为后者愤愤不平，但我仍然原谅了他：我曾经那么倾心地浸沉于《猎人日记》（耿济之译，文化生活社出版）之中，不知多少遍涵泳于他构筑的世界中，随着他走过广袤的原野、森林和许多庄园、驿站，甚至模仿《白静草原》也写了一篇几乎同样篇幅的散文，自然那主人公不是流浪的孩子，而是投奔解放区的年轻人了。这幼稚的习作并不使我脸红，这是我默默献给这个写了《罗亭》《前夜》和《初恋》《春潮》的忘年友人的心香一瓣。

这些不同国度、不同年代的写书人和书中人，与我相伴，共度了我少年时代那动荡的岁月；而且以他们的声音、他们的形象、他们的情思启发我用笔来抒写自己的所感，所想，所见和所闻。

我那时候开始尝试写作。我感谢那些深入我心的作品——我的经验告诉我，凡是好的文学作品，总是使人向上，促人思考，帮助你勇敢地面向生活，让你不但爱自己，而且爱跟你一样生活在这世上的人们。对于像我这样的人，还总是唤起我模仿的愿望、创作的愿望。有的在当时，有的在以后。我当时写了《给伏尔加河船夫》诗，那是对俄罗斯十九世纪文学、对列宾名画《伏尔加纤夫》的回应；我写过《狐狸先生传》（未发表），则是学习用伊索的眼光看世界。直到八十年代初，我写了十二行的短诗《最后的藤叶》，上距我初读欧·亨利的同名短篇已经三十多年了。

一九四九年以后，我在小时候读书的基础上扩大了阅读的范围，如都德，过去只知道《最后一课》，从旧书肆又买到《磨房文札》，仿佛老朋友，原先一面之缘，印象很好，有机会更多地对话，相交更深了。不过，在长达三十年的时期里，所交往的以百年前的朋友为多，这大约不止是我一个人的经历。

值得赘一笔的，是我也读了一些外国人写的文学史、作家论以及其他理论批评文字。我以为写得好的，都是亲切如对谈的，有论者个性特色和独到见解的，因而能于阅读交流中默默地激活创作心理机制的。我说这一点，只是为了说明，不管陈义多高的所谓理论，如果让人读后沮丧泄气，把创作情绪破坏得一干二净的，一准是坏理论——无理之论或强词夺理之论。我自己屡试不爽，不知别的从事写作的朋友有没有类似的体验。

一九九二年一月二十日

借　书

记得有人说读借来的书，因为要还，读得快，读得认真；读自己置买的书，因为反正在手头，容易查找，就读得马虎一些。有时候因为书是自己的，今天不读明天读也行，明天不读还有后天，竟致长期存而不读。我也有这样的体会。

我父亲是学西医的，家里的书柜摆满了他的精装铜版纸大部头外文专业书籍，除了偷偷翻看几本动物学著作的彩色插图，欣赏一下画得极精致的珍禽异兽以外，我对别的没什么兴趣，甚至有一种神秘的恐怖感：那些畸形，那些疱疹，叫人毛骨悚然，仿佛透过纸面听到惨绝人寰的凄厉的叫喊。

但是父亲毕竟是生在十九世纪，祖父又是乡村塾师，所以经史子集也有一些。章回小说有不少，那是母亲解闷的“闲书”。至于“五四”以后的新文学作品，外国文学作品，适合青少年阅读的各科知识读物，据我记忆，在我哥哥姐姐“引进”之前，家里是没有的。

幸而我很快就找到借书的地方。我六岁进了基督教会办的育英小学。师资是第一流的，校舍和设备在当时也属第一流。校内有一处“儿童生活园”，一到课间，它门口的喇叭就播放各种乐曲，给校园添加生气。它室内有几张矮矮的方桌，可以围坐在那儿阅览书报；更重要的是它有两排书柜，收藏着包括整套“万有文库”在内的供开架借阅的图书。仿佛是从小学二年级起就有借书资格，凭证借书，一周归还，到期可以续借一次。办事的郭（宗渊）先生从来是和颜悦色。我从这儿的藏书里初读了《爱的教育》等一系列对我有启蒙意义的作品。

每天回家必经的演乐胡同，路南有一所低洼阴暗的房子，不是商店铺面，没有牌匾，门却常开着。我好奇地斗胆摸进去，发现这个叫作“民众教育馆”的角落，除了陈列些标本以外，也有图书可看。那图书的范围可比“儿童生活园”大多了。循规蹈矩的图书管理员，只是照章办事，出借图书；既不因你是高不满三尺的小学生就拒之门外，也不因你是儿童而格外关心，指点你哪些书儿童最好不看。

眼界扩大了，就想找更加琳琅满目的“东壁图书府”（这是一副对联的上联，下联是“西园翰墨林”）。我和小同学常常到东厂胡同东口“近代科学图书馆”院内的荒地上踢小皮球。后来放暑假天热不能踢球，我就钻进阅览室借书看。在那动乱的年代，图书馆、阅览室总是有空座的。浑浑噩噩的我，在苟安的生活中进入书籍给我打开的另一个世界。这个大院现在是科学院考古研究所，盖起了幢幢新楼。每逢走过，还会回想起长夏蝉声中贪婪读书的情景。

现在的北京市劳动人民文化宫，过去叫太庙，靠南墙也有一个图书室。我那时一度十分神往于夸父追日的故事，就是在这儿借到《列子》，查明出处的。

我在抗战胜利后就读的育英、汇文两个教会中学，都有在当时比较好的图书馆；育英高中部的图书馆匾额还是胡适题的。但是这两处的藏书主要是抗战以前出版的，已经不能满足我渴望了解四十年代思想界、文艺界动向的需要了。

四十年代后期，我的志愿逐渐明确：不是要“做学问”，而是要革命。因此，进步同学间的读书会，地下党组织影响下在北大红楼开办的也向校外青年开放的“孑民图书室”，这时对我的吸引力超过了鼎鼎大名的北京图书馆。

从这里传递出来的，不是一般的图书，而是火种。

我也永远忘记不了，我在初中一年级第一学期的国文老师仇焕香先生，从他那儿我不仅借阅了毛泽东《论联合政府》油印本，而且借到了几乎全部鲁迅杂文的单行本。

在我的学生时代，如果不是从图书馆、读书会和前辈、同辈那里借阅各种各样的课外书籍，开阔了精神的视野，增长了知识和间接的感受，锻炼了思维能力，我今天也许会是另外一个人。

在“文化大革命”中，我自己的书封的封、丢的丢、烧的烧、卖的卖，可以说四壁皆空了。听说两家大图书馆还在开放，但是我的工作证已被收缴，没有工作证就不能办阅览证。那时心情是不怎么愉快。一想起这些，就常常自责今天的疏懒，今天不愁无书可读了，倒是自己没有抓紧补读平生未读的书，没有抓紧更新知识——也许这是因为许多书归我所有，而不是借来的缘故吧？

一九八五年三月四日

读史一得

我小时候读小说的启蒙书是《足本全图金玉缘》[1]，第一印象是这一大家子人老在吃饭。我小时候读历史的启蒙书是蔡东藩从先秦到民国的《历代史通俗演义》，第一印象是各朝皇帝，老的小的，都不断地跟女人厮混：一会儿“云雨”，一会儿“鱼水”，床第之事，触目皆是；蔡老先生对哪个皇帝评价好，就赞为风流韵事；评价不好，就贬为好色善淫。

后来长大些，听师长说，野史无征，不足凭信。又后来听人讲，历史是人民创造的，以帝王世系作骨干，已经大有悖于历史唯物主义，更穿插以宫闱秘史，不过是野史稗官的生意眼，等而下之了。

然而在读了一些只看见归根结底是经济活动决定一切却看不到活生生的人物活动的历史著述，或者虽有人物活动却只见其政治活动而不见其他的历史著述以后，我又想起了蔡东藩的演义来。

我以为蔡东藩尽管有他很大的局限，却有一个好处，就是他笔下的帝王将相，哪怕是圣君贤相，也都是人，而不是神，饮食

① 《红楼梦》的版本之一。

男女，种种人欲，比起草芥小民，只有过之而无不及。至少在童年的我看来，觉得其中有些人，即使权倾天下，而精神面貌甚至低于市井无赖，只是高级西门庆，丝毫值不得敬畏，这也许就是作者不但让我作政治舞台的看客，而且引我步入后宫的缘故。正是在这一点上，与历史唯物主义不相干的历代史通俗演义作者，却给我打下一点儿后来接受历史唯物主义的思想基础。

我当然不是要求写作历史教材的人，不加选择地罗列历史人物的轶事丑闻，那是罗列不完的；但我认为也不必回避足以反映历史人物精神面貌的，特别是同他的行藏出处、功业或劣迹有关联的私人生活上的事件以至细节，自然要经过考证，而不是道听途说。

一九八三年五月

一个摭拾断句的孩子

孙女读小学就能背诵不少唐诗宋词了。我却只能记诵一些警句，很少能记住全篇的。童年我是个摭拾断句的孩子。

最早接受的古典诗歌启蒙，倒是两首完整的五言绝句，每首二十字，母亲教过我，你猜对了：李白的“床前明月光”和孟浩然的“春眠不觉晓”，不过我那时一直以为是“窗前明月光”，所以也不用管那“床”是马扎呢还是井栏。

我上小学是上世纪三四十年代之交，离“五四新文学运动”才二十年，中学国文课本里有古文和旧体诗，小学课本里只收白话文和白话新诗。

三四年级有些押韵的课文，老师也没说这是诗，像“讨厌顽皮牛蒡草，沾人鞋袜沾人袍……”许多年后在《叶圣陶文集》里发现了这首歌谣体儿童诗（原来先生不仅给孩子们写过关于稻草人和古代英雄石像的童话）。无论中外，儿歌童谣都是短句押韵，有节奏感。这是最原始状态的诗的萌芽。还有一首半格律体新诗，每段四行，大体整齐，押韵：《迎面吹来旷野的风》，不知出自哪位诗人的手，但后来迎风走路时，常常想起这一句，全诗早忘了。

小学课本里标明作者的诗，则都是“五四”名家。胡适的《鸽子》，虽然间有文言词语，但色彩鲜明，音调响亮，易于背诵，印象比较深。他的另一首诗，散文化的《上山》，“努力，努力，努力往上跑！我头也不回，汗也不揩，拼命地爬上山去”，通篇是鼓劲加油的口号，就不如周作人写天安门前《两个扫雪的人》，“阴沉沉的天气，香粉一般的白雪，下得漫天遍地”，只见那两个人在默默地扫雪，有意境，能感人。我们也承认了不押韵的篇章只要有诗意，同样是诗，甚至比押韵而没有诗意的更是诗。新诗不但可以不押韵，而且可以用散文的句法，这叫自由诗，这就是新诗之所以为新诗。

而旧体诗，有两千年历史的中国古典诗歌，天可怜见，我的腹笥中只有两首五言绝句，在找到家中石印本的《唐诗三百首》以前，只能摭拾一些古代诗人的断句。

小学一年级的算术课本里有一幅插图，旧式客厅，挂着一副对联，上写“淑气催黄鸟，晴光转绿苹”，虽然记住了，可看不出门道来，得不到审美愉悦。后来知道这是杜甫的祖父杜审言的诗，我当时看不懂，恐怕一是“淑气”的“淑”失之抽象，不能诉诸感官，二是“转绿苹”的“转”，本属于“炼”字，我太幼稚，转不过弯来，体会不到其中的动感。

常识课本里有一次引用了苏轼的两句诗：“秋来霜露满东园，莱菔生儿芥有孙。”老师讲莱菔就是萝卜，这第二句挺形象，记住了，一记六十多年。并不是东坡先生的代表作，一般的苏诗选本是没有的。

地理课本也不枯燥，在讲“口北”的大陆性气候时，引用了“朝穿皮袄午穿纱，傍着火炉吃西瓜”的谚语，而说到那里的自然风光时，引用了一联诗：“白日照人如月色，野风吹草做泉声。”

对仗工整，绘声绘色。

这已是我又一次遇到“白日”。音乐课唱一首唐代李颀的边塞诗：“白日登山望烽火，黄昏饮马傍交河。行人刁斗风沙暗，公主琵琶幽怨多……”这里的白日，虽是与黄昏相对的白天，但也使我有如登山远眺，弥望风沙昏黄，想见北方边地的荒寒。

音乐课还教唱过《满江红》，“怒发冲冠，凭栏处，潇潇雨歇……”，据说是岳飞写的，有文人拍曲的一种愤懑内蕴的曲调，还有行伍行进时一种激昂疾切的曲调。古诗《木兰辞》，我也是先从音乐课学唱的，唱到“万里赴戎机，关山度若飞”就放寒假了，在这句前面的诗，我能背诵下来，我又多背了几句，再后面就不会了。但后来由此领悟了共产党烈士王若飞取名的由来。

刚才说的都不是国语课本里教给我的。五年级下册的国语里，有一课引用了陆游在杭州写的“小楼一夜听春雨，深巷明朝卖杏花”，醒目的是配了一幅素描，画一个梳长辫子的姑娘扤着一个花篮的背影。国语杨老师（她题写纪念册时用的全名是杨汤桂荣）很重视这一诗配画。后来一次作文课，她拿来一摞铅笔风景画，让我们每人自选一张，各作一篇写景文。这个做法给我们一个空间，鼓励了细致的体察和自由的想象。

小学三年级起有书法课。大楷写过李白的“牛渚西江夜，青天无片云。登舟望秋月，空忆谢将军……”，后来临柳公权的《玄秘塔》，不是诗了；小楷则几年下来，一直写白居易《长恨歌》，从“汉皇重色思倾国，御宇多年求不得”到“天长地久有时尽，此恨绵绵无绝期”，一个片段一个片段地逐渐背了下来，加上听过黄自作曲的“山在虚无缥缈间”，我能在一个人独处时进入那个有景有情的诗世界。

我在课外已经读了《唐诗三百首》等书。奇怪三百首中竟不收《长恨歌》，也不收白居易的《琵琶行》。好在我每晚在院里玩的时候，听哥哥在书房背诵“浔阳江头夜送客，枫叶荻花秋瑟瑟……”已经把精彩的句子默记下来了，这样听窗听来的诗句，还有《四时读书乐》，我最喜欢“读书之乐乐何如，绿满庭前草不除”，大概有点另类吧，又听哥哥说有个作家取别号就叫“不除庭草斋夫”，于是大乐。

还有听来的诗句，像从家庭困窘的亲友口中，知有黄仲则的“全家都在风声里，九月衣裳未剪裁”，使我从幼年就感受到人生的另一种况味，穷愁与凄凉。

当然，还从武侠小说里看到“丈夫有泪不轻弹，只因未到伤心处”，这两句也陪了我大半辈子，支持我即使遇到逆境也不轻易落泪。

一个孩子，一个摭拾着喜怒哀乐不同色彩的断句走来，不期然而然地走近了诗。那个孩子就是我。

二〇〇八年九月二十九日

又见甲乙木

又见甲乙木，不是见其人，而是见其名。在六月二十五日《今晚报》副刊上。

我不认识甲乙木，不知他高矮胖瘦，但在四十年前常读到他的随笔。那是在天津《益世报》上。

《益世报》有个副刊叫《新语林》。我在一九四六至一九四七年顷经常有机会披阅。除了丰子恺的漫画以外，印象最深的，就有甲乙木的随笔，别的作者还有望五老人、王孙等。看这些笔名，也都像“随”笔为之，不是正襟危坐的样子。

印象深，是不是因为笔名有趣？不排除这个因素，我就猜过：甲乙木是命里缺木，还是姓李或姓杨？望五老人陆续发过一组两千来字的叙事散文，有契诃夫的味道，至少我当时这样看，后来每看到建国前的散文选集之类，我就不免想起这些来。显然不是因为笔名别致。当时如确是“望五”，过了四十年，该是“望九”了吧，不知道还健在否？

这回甲乙木发表的《不可雕斋随笔》，看到《人头》一节，能见过军阀时代枭首示众的实况的，怕至少也有七十左右了，故我敢断定这个甲乙木就是四十年前那个甲乙木。久违久违，老读者又看到老作者的文笔，非常高兴。

说到天津，我还记得四十年代末天津《大公报》的《星期文艺》断续发过邢楚均的《故事采集者日记》，解放后在百花文艺出版社汇集出版了，书名叫“红河”什么的。我知道这位作家即邢公畹，这些年一直在天津一个大学里教书，但似乎一直没见他叙事抒情、隽永有味的散文了。

还有吴同宾，那时曾因在《民国日报》副刊发表一篇武汉印象记，对武汉有所讥评，引起据说是在津武汉人的抗议，从我当时能读到的吴在京津发表的散文看，很有功底，可惜也四十年未见其执笔了。

解放前报纸的副刊，散文、随笔、杂文、小品是主要文体，作者许多并非名家，也不期传世，甚至有许多只是信笔拈来，换点稿费买柴米，正因此，倒容易有真情流露，趣在自然，认真披拣，也许不乏一级品，或者竟超过了有名的散文家“传世”的等外品甚至二三级品吧。

一九八八年七月二日

回忆那时读《那时……》

我只是想向今天的读者推荐老诗人冯至先生一九四七年的一首旧作《那时……》，副题是“一个中年人述说‘五四’以后的那几年”；如果副刊编者乐意把这首诗重新发表一下，在“五四运动”七十周年的今天，不同年龄、不同经历的读者读起来，都会各有自己的感受。

我是一九四七年夏在天津《大公报》的《星期文艺》版上读到这首诗的。那时打动我这少年的心的，首先是这充满开放、乐观、希望和信心的诗句：“那时觉得既然醒了，就不该关着阴暗的门窗；/那时觉得既然醒了，就应该放进窗外的光明。/处处看见新绿，处处看见阳光。”“那时像离开马棚的小马，第一次望见平原；/那时像离开鸟巢的小鸟，第一次望见天空。/前面是旷远，前面是清明。”

当时我正投身“反饥饿、反内战、反迫害”的学生运动中，看到了新中国的前景，也真的像“五四运动”前后的青年那样，“那时父母看见了我们，常暗地为我们担心……我们却不管。我们却不顾。”“一切为了真理。一切为了正义”。

当时的我和出生于一九〇五年的诗人，年龄上相距二十八年，但我觉得他抒写的早岁的心情，与我完全相通，好像也是写的我们这代人一样。

到了一九八〇年初，又一个历史转折时期，我回忆一九四九年四月南下，情不自禁地也写了一首《那时》："那时，我们抛开旧日的一切/对家庭和学校绝不留恋/那时，如果说到故乡/我们都认定自己家在江南……"

如果冯至说"五四"以后那几年他们"用简单的文字写出简单的诗文"，"用幼稚的文字写出幼稚的思想"，那么，四十年代末我的思想和诗文，就真的难免幼稚和简单。但我和我的同辈们向旷远的平原、清明的天空的新的眺望，我们的理想和追求，是不亚于前辈的真诚的。

为了写这篇推荐《那时……》的短文，我把原诗找出重读。我惊异地发现，诗人在这首诗后面几段中流露的无限沧桑之感，是我少年时代不能领会因而忽略了的，正如我当时也忽略了诗人关于"那时我们抛下许多的事物，不管是好还是坏"的理性的反思一样。

那时谁也不会想，
在前途
有无限的艰难；
那时谁也不会想，
艰难时
便会彼此分手。
如今走了二十多年
却经过

无数的歧途与分手；
如今走了二十多年
看见了
无数的死亡和杀戮。

那时追求的
在什么地方？

冯至在“五四”二十多年以后，有了这样的了悟；我从那时读这首诗，后来经历的艰难、歧途、分手，看到的死亡与杀戮，几十年中也不为少，但相形之下，我却只能自认像往昔一样“写的很幼稚，想的也单纯”了。

所幸者，追求仍在，初衷未改。这就是为什么在一片对所谓理想主义的嘲笑声中，我写过几句为自己也为同行者辩护的诗：

人们说我是一个理想主义者
理想主义有什么不好呢
你可以批评我的理想
但你无权嘲笑我对理想的热忱

——引自长诗《走遍大地》

一九八九年三月二十一日

国会街忆旧

读杨纤如《北方左联会址》（一九八九年十二月四日《人民日报》副刊），才知道一九三〇年北方左翼作家联盟的成立大会是在民国国会会堂召开的。这再一次证实我说过的，北京每条街，每条胡同，每个四合院或每座老建筑都有自己一段故事。

这个国会会堂以曹锟贿选的闹剧而著名；北京有一句歇后语："议员飞墨盒——不赞成"，就是出在此地。

会堂坐落在今宣武门西大街路北新华社院内。宣武门西大街，在拆掉城墙修地下铁道之前，是城墙脚下的一条街，就叫国会街。一九四六至一九四九年这个以建于一九一五年的国会会堂为主建筑的大院，为北京大学第四院，简称四院，是大学一年级教室和宿舍所在地。一九四八年七月二十四日北京大学入学考试，有一个考场就设在国会会堂。

我所以记得这么清晰，因为那一天我就是到这里来应考的，上午第一节考数学，我迟到了半小时。那时候我住在崇文门内的船板胡同，要走到东单乘（有轨）电车，西行经过整条东长安街、西长安街，到西单下车。周定一先生从云南"复员"到古城不久，他形容坐电车缓缓地穿城而过，说"像到外县去似的"。车慢，车少，行车也不正常。宿雨初晴，我在晨凉中出门，心情很好，没想到在东单左等右等，车也不来。好心情化为一片焦急，又化为无可奈何。再想学鲁迅先生步行，根本来不及了。终于登上车，到西单下来，赶进考场，脸上发烧，额头冒汗。数学大概考了零分，不过这怨不得电车，即使不迟到也会考零分的。

在这以前，我已经不止一次到过国会街四院。有一回好像是看《兄妹开荒》，国会会堂成了秧歌舞台，二十多年间有此变化，确是预告着一次天翻地覆的活剧了。

记得清的是几次到四院来找周定一先生。他经手在沈从文和他所编的《平明日报·星期艺文》周刊上发表了我最初的诗习作。我为了说明一篇散文的依据，把地下印刷的一本解放区报告文学小册子送给周先生去看；《窗花》中打狼的情节就是从其中的《一个村长打狼的故事》所铺陈的。周先生的家口都还在湖南酃县，他住在口字楼的宿舍里。有一两次我在星期天下午去拜访，他不在家，我便在院里转转看看——也就连同“瞻仰”国会会堂的旧址——星期天的校园里几乎没有人踪；再去敲门，周先生已经买书回来了，我记得其中有文化生活社的《快乐王子集》，王尔德著，巴金的译笔。那是一九四八年初的一个下午，暖熏熏的明晃晃的，冬末而有春意了，周先生给我看了他的一首新诗：“我打开了今年的第一面南窗……”

每一次从国会街四院走出来，都要停下脚，看半天——大门迎面灰黑城墙上三个顶天立地的白粉美术字：“反迫害！”每个字有两丈见方，笔触刚劲，具震慑力，你不觉得这是站在墙上的三个字，而是三个大字呼吼着向你扑来，訇若沉雷：“反迫害！”

记得这三个字，一直到北平解放后还历历可见。

新华社和建国初期的新闻总署占用了这个大院。一度常到这里来开会、听报告，也都是在旧日的国会会堂。台上台下尽名硕，不及备述。如果将来有历史题材的电影正面反映一九四七至一九四八年古城的学生运动，至少应有一个镜头是国会街森严城墙上那三个大字：“反迫害！”

一九八九年十二月四日

第三辑

我的第一个上级

我的第一个上级

我的第一个上级是左荧。

那是一九四九年六月一日，我和另外六位华北大学同学来西长安街的“北平新华广播电台”报到。

从上学到上班，从学生到机关干部，对一个人来说，是“划时代”的大事。

一来，我就被分配到资料编辑科，左荧同志是我们的科长。高高的个子，在我这新兵的眼中，是很英挺的，待人却很温和，讲理，从不疾言厉色，说话微带口音，后来知道是河南的乡音。科里总共没几个人，大家在一间办公室。交给我的第一个任务，就是建立资料卡片，我负责从报纸上搜集各地各级党政干部的姓名和职务。那时电台从新华总社分出不久，资料工作要白手起家。接着，左荧又教我们做一些改编稿件的练习，从左荧那里，我熟悉了“综合报道”“压缩”这些编辑术语，我编写的第一篇稿子，就是解放军修复济南黄河大桥的通讯。

我们住在护国寺街麻花胡同宿舍，左荧和黄药夫妇也住在那里，上下班不一定同路，但在业余时间的接触慢慢多起来。

那一年我十六岁，左荧比我大一倍，现在看来也不过才三十二

青春规范于制服之中：一九五一年，我在中央人民广播电台专稿科工作。在这一年出版了第一本诗集《歌唱北京城》。孔德庸摄

岁，可在当时觉得他差不多大了一辈儿，他是延安来的老革命啊。他也确实像长辈似的关心我们这些“小年轻”，有时说说旧事，让我们对他的“鲁艺”生涯无限神往。有些从延安时期流行开来的词语，如“闹情绪”“小广播”之类也是从他那儿听来，并且转化成我们的口语的。

电台编辑部原先是新华总社的口播部（全名应是“口头广播部”吧），我来电台后，上的重要一课就是“口语化”，虽然现在看来可能有些矫枉过正，但为了让文化程度不高的听众都能听懂，力避书面语言，以及听觉上会产生歧义的字眼（如“全部”和“全不”），还是必要的。在这方面，左荧也是耳提面命地谆谆告诫我们，这是个“为工农兵”的问题。日子久了，我发现，凡是从延安或其他老解放区来而又喜爱文学的同志，都极注意积累民间口语，常常有一个小本本，随时记录听到的生动的“群众语言”。

日子久了，我知道左荧虽然做了新闻广播工作，其实一直还是想干文学，搞创作。他在抗战前没参加革命的时候，也就是“文学青年”，参加革命后，在“鲁迅艺术学院”经历了贯彻延安文艺座谈会精神的实践，仍然不改初衷。他知道我在读书的时候就尝试写作，并且在报刊上发表过一些东西以后，有一次，他说，很想办个文艺杂志。这是在一九四九年建国前后，一则像《人民文学》《文艺报》这类刊物还在筹办阶段，二则社会上也还有一些民办刊物，如上海的《小说》等等，他动了这样的念头可以理解。我不知道他这个想法还跟谁说过，但我印象极深，因为我受了全盘革命化的教育，已经认为一切应该“服从革命需要”，不该强调个人的志趣爱好，一时觉得左荧的话有点出格，更出我意外。我在左荧直接领导下工作了大半年光景，因组织机构变动，我到另外的科室去了。后来也没再听说左荧要调动工作的事。

但我知道左荧对文艺的热爱没变。大约是一九五一年的“七一”，机关内部庆祝共产党建立三十周年的联欢会，左荧、黄药还双双参演了一个独幕剧（编剧是蓝光，剧名我忘了）。也在那前后，老播音员齐越做导演，吸收我参加广播剧《小燕子万里飞行记》的演播，这是根据秦兆阳的同名童话改编的，黄药演燕子妈妈，我们有那么几天总在一起排练，其中并没有左荧的角色，但他似乎也表现出很大的兴致，或许因为秦兆阳也是他们延安时期的老朋友吧。

左荧的工作岗位，先是离开了编辑部，离文字工作更不用说离文学越来越远；大概是他组织工作的干练被格外看中，他在调往创建广播学院之前，不短的时间是负责广播事业局的地方广播部，似还兼管国际联络部工作，很忙很忙。黄药又长期因病卧床了，我想左荧已经无暇顾及文艺的爱好。只见他任劳任怨地工作着、奔波着，但我还看到他极认真写的工作总结之类，表现了可谓高度的敬业精神。让干什么干什么，力求干好。这大概就是他们那一代人的典型风格。

我在一九五七年反右派斗争中受到批判，转过年来下放。一九五九年末调回广播局待分配，左荧同志那时担任北京广播学院第一任院长，点名要我去新闻系的汉语教研组。我按约定去见他时，心中不免惴惴然，因为自知犯了“反党反社会主义的错误”，深感愧对老领导，不知他要怎么批评我。但见了面，他还像过去平常那样，一句套话没说，开门见山就向我交代这个创办不久的学院人手不足，很需要教学力量，又简单地说了这个系这个教研室的情况，总之，使我毫无局促之感，更没有尴尬之感。左荧是这样一个富于人情味、善于设身处地替别人着想的人。我不能难为他，让他落一个“自由主义”“温情主义”的罪名，说完该说的话，我就急忙告退。

在此后的半年多里，我跟着教研组几位才从大学毕业的年轻人一起，每逢听北大林焘教授讲一堂语法课后，分别在几个班进行辅导，另外我还辅导一个归国印尼侨生班的作文。我逐渐习惯了这份工作，跟同学们一起听林焘先生的课，也让我长了不少见识。

最初把我调来广播电台的柳荫同志，这时负责中央台文艺部和表演团体的工作，他也点名要我上文艺部。那半年里我是两边各上半天的班。后来广院要从灰楼迁往郊区定福寺新址，我两处难以兼顾，就选择了留在城里上班。我感到有些对不住左荧，但没说出来，他也没说什么。此后，我就没再在他领导下工作过。

但在一九六三年夏天，我还硬着头皮到左荧家找过他一回。为的是高而公（我在别处写过悼念高而公的文字，他是我在电台期间从五十年代到七十年代所信赖的一位谊兼师友的兄长）。他本来在一九五〇年夏天犯过精神分裂症，后来时好时坏，但在神志清明时，仍然表现得很有见解，不苟同。他在一九五八年后也被左荧接纳到广播学院，在采编业务教研组，一个时期没开课，专心编写教材。我离开广院，以“摘帽右派”之身，他虽不嫌弃，我却跟他过从少了，但偶然还到他的单身宿舍神聊。在中苏交恶升级、“九评”重炮连发的那个夏天，有一位曾经和我、和高而公都常来往的同事，忽然神秘地低语告诉我，你不要再往高而公那里跑了，那样对你不利。我大吃一惊，我只怕我连累别人，不利于别人，这么说，难道高而公问题比我还严重？我问，怎么回事？他却不多说，怕多说了担责任。我满腹狐疑地去找左荧。左荧听了我的来意，就告诉我，在“反（对苏联）修（正主义）”学习当中，高而公有一些发言不太妥当。我急不择言，直个笼统地说“高而公您是了解的，您可要保护他，别弄得他再犯病”。左荧唯唯，说了些大致意思是让我放心的话。后来我也无处打听，可能“反修学习”这一关算过了，但到三年后的“文化大革命”中，旧话重提，打高而公为“修正主义分子”，大概是说他在“反修”斗争中为赫鲁晓夫辩护云云，这回左荧也没法再保护什么人，他沦为“走资派”，自身难保了。

我从“文革”一开始就陷入重围，一九六七年在上下左右各派斗争的空隙里，稍得喘息，有了一点小自由。有一天傍晚走过王府井大街南口，买了几份“文革”小报，正在东张西望，忽见左荧从东向西骑车过来，我看到他，他也看到我了，但只是默契地一示意间，交臂而过，这是“文革”时受冲击者在“典型环境”中的“典型反应”。我那时直觉，是他还健康，因为从东郊定福庄骑车回复兴门外真武庙，总有三四十里路，在单位劳动一天，再骑车回家，这体力消耗可不小，但回到家，毕竟是个暂避风暴的港湾。我后来听说了左荧在广院首当其冲的遭遇，不能不深佩他的坚强。

“文革”结束后的最初几年，现在回想起来像是个匆忙的梦。我工作调离广播局，竟没有再见左荧。他在一九八四年逝世，还不到七十岁。我今天已经活过了七十年，但什么时候想起左荧来，我好像又回到少年时代，而他方在中年。

左荧是那一代参加革命的知识分子，又喜爱文艺，具有“文艺细胞”，这可能是我认为他可亲近的一个潜在的理由，虽然我和他并没有熟悉到推心置腹的程度，但我以为我们之间是可以互相理解的。

然而，从“反右”以后，特别是在“文革”当中，我想起包括左荧在内的这些我所尊敬的“老延安”，我心里总有一些抱怨，抱怨什么呢？就是他们只告诉了我们革命阵营里的光明面，讲“阶级友爱”、亲如家人的一面，他们跟我们之间也是融洽无间的；但他们有意无意地向我们这些后来者隐瞒了另外一面，即阴暗面。他们中的许多人，包括左荧夫妇，都是千里迢迢投奔延安，献身抗日，但时隔不久，却在整风审干中受到无端的怀疑和屈辱的待遇，即所谓“委屈”，不是日常生活中的，而是政治性的。但他们对此绝口不谈，让我们对于一旦从“阶级友爱”陷身于“阶级仇恨”时毫无精神准备，或者用政治熟语说，对阶级斗争以至党内斗争的严峻估计不足。从“反右”至今，快五十年了，从“文革”开始至今，快四十年了，从一九七六年毛泽东逝世、“文革”结束至今也快三十年了。他们那一代人许多已经不在了；我的这份抱怨也没在左荧在世时向他一吐，现在又找谁去说呢？已入老境，阅世渐多，对前辈人更多了一些同情的理解，他们如果是为了维护党的光辉形象而守口如瓶，那是他们多年所受的教育使然；他们若是心有余悸，而不敢如实述说过去，或是不愿回首往事以免伤心，难道我们还忍心去苛责他们吗？倒是扪心自问，我们亲身经历的事情，我们的失足跌跤，我们的受骗上当，我们的盲从盲动，我们的经验教训，如果我们不是如实地告诉给下一代，将来他们是不是也会抱怨我们，说我们向他们隐瞒甚或歪曲了历史的真相呢？

二〇〇四年十月二十五日

黄一龙的假设

《随笔》刊出拙文《我的第一个上级》，说到经过建国后的历次运动，不免抱怨一些来自延安的老同志：他们守口如瓶，从不向我们这些后来者说说历史的阴暗面，以致我们对残酷无情的内部斗争毫无精神准备。不久接到黄一龙兄的来信，照引如下：

……比起你来，我当年更是“新干部”，对于延安来的老革命更是敬礼有加。所以后来多经一些事情以后，对于他们为何对于延安整风中“抢救”即整肃知识分子这样重要的经历，居然讳莫如深，也就更加不解和更有“苛责”。现在老了，自然也很赞成尊文所谓对他们的同情和理解。

而且我还设想，假使他们当初不向我们隐瞒，结果又会如何呢？

一个可能是，我们提前懂得了折腾一辈子才懂得的事情，例如在二十岁、三十岁、四十岁就有了今天的认识。不过我想这种可能只是抽象推演的结果，实际上绝无可能。

相反的可能是，我们一听就跳，说他散布反动言论，甚至向领导举报，从此参加告密分子的行列，陷别人于水深火热，还以为在保卫革命保卫党，还以为自己无比高尚。此事难说不会有。记得我十岁左右时，一次偷听一位“从西北回来”的客人低声向父亲讲“那边的事”，其中就皱着眉头讲“这边”去的学生遭“抢救”。稍大以后回忆起那个场面，立即结论说那一定是个反动分子在造谣。当初能够如此认识“父执”，怎么能够保证以后不会如此认识领导？

介于两种可能之间的是从此“思想混乱”“不明方向”，又没有今天时髦的“体制外”可以隐遁，恐怕只有自杀了事。俄国革命初期自杀的诸位，想来就是窥见了他们的革命的“抢救运动”那一面吧。

以当初的我们衡今天的青年，当我们不隐讳地向他们讲“过去的事情”，反应自然完全不会同于我们当初。但是新的反应也未可乐观：根本不感兴趣！是不是？

我知道，黄一龙兄总是在别人停止思维的地方想下去，他的假设是从一定的历史环境出发，从那时人们的思想实际出发，对过来人，真是振聋发聩，发人深思。他说起今天年轻人对历史的反应，又是完全异样的新问题。一龙这封信看似“随笔”写来，其中凝结着多少血泪，以及血泪换来的识见，这却是时下“随笔”文字中不多见的。

二〇〇五年五月六日

谈 吃

曾祺受托为中外文化出版公司编一本“作家谈吃”的书，写了一封很漂亮的征稿信。思之再四，决定不应征。检点旧作，除了一篇涉及豆汁儿，一篇因花而说到槐花糕，还有一篇引用了渤海老乡认为天下美味是“天鹅地鹔骡子肉”的俗谚以外，很对不起灶神，枉吃了几十年白饭，谈不到“会吃，而且善于谈吃”，没有资格谈饮食文化，更不足以言什么“生活艺术”了。

只是搜索枯肠，也忆及了平生所曾吃，或与口腹有点关联的片断印象。

每到过年，无论阳历年还是阴历年，只要心情有点莫名的不舒，或者叫作惆怅吧，就会想起鲁迅那两句诗：“岁暮何堪再惆怅，且持卮酒吃河豚。”河豚，没有吃过；只知道是至味，而且有毒，没点玩儿命的精神，犯不上去尝试的。这回读到叶至诚的文章，讲他在江阴县第一次吃河豚的体会，说，只觉得味如肥肉，并不怎样鲜美，两度举筷，再尝三尝，感觉依旧，以为比先后上市的鲥鱼、刀鱼差多了。真是石破天惊之论，自河豚见诸笔墨以来，似乎没人说过这话。

我愿意跟“小叶老”（因为一直称呼叶圣陶先生为叶老，故只能尊称忠厚挚诚如乃父的至诚兄为小叶老）来个南北呼应，宣布我吃熊掌的体会。“鱼，我所欲也；熊掌，亦我所欲也”，孟夫子虽不是谈饮食文化，而是打比方，但相信在当时人们必定是以鱼和熊掌同为美味，才构成这个前提的。我在一次林区盛宴上得享山珍，尝了有名的“飞龙”，不辨其与瘦小的童子鸡何异，又尝了一块熊掌，自忖我的直感若真说出来会使主人扫兴：“跟猪蹄儿似的。”

也许是我浅尝辄止，没有体会到个中三“味”（不是“三昧”之误）；也许是惑于原来名声太大，期望过高，而且期望得未免不着边际了。所以钱锺书先生反对“宣传”——过分的夸大其词，——认为“宣传”太多是会贬值的。

也是。从来不见经传的，不期而遇，倒会让你惊为绝品。一九五一年冬，在甘肃皋兰白茨滩乡“土改”，每天下午到各家串门，坐上炕头，总赶上“吃晌午”：一笸箩“炕”干的红枣，可以随手搁到嘴里；再就端来一碗炒面，配上从没听说过的“冬果梨”，这梨个头儿很大，肉软，像北京的“鸦儿广”，汁液丰满，拌到炒面里，冰凉爽口。金圣叹的遗言，曾说以花生米来佐豆腐干，有火腿之味，套一句，可以说冬果梨拌炒面，不亚于冰激凌，比起朝鲜战场上当时的“一把炒面一把雪”，我们就算尝到和平的甜头了。

离开甘肃，近四十年没再吃过冬果梨。这种水果不像兰州的白兰瓜，从来没有进京的机缘。想起来齿颊生香，也老是伴随着那一段生活的记忆。但我想，那“冰激凌之味”，绝不是因为当时缺嘴，不得已而求其次，或者饥不择食，就像慈禧在逃难途中又饿又馋，连窝头吃着都怪香的；我以为冬果梨拌炒面有它独立不变的价值。不过交通不便，运价太高，才使它只限于泽及桑梓了。

浙江黄岩名叫水孱的鱼，在自由市场上只卖八毛钱一斤，那是一九八八年秋天，当然不属于珍品。但这又是我初尝叫好的。鱼肉鲜嫩滑润，半透明如琼脂，入口即化。用筷子夹，一不小心就会弄碎的。不适于冷冻，也经不起颠簸，无怪乎成了海边人的独得之秘。

各地该都有自己的独得之秘吧。在北京吃江米酒，知道那做法和吃法源自江南。想不到在大西北，五十年代初，路过平凉，在荒凉寂静的冬夜街头，就着闪闪欲灭的如豆灯火，吃上甜香的一碗醪糟鸡蛋。人说陕甘一带多烟民，苦口，好甜食，抽足了鸦片吃夜宵，醪糟就这么得以普及。鸦片虽禁，醪糟即米酒该已在西北生根了。

人们的胃口是开放的，“吃”路也会越走越宽。有些山区过去不吃鱼，慢慢地也就习惯了，爱吃并且会吃了。吃海味，水产，自然有近水楼台。一九五四年住在鞍山，四五月间，从旅大金县那边贩来的鲜对虾，四毛钱一斤，买来以清水煮一大锅，真是不亦快哉，前此没有这般吃过，后来也再没有这样的口福。据说如此好景，在鞍山以至在旅大，也都是稍纵即逝了。近水楼台有不得月的，合着咱们另一句话，叫作墙里开花墙外红。

河南省有个杞县，就是杞人忧天那个杞人的老家。县城里有那么一块菜园子，几亩几分地，出产一种萝卜，生鲜我没见过，但见过做成酱菜以后名为“杞县酱萝卜”的，暗红，半透明，有特色。据说因为水土的关系，别处生长的类似的品种，用同样方法腌制，也成不了这个样子。我过去没吃过，也没听说过，是到兰考，主人用来招待，才开了眼界，尝了鲜的。而听说日本人早已向外贸部门点名要货。可见是吃过，爱吃，吃上瘾的。本来，

"人之于味，有同嗜焉"，完全可以理解；但我自惭狭隘，当我想到那些点名要吃"杞县酱萝卜"的日本人多半是在什么年月什么情况下留下味觉记忆的时候，我竟不能抑制我的悻悻然。人们爱说一句俏皮话，其实所状是一种绝不俏皮的精神状态："打翻了五味瓶。"

谈吃谈到"打翻了五味瓶"，还谈什么呢？再谈下去，岂不是全无心肝了吗？

一九九〇年二月二日

前题续谈

说吃未了，情绪不佳。不是半个世纪前一吃瓜会联想到“瓜分”之苦那种“爱国情怀”，而是出于一种世俗相传的恶感，所谓“不怕贼偷，就怕贼惦记着”，何况是曾经咬人“入骨三分”之贼乎！

美国电视连续剧《罪恶》写了纳粹分子的怙恶不悛，也写了曾受纳粹迫害者后来若干年决不妥协的锲而不舍。中国人对于曾经迫害自己至于国破家亡的国内外怙恶不悛的恶人，实在是事过即忘，过度宽容了。

回头接着说吃，又失去了一半雅兴。吃相难看，就连林黛玉们也在所难免，试想其吃鹿脯、嚼螃蟹之时，纵然唇不露齿，也不会缠绵悱恻的。不过形诸文字，有些口腹之欲就会升华，远韵悠悠，惘然若失：张翰在秋风里，想起家乡的莼菜和鲈鱼来，不就仿佛此中有诗了吗？

有一年在苏联，东奔西跑一个多月，日程颇紧，没有工夫想家，只是俄式大菜吃的次数多了，虽很丰盛，又富营养，毕竟不大合中国人口味。到塔什干，吃到面条，调料不同，光景依稀，大快朵颐，也大快乡心，叩问品名，乌兹别克语叫“拉赫面”，不言而喻，“拉面”的音译可知。当时缺乏商品经济观念，没有想到专利权；更缺少以民族文化相夸耀的观念，不懂得借此宣扬中土的面条远播西域，就如近年时见有人津津乐道意大利面条和“披萨”饼都是马可·波罗从中国趸去的云云。

古代交通史和文化人类学的研究是有重大的科学价值和现实意义的。普通人也可以从有趣的角度欣赏研究成果。但我以为有些简单的器物，各个地域的各个民族、种族、部落都可以无师自通地发明创造，不一定都靠外来或仿制的。[①]吃也一样。我生长在北方，不惯吃牡蛎。到了美国南部密西西比河出海口，在新奥尔良市的老街区——法国城，在一家小店吞食鲜牡蛎，算是“开洋荤”了。开始是朋友示范，我鼓起在国内吃蚕蛹时一样的勇气，吃上两次，竟也欣赏起来。黑人店员以很“帅”的姿势和动作，轻捷地剖开牡蛎的壳，放置盘中，又随手点缀上鲜黄的芥末和鲜红的番茄酱，笑哈哈地端上前来，这是典型的南海风味。查《辞海》引李调元《南越笔记》，讲牡蛎有生熟食两法，“生食曰蚝白”。我相信新奥尔良人吃生蚝配以芥末和番茄酱，可能是从法国带来的吃法，但海边渔民吞吃蛎子肉，大概是无论中外都可以“自我作古”，用不着谁跟谁学的。

粮食不够的时候，吃代食品，这在各国也都会因地制宜、就地取材。一九五八年我和妻子都在沧县，青黄不接的季节常吃的一种代食品是黄菜盘子。集上有的买。原来沧县东乡历来是成片的盐碱地，白花花的土地上不长庄稼，除了碱蓬外，还生长一种

---

① 荣格发现西藏寺庙和基督教教堂的太阳轮，与罗得西亚旧石器时代岩画上的一个抽象图案，存在着有机的逻辑联系。这恐怕意味着人类的集体无意识中沉淀着人类远古的心理刻痕，并不意味着西藏喇嘛教、基督教都直接从罗得西亚原始艺术临摹了图案。

草本植物，叫黄菜盘子。我们吃的是它的子粒磨成的面，黑黄色，入口苦涩，好在无毒，尚堪果腹，不过其质松散，抟不成个儿，掺在正经的玉米面里，贴成饼子还行，玉米面少的话，捧到手里就碎了。

还吃过一种非正式的代食品，是从东北成包运来的，榨过糖的糖萝卜（又称甜菜）。轮到我们吃的时候，馊了，实在难下咽。不知道是加工以后一热一冷间已经馊了后装车运来，还是千里迢迢在货车上捂馊了的。

当时刚刚公布“鼓足干劲，力争上游，多快好省地建设社会主义”的总路线，大跃进的浪潮方兴未艾，我们这一大批戴了帽子的、未戴帽子的知识分子，都要下乡去“滚一身泥巴”，脱胎换骨，枵腹从公，自是题中应有之义。吃了代食品喝过白开水以后，就要去参加关于“三百六，够不够”即捍卫粮食统购统销政策的“全民大辩论”了。

当年并非灾年，想想中国历史战乱频仍，灾荒不断，史籍上不少易子而食的记载，于是都庆幸国泰民安。一年一人三百六十斤口粮，虽是带壳的，比起遍野饿殍，足矣。何况大辩论的“标准答案”是“够”，“不够”论者属于富裕中农意识，代表了反对统购统销的错误潮流呢！

此后，在中国大地上出现过人吃人的事情，但闹得最凶的，并不是在上世纪六十年代初的困难时期，尽管那时候成千万人直接间接死于饥馑。

一九七九年秋，有一天接到一个电话，说西单“民主墙”上张贴了我的一首诗。当时那墙还没有明令取缔，不过风声已经紧了。我立即骑车去看，原来是广西贵县一群上访者，控诉“文革”

期间当地一些人吃了他们亲属的肉，并附录了涉及吃人案件的责任者名单；大字报前面全文抄录了我发表于广州《作品》八月号上的一首诗《老榕树抒情》，没有增删，也没有改动。我在诗里写到树下埋着被吃者的骨殖，但系虚写，没有指实省县区乡之名。贵县这一起案件不知后来“公了”还是“私了”了，也不知是怎么“了”的。我那首诗尽管采取寓言体，却不是凭空虚构、耸人听闻的。不过可悲的是，此类“人吃人”的事，不像历史上是因为天灾缺粮大饥荒所致，而是以政治理由陷人以罪，敲锣打鼓，开会斗争，口诛之余，解置鼎镬，而蜂拥上来，讨吃以至抢吃受刑者的心、肝和各部位的，竟有不少是相信吃什么可以治什么病的人，但又不尽同于《药》里的华老栓父子；因为有人并没有病，但是相信吃什么补什么，不落人后也分一杯羹，把受害的同胞当作补药了。

写到这里，生理上感到恶心，心理上更觉痛苦。说吃而说到吃人，真是难说了。

一九九〇年二月三日

看苏联马戏

假如我还在维加·马列耶夫的年纪，看了苏联马戏团演出，即使算术能及格，也准会发生去当马戏演员的念头。

多少童心的异想，在舞台上实现了！

马列耶夫在家里训练他的爱犬，小心眼里一定并不以耍狗为止境。瞧，来自深山丛莽的狮子，浪迹冰天雪地的黑熊，本来岂不教人谈虎色变；一旦经过驯养，可又多富有人情味！小黑熊们穿着男孩子的海军服、女孩子的花裙子，手扣转环，攀援而上，简直是儿童游戏场的镜头；当大熊拽着熊姑娘裙裾的时候，我脑子里忽然闪过“老鼠嫁女”的影像。凶猛的兽类，好像不再是可怕的童话的主角，而退到了臣仆的行列，平添着人们生活中的兴趣。

熊的跳舞也许还嫌笨重，摩尔达维亚的骏马应和着舞曲扬蹄驰奔，倜傥而又洒脱。制伏这高头大马的，谁想到是披着彩衣、踏着红靴、挎着花篮的年轻的姑娘？又谁想到她有这样的绝技？马在疾跑，她从马背上倾身下来，谁不担心她坠下？可是她轻倩地顺手拾起遗落的鲜花。别怪我没说到具有精湛马术的“戴毡帽的少年”——罗加尔斯基，我凝视着他纵意驰骋的同时，沉进了忘我的境地，几乎觉得那就是我自己！

聚光灯一齐仰射，集中到大厅中央的上空。身穿雪白运动衣的涅姆钦斯卡猱升而上；离地五六丈高，空中体操开始了。她好像任意而为，飘飘欲仙，她那样镇定地指挥着柔韧的肢体，来对抗万有引力的支配。一个鹞子翻身，一个鲤鱼打挺，一个金钩倒卷帘。好一个金钩倒卷帘！没一个动作是粗硬的，一扬手一弯身全都不落痕迹，宛如百合花瓣徐徐舒展，在不动声色之中，使你感到一种征服人的力量。

扎帕什奈伊兄弟的武术是这种力量的另一个表现。他们向空中抛掷着自己，惊心动魄，也就在这一刹那，腾空的他们稳稳地落定在地面——横竖他们自己知道重心的所在。在这儿，人有广大的自由。这样的人可以掀动山岳，可以颠倒世界。屏息默想的七千观众，该是相信了这一点的吧。

好书，好音乐，好戏剧，总是引起人设身处地的联想。马戏也有马戏的境界；它的近乎离奇的惊险抓住人的灵魂，不管你的灵魂是粗还是细。符·塞尔比娜的表演，一会儿让我忘记了她是在一根——仅仅一根钢丝上跳踢踏舞，跳乌兹别克舞，跳红绸舞，因为她是那样快活自如；一会儿钢丝抖颤，又让我如临深渊，如履薄冰，可她照样悠然自得；突然，她的脚滑落了……嘿，一个优美的舞姿——原来是预定的一着！

蹦床的弹簧把人弹到半空。演员们并不是仰赖弹簧和秋千，他们得力于锻炼有素的技巧。从蹦床上一跃而起，居然有片刻逗留在半空中，表演走路、跑步种种姿势，或者抱着双膝接续地滚翻；不是垫上运动，是悬空！难道他们周围的空气不同寻常？因为只有最熟练的游泳家在水里，才能有这样如鱼得水的从容啊。

力举一百二十公斤的赫列茨，也引起我的疑问：他的身体莫不是有一种吸力，不然几十斤的铜球怎么这样服帖地擦着他臂膊、脊背和胸前旋转？

切尔涅加、拉祖莫夫的“空中飞人”，再一次使观众由专注陷入迷惘。大厅中间吊下一条长线，线上带着两个人。长线绕场转动起来，一圈一圈，愈转愈快，愈转愈高。两个人随着线听其自然，凌驾在半空之上，周旋于瞬息之间。灯光变幻，人影闪烁，场内寂静无声。突然，那女的竟松开手，只是拉住男的手，塑成“飞天”一样的体态，仍然旋转，旋转，旋转。她两只手都松开了，但是又不乘风逸去；一根短木，两个人分衔着两端，他们继续旋转着，升腾着，翱翔着。什么是重量？什么是平衡？……不给你思索的时间。这时候你才感到地球也在旋转。直到他们缓缓着地，灯光通明，音乐休止，大家吁气，你才恢复平静。刚才还是想象中的在太空相追逐的日神阿波罗和月神狄安娜，此刻自信地笑容可掬地站在观众面前，频频地摇手致意。

不过，老实说，假如一直是这么紧张的节目，绷紧的神经可真有点受不了。感谢幕间滑稽表演者鲍里斯·维亚特金，他使我们不断失声大笑。他经常扮演一个东施效颦的角色，这在生活中虽然相当讨厌，在舞台上倒有了别样的寓意。还有伊尔马诺夫的滑稽音乐，讽刺了略无长技但是已经擅长于作态的所谓音乐家，这使我想起了奥布拉兹卓夫在木偶戏中塑造的类似的形象。这一切又何止是叫人一笑而已。

紧张，快乐，满足，三小时的马戏，健康的高尚的技艺。演员们，艺术家们！一个已经不属于马列耶夫一代的观众，以被你们唤回的童心感谢你们，并且相信你们团里的小演员诺娜和萨沙将来会成为优秀的演员。他们还都不满十岁，已经表现出勇敢的性格和马戏演员特有的某些才能。虽然，可能因为他们幼小，我总不免有一点儿担心；这跟我不愿意铁球咚咚地落在赫列茨背上一样，大约同是出于外行人的胆怯。

散场以后的街谈巷议，拉杂不成文章；姑且当作献花一束，或者就算作笔录下来的“口碑”吧。

一九五六年十一月三十日

重读“赫鲁晓夫接见”的老照片

上海徐复仑先生保存有一张赫鲁晓夫接见中国新闻代表团的老照片，虽陈旧漫漶，仍觉十分难得。照片是东道主拍摄的，当时赠给代表团（团员十二人，译员二人）人手一幅，然而半个世纪过去，其间又经过对“现代修正主义头子”赫鲁晓夫的大批判，经过横扫一切的“文化大革命”，我手头那一份在“文革”中上缴，不知所终，多数朋友却已人琴俱杳，估计十四张照片能保存下来的不多了。

照片中跟赫鲁晓夫并立的，左边戴眼镜的是团长徐铸成，就是徐复仑先生的先人，他是《文汇报》总编辑，一九五七年的“风云人物”。

一九五七年是风云变幻的一年，也正是毛泽东爱说的“多事之秋”。这一年的秋天将逢俄国“十月革命”四十周年，苏联预定要隆重庆祝。而在一年以前，一九五六年二月，赫鲁晓夫在苏共二十大上作了一个揭露斯大林“个人崇拜”及其后果的秘密报告，涉及斯大林践踏法制、“肃反扩大化”的暴行。一下使全世界震惊。而在“社会主义阵营”和国际共运内部，则是分别做出不同应对的局面。中国共产党在这年四月、十二月先后发表两篇论无产阶级专政的长文，承认斯大林犯了严重错误，但指出他还是伟大的马克思主义者。到一九五六年年末一九五七年年初，因为又发生了波兰、匈牙利事件和国际共运的分化，毛泽东在高层讲话里强调了“列宁、斯大林这两把刀子不能丢”。

苏共二十大后的中苏关系，在复杂的国际背景下，相当微妙。对斯大林的评论，中国的两论指出不能对斯大林“一棍子打死”，显然是针对着赫鲁晓夫。然而，毛泽东于一九五六年“以苏联为鉴戒”，继提出“十大关系”的论点，又提出“百花齐放，百家争鸣”的方针，恰恰是后者引起苏方的疑惑，从正式和非正式的渠道听说，“双百”在那里被指责为“资产阶级自由化”。

一九五七年春这个中国新闻代表团，是苏共二十大后中国第一个访苏的记者团，看来双方都较重视。从参加者看，除了光明日报的张又君和中央人民广播电台的我，都是中央和省市级党报总编辑一级干部。因为毛泽东刚刚在三月的宣传工作会议上，说过他每天起床先读《文汇报》，爱读它胜过《人民日报》，对徐铸成优礼有加，因此安排这位党外人士任团长，大家并不感到意外。与东道主苏联外交部新闻司对应的，中国外交部新闻司由副司长徐晃任副团长、党组书记，另一位副团长卢竞如大姐，是位老革命，曾在共产国际和中共办的巴黎救国时报工作，俄文当然好，做过高岗的秘书和高级译员，高岗出事后，她调任俄文友好报副总编辑。这个三人领导集体，在出访的四十天中团结融洽，他们和团员之间的关系也都很和谐。在照片中，徐晃就站在赫鲁晓夫右边。可惜看不到卢竞如，因为赫氏接见是我们离开莫斯科前夕临时通知，卢大姐先已外出购物了，没能赶上。

我们于三月二十八日早晨乘图-104出发。我是第一次出国，也是第一次乘飞机，备觉新鲜，在伊尔库茨克、新西伯利亚等地着陆多次，可能是加油吧。到达莫斯科，赚了五个钟头的时间，甚至没感到时差，稍事休息，就兴奋地赶往克里姆林宫的乔治亚厅。在那里，第一次近距离见到赫鲁晓夫和他的“班子”，曾被人民日报总编辑邓拓誉为“灿烂的星座”的苏共全体政治局委员。我们不是晚宴的主宾，三位团长与赫鲁晓夫相见如仪后，就被介绍给当天的主宾，匈牙利的“党政一把手”卡达尔，正是他，在去年十一月初通电要求苏联出兵镇压了首都布达佩斯街头的“反革命暴乱”。为此我特别注意观察他的表情，只看到不苟言笑、彬彬有礼却城府很深的样子。

记者团逗留期间，应该说受到苏方很高的礼遇。无论在莫斯科、列宁格勒（今已恢复旧名彼得堡）、高尔基城（今已恢复旧名诺夫格罗德，即下新城）、斯维尔德洛夫斯克（今已恢复旧名叶卡捷琳堡），还是分东西两路（东路到中亚四国即吉尔吉斯、塔吉克、乌兹别克、哈萨克；西路到拉脱维亚、爱沙尼亚，以及名城巴库和斯大林格勒即今之伏尔加格勒），除了巡礼克里姆林宫和冬宫这一类保留节目外，都为我们安排了包括工农业和文化教育等社会主义建设成就的参观，以及了解苏联人一般经济生活和文化生活的机会，有些活动，如在吉尔吉斯到东干族集体农庄“米粮川”的访问，极具特色。那是近百年前中国陇东流亡移民的后裔，这些穆斯林保留着我们熟悉的中国西北地区许多风俗习惯、语言音乐。他们的新一代诗人希华扎（本音为“十娃子”）的诗，从斯拉夫字母拼音读出来，竟是陇东方言，甘肃青海一带民歌“花儿”的格律。我们也游览了历史博物馆和革命纪念地、高尔基童年寄养的外祖父家故居等等，让我们发思古之幽情。在伏尔加河上航行，更使人心胸为之开阔。

也有不满足的，是所到之处，盛情接待的单位，都拿着稿子念千篇一律的套话。再就是日程排得太满，完全没有自由活动的余地，想单独出门逛逛街，几乎不可能。至于想在出访过程中加进一个临时动议的节目，看看陪同人员的尴尬脸色，真也不好意思叫他们为难。但想想在我们国内接待外宾，不是一样吗，便也释然。客随主便，是最通情达理的选择。（其实，我们谁都没有到苏联来搜集阴暗面的打算，偶有所见所感，比如我们在莫斯科住苏维埃旅馆，在列宁格勒住阿斯托里亚饭店，都在附近看到艳装女子徘徊，身份可疑，顶多私下里议论议论，谁也没准备笔之于书。我只是在回国后，对编辑组里七八个人说了一句两句，却成为攻击苏联的右派言论了。）整个说来，在当时的政治气候下，此行够得上丰富多彩。我们团里动笔最勤的，一位是团长徐铸成，一位是《大公报》名记者刘克林，他们都在各自的报纸上写了引人入胜的游记连载，应该说有助于国内读者了解一些苏联的风土人情，特别是苏联普通人对中国的友好情谊，那不是表演出来的。

五一节那天，在红场观礼台上见识了一年两度的阅兵式和群众游行场面，光是在目迷五色中注意全场没有出现一幅斯大林的画像，而没顾上瞻仰赫鲁晓夫的风采。另一次见到赫鲁晓夫，是应邀到大克里姆林宫去听他关于下放工业管理权的报告，半天时间，一句也没听懂，却也不能不领主人的情，最高苏维埃全会，就像我国的人大一样，不是人人都能列席旁听的呀！

轮到五月八日这一天下午三时，赫鲁晓夫在他的办公室里接见我们。这回有他们外交部的译员，发给我们每人一本十六开的大记事簿，厚厚的，近似道林纸，是让我们边听边记的吧。赫鲁晓夫果然是毛泽东后来诗中语带讥讽所称的“能言鸟”，又是滔滔不绝的近两小时。我做了记录，后来撕给刘克林，供他帮助团长徐铸成写汇报时参考，同时我还记下一些临时触发的“灵感”，回国后就铺衍成一首百多行的“报告诗”《会见赫鲁晓夫同志》（刊于五月下旬的《人民日报》）。赫鲁晓夫也确实博闻强记，从国际说到国内，从历史说到当前，最后他请我们带信给毛泽东，说他们的十月革命庆祝大典，“已经为毛泽东准备了盛大的欢迎”，我就把这句话写到诗的最后一行，算是不负所托了。

不过，反右派斗争时，揭发我说过一句“赫鲁晓夫办事太毛草”，这自然是诬蔑“党的领袖”的右派言论，而批判者以这句话对照我诗中对赫氏的肯定性描写，指斥我为“反革命两面派”。谁知到了“文革”，由于赫鲁晓夫已成了修正主义的代号，同样是这一首诗，罪名又变成“美化并歌颂修正主义头子”的毒草了。正是欲加之罪，何患无辞？呜呼！

一九五七年十一月七日，毛泽东如约率领一个最高规格的党政代表团访苏。庆典之后，又心高气旺地参加了一次各国共产党会议。那时，国内刚刚经过轰轰烈烈的反右派斗争，徐铸成从五月下旬就因版面安排受到敲打，七月一日，《人民日报》社论《文汇报的资产阶级方向应当批判》，宣布罗隆基—徐铸成—浦熙修形成了一条反党反社会主义的黑线。

说起来已经是整整五十年前的旧事了。这张老照片上，不光赫鲁晓夫已成古人，我们的三位团长也都先后离去。徐晃是上世纪八十年代驻秘鲁大使任内，而且是在办公室猝然发病去世的。刘克林和丁九两位兄长，都在“文革”中被迫走上绝路。前几年打听，大约除了我和两位译员外，只有新疆的富文健在，他当年四十四岁，今年该是九十五岁的耄耋老人了。

一九五七年是“十月革命”四十周年，而今年上距一九五七竟已五十年了。面对这张老照片，不禁也叹道：逝者如斯夫！

二〇〇七年七月十八日

（此文为《老照片》作）

东干人的农庄

前两三年在《新民晚报》上读到一篇专稿，报道吉尔吉斯斯坦的东干人近况，当时想起三十几年前我在那儿访问东干人农庄的片片断断，还苦苦搜寻旧日的照片；也许因为没找到，就什么都没写。昨天连续在《寻根》创刊号和《东方文化》今年第五期上读了两篇有关的文章：刘迎胜先生参加一九九二年联合国教科文组织“草原丝绸之路”考察后写的《寻访东干人》，郝苏民先生参加“吉尔吉斯·哈萨克共和国民俗文化田野考察”后写的《中国文化·中亚与东干人》，都提到我曾去过的那个东干人农庄“米粮川”，又一次唤回我三十七年前的记忆。

那是一九五七年四月。今之吉尔吉斯斯坦首都比什凯克，当时还是苏联吉尔吉斯加盟共和国首府，以内战时期将领伏龙芝的名字命名。离这儿车程不远就到米粮川集体农庄。听说住的是多年前流徙来的原住中国西北的回民，我们全都挺兴奋；又互相告诫，别重犯咱们中国一位老前辈无意中犯的一个错误：老先生见到这些已成为苏联公民的中土回民后裔时，兴奋地称呼“同志们”之后，按捺不住，又加上了“同胞们”，他忘了“同胞”一词在原则上至少在外交场合只适用于本国人民，而不适用于境外亲戚的。

在那个中苏关系颇为微妙的时刻，谁引起苏联东道主的敏感反应，都会惹麻烦，担待不起。

还好，没有开会，不必郑重地称呼。那时候我们看惯了自己同胞的衣装打扮，到此放眼一看，连老爷爷也穿西服，老奶奶也穿“布拉吉”（连衣裙），一下还叫不出“同胞们”来。再仔细看，这些老爷爷老奶奶，满鬓飞霜，饱经风日的古铜色脸上，皱纹纵横，面型、神态、表情似曾相识，一张嘴，竟是陇东土话。他们自称“老回回”，问他们家乡哪里，有的说是庆阳，有的说是平凉；说有位老爷爷还模模糊糊记得从家乡一路西行，日日夜夜，走不尽荒无人烟的路，他八十多岁，算起来，上个世纪（十九世纪）七十年代还是“尕娃娃”，难怪记不得更多的事了。

四月在中亚，平原晴暖，阳光灿烂，我以为会像访问别处乡村那样，就在树荫下露天设宴，不，我们被让进坐北朝南的上房里间，并且脱鞋上了炕，盘腿而坐，是我们北方那种大炕，迎着窗户占了半间屋。说不到几句寒暄话，酒饭上来，七碟子八碗，一律油汪汪的，我爱吃羊肉，自然大快朵颐。吃着喝着聊着，外间屋传来丝竹声，陇东道情！……有拉有唱，有曲有词，恍然在陕甘的农村走亲戚；而这么隆重而亲切的气氛，觥筹交错，热烈又彬彬有礼，可就不像一般的走亲戚，倒像是一场娶媳妇聘闺女的大喜事了。

饭后又参观了村里的合作社（即小卖部），村民把香水叫花露水，跟我小时候北京城里老一辈的叫法相同；由此说到飞机，他们叫飞艇，情况也类似，但是上个世纪（十九世纪）七十年代还没有飞机，中国内地称飞艇，最早也是本世纪（二十世纪）初的事了，是通过什么途径，“飞艇”这个新名词传到漂泊异乡的东干人这里，还是同样的造词方式形成了天各一方的偶合？因为另有许多新名词，已经是借用外来语，如收音机就叫“拉就”，与俄文同音。想起时间和空间的隔离，不可避免地造成文化的隔离，尤其东干人和中国这种历史情况，真是不胜感慨。我略略透露这份心思，陪同访问的东干族学者立即领会了，说东干云云，其实是“中原”的音转，东干人是自称“中原人”的。这位学者名叫十娃子，——后来我在中国报刊上看到他的名字译为希华扎，是从俄文音译再转译过来的，你从中闻不到“十娃子”那浓厚的乡土气了。十娃子当时正筹办一张东干文的报纸，是用斯拉夫字母拼写的。我读过一年多俄文夜校，虽然多已经忘了，还能大致拼读出来，就这样读十娃子的诗集，居然捉摸出意思，八九不离十，他运用的格律，我也捉摸出来了：是甘青流行的别具一格的民歌“花儿”！我们一下仿佛近了许多。不记得为什么没问他这些诗是不是都付诸演唱，只记得他说戈宝权读了他的诗，表示过很有兴趣。

我回国一两个月以后，十娃子访问北京，我和刘克林上北京饭店去看望他，事前知道客人有半天闲空，计议请他上西单的清真馆鸿宾楼，好好叙一叙。他说要向他们的领队请假，我们也去向接待人员打招呼，结果分别碰了壁，怪我们都太天真——缺心眼儿？缺乏政治头脑？缺乏高度的革命警惕性？十娃子怏怏的，我们也只得又坐了一会儿，讪讪地告辞，相约后会有期。不久我堕入陷阱，将近十年后，刘克林在“文革”初期自杀。一直没有再听到十娃子的消息，不知道他这些年特别是吉尔吉斯独立前后的动荡岁月，究竟怎么过来的；他大约年近八十，该已退休；可还在写他的“花儿”吗？

三十七年前，我是随着以徐铸成为团长的中国新闻代表团访苏的。那个团的成员大部分已经作古。徐铸成、刘克林归来后都写了长篇的游记，分别在《文汇报》和《进步日报（大公报？）》

方成、钟灵一九四九年冬在俄文夜校缔交合作漫画，我与他俩同班经年，这份“同窗”之谊一直延续几十年。方、邵阳历生日都在六月，某年这一天钟灵在家中为我们一起庆生。右起：钟灵夫人马力、方成、钟灵、燕祥并谢文秀刊登，好像刘文配了一张照片，是我们坐在米粮川东干人的炕桌周围大吃大喝的。

对我来说，那一次吉尔吉斯之旅，印象最深的，一是高山湖伊塞克湖上的航行，“春水船如天上坐”，与在西湖、太湖泛舟别是一种境界。后来艾赫玛托夫的小说《白轮船》写的就是这湖边的人事。另一次难忘的经验，就是访问东干人的村庄了。有诗为证，题目是《串亲戚》(一九五七年六月写的，一九八〇年在诗选《献给历史的情歌》中首次发表)：

说起庆阳，说起平凉，
八十年前好凄凉。

万里长城哭不倒，
出玉门不敢回头照[1]。

照见了家乡好酸辛，
照不见家乡愁死人。

走过沙荒走戈壁，
风霜冻饿八千里。

当年不懂事的尕娃娃，
如今耳聋眼又花。

---

① 照：方言，即瞧、看。

听说来了中国的人，
男女老少来欢迎；

听说来了中国的客，
栽绒毡子炕上坐。

亲亲热热拉拉话，
陇东土语全不差。

听见扬琴、弦子声，
后生们唱的是“道情”；

唱那“孙二娘开店十字坡，
来了个好汉武二哥”；

唱那“太保传令把队收，
孤与贤弟叙叙旧”；

唱的《五更鸟》也动听，
又来了一曲《哭长城》……

炕桌上端来八大碗，
热气腾腾，油光闪闪；

祖传的做法，中国的味，

贵客尝尝对不对？

宰羊和面做的全席，
今天是亲戚串亲戚。

酒醺醺，暖洋洋，
老歌不唱把新歌唱：

山跟山相会在天山，
人跟人再见不算难。

寸心好比是明镜，
你们长留在明镜中。

作为诗，这首拟“信天游”是过于平实了，但它不失为一个纪念，所以不嫌冗长，抄在这里。据说现在那一带的东干人顶多能说出先人来自陕西或甘肃的省名，不像五十年代还有人能记得庆阳、平凉这些县名了；连我们三十多年前的中亚之行似乎都已成了遥远的历史，那么一百二十年前因左宗棠等的剿杀造成的陕甘回民大流亡呢？写到这里，忽然想到，这应该是张承志的题材无疑，是的，只有张承志，能把那一段使天地为之掩泣的历史，它的前前后后、因因果果，它的渗透血泪的教训，羼着理智和悲痛，不折不扣地写出来。

一九九四年七月二十一日

东车站

三十多年前在北京，一说东车站，人人知道那是指的前门外东侧的北京东站。现在，这座在高楼与闹市夹峙中显得不起眼的半西式建筑物，挂着“铁路工人俱乐部”的小牌子，已经成为一个“古迹”，无复昔日的繁华与辉煌。

这个火车站曾经是一片喧嚣紧迫景象，日夜吞吐着出入古都的各色旅客们。那时，外地人凡乘火车到过北京的，可以没逛过香山，甚至没逛过故宫，但没有不记得这个火车站的。

这个火车站，像北京任何一个地方一样，历尽沧桑，兴亡过眼。它迎来了自愿与被迫而来的游子，也迎来了它欢迎或不欢迎的权力者。它送走了高高兴兴首途的人们、悲悲切切离去的人们，他们当中有多少从此没有归来？

二十岁的沈从文从湖南凤凰辗转来到北京的时候，走出车站，在站前的广坪上站了一会儿，当年站前还有一块广坪，他该首先看到规整的箭楼、彩绘剥落的正阳门楼，心慑于一种深沉与庄严的美丽，他想没想到“康梁”是在一种森严的网罗下登车远遁，仓忙中不遑回首留恋这帝都的凤阙飞檐？

那年七月卢沟桥炮响，从北平到天津的铁路恢复通车后，第一趟车就有“四千赤色分子逃亡来津”，天津报纸这样说。这车上的旅客走进东车站，踏上逃亡的路，他们之中有没有人预想到自己“生还偶然遂”之后，到了一九五八年，会再次狼狈地告别北京站，把命运交给生死未卜的征途？

最近翻看了柳萌的《雨天的记忆》，写一九五八年四月集体发配北大荒那个下雨天，下雨天的月台，下雨天的列车；他故作平静地回忆着，说仿佛这记忆也被哗哗啦啦的雨给淋湿了。柳萌当时年纪轻，但同行的上了年纪的落难知识分子，想必每人都有自己的更早的“当时”。

低头踏上雨天的路，这是远行者。每一扇窗都在流泪，这是雨中怀远的人。

而一九四九年三月，郭沫若跟其他民主人士一起抵达北京东车站时，受到隆重的礼遇，流的是欢乐的眼泪，他当时成诗一首：“多少人民血，换来此尊荣。思之涕欲坠，欢笑不成声。”——不知为什么，这首诗他后来所有的诗集都没有收。

北京东车站的月台，从上世纪末到本世纪中，是一个日夜轮流开演的舞台，不管在台角弹压的是北洋军阀的军警、日本宪兵、国民党的特务，还是“人民交警”。但因为几乎人人在这里“表演”过，至少走过过场，反倒把它淡忘了。文学作品都把它一笔带过，只有张恨水《金粉世家》末尾给了一个镜头。遗留下的这座建筑也还够不上一个“区级文物保护单位”。因为北京的古迹太多了，一百年的玩意儿算什么古董？

今天也将成为历史。而北京的每一寸土地都将成为历史的见证。

一九八九年九月十三日

风　沙

旧历年后，阳历二月底三月初，雨水节气过了，并不下雨，空气干燥，晴天，但日色昏曚曚的；北方的风沙从郊区进城，穿过大街小巷，粗鲁地摇动枯瘦的街树，卷起街角垃圾箱边的废纸……走到哪里，都须眯着眼睛，风扑脸，不冷了，但是叫人心烦。

一到春日风沙起，我总是想起一九五八年的此时。鼻孔甚至齿颊间都有沙粒，仿佛这不是文明古城、首善之区，而是戈壁沙漠。仿佛我不是如一般行人的行人，而是步履蹒跚负重前行的骆驼。

二月二十四日这天，在处分决定上签下名字。接着就是一连串为下放劳动做的准备。衣、被、毛巾、牙刷、肥皂、手纸，一只茶缸，除此以外，还需要什么呢？人们提醒我，还要一副风镜，因为第一站是十三陵，地处塞外，风沙是眯眼的。

三月一日到了十三陵工地，挖土，抬土，独轮车运土，无风已是三尺土，汗湿后背，口干舌燥，恨不能此时此地一泓清水天上来，就淹我于水底也心甘情愿似的。黎明即起，日落方归；十日一期，干了两期。只有当肩酸腿疼、亟思休息的时候，听到歇工的哨子，陡地坐倒，迎面一阵风来，把额角鬓梢的汗珠刮干，也不管那风里裹挟的细沙在脸上和了泥，居然体会到“清风徐来”

的凉爽闲适意境。

从三月二十一日起的五天里，更是在风沙里穿梭。把家搬空，把书打捆，连同书橱书架桌椅衣柜，该还的还，不得不卖的卖掉，剩下的找地方寄存。忘记是为了什么事，跟李道堪在白广路上枣林街口的一家小饭馆里聚首，匆匆忙忙吃了一顿饺子。出门时灯火昏黄，大风已停，但窗棂、路面、衣褶、心坎，无不散落着远从异域蒙古甚至西伯利亚飞来的沙尘。

三月二十六日于风沙中登车去沧县，在县城狭窄的礼堂里看了一场夜戏《宋士杰》，"我披枷戴锁边外去充军……"苍凉之至。过了一夜，到距城二十里的姜庄子，一色的黄土地黄土墙，迎风"呼喊"口号，不免又吞一口风沙。但稀稀拉拉的冬小麦已经开始返青，如此的荒寒枯燥，竟不能抑制那绿色的生机。果然，十几天后，降了本年的第一场雨，我正在地里干活，铜钱大的雨噼里啪啦打下来，我也随一片欢呼声，抄起扔在地头的棉衣，大步奔跑回村。然后从敞开的屋门，望檐前的雨，喘息甫定，呼吸中感到一股凉沁沁的土青气，痛快极了，甚至想写一首诗，一时忘记了被监督劳动的身份。

三十三年过去，这一切犹如昨日。一冬干旱，春日的风沙循例又来。不知三月四月能下一场好雨否？

一九九一年三月三日

立　冬

大多数的年头是阳历十一月八日立冬，今年是十一月七日，早晨起来就下着小雨，“今雨不来旧雨来”，送走穿着大衣和雨披骑车来的老朋友，斜斜地飘着的已是昨天天气预告的“雨夹雪”了。

地下泥泞，雨雪扑面，最恰当的形容就是《诗经·小雅·采薇》中的“雨雪霏霏”。两千多年过去，生产方式、物质生活资料会有演变，人在某种天气下的某种心情，表达心情的言语，却可能依旧。这就是文化的稳定性吧。

一年的二十四个节气，至少在北方还是很准的。大约因为地区的气候、物候变化，一两千年不一定差距多大。往常我留意过，立秋以后，“一场秋雨一场寒，十场秋雨穿上棉”，大致不差。今年的立秋也早一天，八月七日，秋后雨水不少，我没计算在骤冷之前有过几场秋雨，不过，半个月前霜降那一天夜里，我忽然感到薄棉被显得太轻了，褥子也显得薄了。

是年纪大了，还是“娇惯”出来的呢？三十多年前，反右派以后，我在一个农场生产队里劳动的时候，夏天铺的一领凉席，入冬也不撤去，罩在垫被上代替床单。每天早晨起床，摸摸凉席是温热的。那时候睡的是通铺，平地铺了厚厚的新稻草，上面苫着大席，晚上把卷着的铺盖放开，我的褥子上还有一领窄窄的凉席。

这是普通的凉席。无论夏天午睡或冬夜酣眠，迷蒙中都不妨想起孙犁描写过的，白洋淀女人编席的光景……“月亮升起来，院子里凉爽得很，干净得很，白天破好的苇眉子潮润润的，正好编席。女人坐在小院当中，手指上缠绕着柔滑细长的苇眉子。苇眉子又薄又细，在她怀里跳跃着。”

但白洋淀的苇席是银白雪亮的啊，是如白云，如白雪，如月光月色的啊。我身下的苇席也是苇席，可是泛黄的。

我们这里田边堤边也长着成片的苇子，不知道跟白洋淀的有什么不同。不过这儿不兴编席，也没有别的副业。眼看着生命力健旺的苇子一年一年绿了，又白了头，徒然在秋风下叹息。

“立秋十八天，寸草都结籽。”一九五九年九月四日，立秋快一个月了，我的笔记本上写了四句诗：

秋风悄悄地踅过河堤，
响起一片悉悉的声息。

原来是成熟的芦苇发问：
制纸？织席？——制纸？织席？

一九九二年十一月七日

化名

在刊出我《笔名》一文的同一期《随笔》上，有王曼为自己的散文集所写的后记，其中说：

> 我在一九五七年那次狂风暴雨中被打下去后，虽已失去了发表文章的机会，但并没有放弃手中的笔，我依然偷偷在写。一九六〇年，政治气候稍为缓和，有人向我建议寄篇近时写的散文到报社去看登不登，我选了其中的一篇《松涛》，以王稔为笔名寄到某报副刊，编辑不知王稔是我，第三天稿子便见报了。那几位朋友又怂恿我署上真名再投一篇去试试看。于是，我又寄了《木瓜颂》，不料稿寄出后第三天，便给退了回来，信封上写着某某读者收，连同志也不称呼。我又悲又愤，一气之下，便搁笔不写了。

这使我想起在一段不短的岁月里，无论文学界、科学界的“右派”“准右派”，如果要发表他们的创作、研究成果，竟然不得不冒“乱说乱动”之嫌，采取像化名一类办法。但即使这样，能够漏出文网而见天日的只是少数。对作者进行“政审”的制度是十分严格的。“吟罢低眉无写处”，不仅鲁迅先生当年有此感慨也。

一九五八年，我的“右派”定案后，“下放锻炼”，编到也是“下放锻炼”但不是“右派”的机关干部小队里。从春到夏，干了从挖河到割麦一连串体力活儿之后，民办中学缺一个语文教员，不知怎么叫我去顶缺了。对我来说，最大的好处是半天上课，还有半天可以备课为名读一点自己想读的书。

于是流行的杂志也拿来翻翻。大约是那年七月《红旗》创刊，第一期有郭沫若一篇文章，他有几句警策大意说他于中国当代只佩服或只承认毛主席的诗。这也是流行一时的论调，但是到当时为止我还没见到一篇评论毛诗的像样的文章。我有些技痒，花了三个下午写出一篇《毛泽东同志诗词的风格》，抄寄给《红旗》杂志。稿末通讯处写的是我父母亲所住的地址，署名“李得升”。

我在一九五八年跟“下放干部”混编一起的时候，为了不使“一只老鼠坏了一锅汤”，败坏了下放干部们的声誉，用了“李得升”的化名。后来我们机关所有“右派”集中迁往一个农场去改造，我才又恢复了真实姓名。李得升云云，并不是当了右派还想往哪儿升格，不过取真理得胜的谐音，但李得胜、张德彪太像军阀时期行伍中人，这才把胜改为升。后来批判我时，据说毛主席用过这么个同音的化名，我就变成大逆不道了。其实全属多虑，伟大领袖岂是区区小子所能以假乱真者哉！这是后话不提。

不久收到母亲来信，语带责备，问我为什么又胡乱投稿，《红旗》杂志有人到家里来过。原来《红旗》编辑部派了一位名叫刘际启的同志到船板胡同来找“李得升同志”，才知道他正在某地“下放”，就问明他所属的单位；又到那个单位了解，才知道这是某人之所为。我母亲说，这位同志第一次来时，表示要用那篇稿子才来同作者联系的。后来稿子决定不发，“留作参考”，信上也还很客气。

而这件事传到下放小队，免不了要写个检讨。直接的结果是不让我再在民办中学误人子弟，还是回到大田里去脱胎换骨。八月间，全体进城进行“整风第四阶段”的补课，一补大字报大鸣大放，二补则是补划几个“右派分子”，至于已经戴帽如我者，又补批一番。曾经沧海难为水，这就是走走过场了。可批者多，现成的有响应号召新写的大字报，至于向《红旗》投稿一案，几乎没怎么提起，也许因为稿子在《红旗》“留作参考”，没有转来，而笔涉毛主席诗词，大家都知道回避吧。

这篇谈论毛诗文字，原稿一直保存在我的故纸堆里。一九八四年，即成稿二十六年后，我把它在一家杂志的《毛泽东文艺思想研究》栏内发表，从此不是孤本。这回没有用“李得升”的化名，不是因为据说毛泽东曾用过化名“李德胜”，而是因为高级领导人中还有一位同音的“李德生”在。

上面提到的郭沫若的文章，标题似是《革命现实主义与革命浪漫主义相结合》，大约收在《雄鸡集》内。经过十年动乱，存书荡然，我写此文没有再找郭氏原文核对，想来意思不差的。

一篇小文章，虽然谈的是大人物的大作，也还是小事一桩而已。从我这个作者来说，从整个社会、国家来说，这一桩小事却都是可笑而又可悲的。

化名固然有不得已之处，不过化名也难。中国人善于从字里行间嗅出微言大义。这也要怪鲁迅，他的化名里确实有义愤，有牢骚，有针，有刺。他化名“隋洛文”，原委洞然，这就使后人即使化名自贬亦往往被目为投枪一击。

隋洛文者，即浙江省反动当局通缉鲁迅时所谓“堕落文人”也。而真正的堕落文人是不敢即此取名的。他们哪一个不要盗用煌煌然的名义呢？

一九八七年二月十三日

大眼贼儿

参加过土改以后，好几年没有下乡。一九五八年春天，虽是“戴罪”下乡劳动，隐隐地也有几分欣喜：离开我厌烦了的人际关系，换个环境，使耳目一新，呼吸点旷野里的新鲜空气，也许还能“多识于鸟兽草木之名”呢。

春天少雨，盐碱荒地，风干气燥，常是跟着一两位老农到田间去，时间长了，渐觉得单调。我们村西邻着一个空军机场，我除了随同下放干部到那儿洗过两回澡以外，平时也不见机场的人。唯一的例外，有个地勤小战士偶尔跑到地头上来，多数是下午，我猜他是轮休，百无聊赖，或是想家了——一眼就能看出他是农村孩子，老农见了他都喜欢。

这个小战士乐呵呵的，但不多话，不光是对我，对老农也是。往往从我们手里拿过铁锨，就跑开了。最初我不知他要干什么，原来他三挖两挖，就挖出一个“大眼贼儿”的洞。

我在北京长大，只知道老北京管麻雀叫“老家贼”，后来把“贼”字轻读，就成“老家子”，显得亲切了，那种视之为“贼”的敌意也减轻了。

那小战士提溜着挺大个儿的“大眼贼儿”，灰褐色的，可是看不见它的大眼，只见它在下午的阳光下闭着眼，是畏光？还是怕死？

老农一般总是以表情赞许。我想是因为在“大眼贼儿”的窝里总能刨出些粮食颗粒，而此刻正是青黄不接，家家稀汤寡水里没有多少干货，干粮羼了代食品，总是抟不成个儿呢。

我以前没见过这种叫作“大眼贼儿”的鼠类，见它闭着眼，就想起鲁迅译的爱罗先珂童话，那里有所谓“土拨鼠”，或许就是指的它吧？

时隔将近四十年，想起这件事，翻翻《辞海》，眼花缭乱：

土拨鼠一条，说“即旱獭”。而旱獭，“体粗壮，长37—63厘米”，个头儿比我见的大：“头阔而短，耳小而圆；四肢短而强，前肢的爪特别发达。……体背一般为土黄色，杂以褐色；腹面黄褐色”，倒差不多，但“毛皮柔软珍贵”，不对了，如果是这样，老农不会不知道，而看着小战士把它弄死扔掉就完了。

那么，是田鼠或鼹鼠？一个据说“营掘土生活，对农作物有害”，一个据说“营掘土生活，捕食昆虫、蚯蚓等动物。由于挖掘洞道，伤害作物”，看来都被农民厌恶，但没说它们吃粮食，也许田鼠嫌疑大些，它属“仓鼠科”。看下去，颜色倒是差不多。再看下去，田鼠“体小”，而我所见到的要大，鼹鼠“眼小，有的为皮肤所掩盖”，这也跟“大眼贼儿”之名不相称。

“大眼贼儿”不像是《辞海》上的这几种，它的学名该是什么呢？

若干年的乡间生活，也没使我“多识于鸟兽草木之名”，因为我们的注意集中在人事上，对于自然的一瞥都成为闲情逸致，哪儿有闲情逸致的空隙呢？

想到一九五八年春天，那北方的田野，那下午的阳光，常常闪起挖“大眼贼儿”的记忆的片段。麦收以后我调换了村庄，再也没见到那空军地勤小战士。八九月集训的时候，听人说起，有一房东老奶奶经常到场站大院下水道出口去接泔水，从中滤出剩饭面食和菜肉下脚，大家听了不是滋味。集训后期转入批判，补划右派，大家就全缄口不言了。

我虽也有“忘形”的时候，但还有对政治身份的自知之明。重地禁区回避犹恐不及。有时晚上遥望飞机闪着小小星光远去，觉得现代离我们很远，进屋闭门，就着菜油灯盏，自己模糊的身影晃动在土墙上，心仿佛一下就沉到古代中去了。

一九九六年三月二十三日

第四辑

有轨电车

读《我很健康》

在那以前，我从来不知道希腊诗人默涅劳斯·柳德米斯的名字。一九五九年秋天，我还没离开劳改场所，从《世界文学》上读到他的两首诗，是从罗马尼亚文转译的，一首是写给情人的《爱情的时刻》，一首是写给母亲的《我很健康》。后者一下子把我抓住了。我一口气读下来，因为诗人显然也是一气呵成地写下来的；看得出来，是这样。整整一百零一行，不分段，也无法分段，如意识的流，情感的流，先还似有所节制，潺潺而来，略经激荡，便奔腾汹涌，一泻难收。直到终篇，仿佛还听到孤独的囚徒在冰冷的牢房里凄厉地叫喊："我很健康！"余音震颤摇曳不止。

诗前说明："监狱管理处令。注意：可以用明信片通信，在明信片上只能写表示发信人身体健康的几个字。"这就是所谓"我很健康"四个字的出处。全诗里十几次急切地呼唤着母亲，二十几次重复着那句被迫向亲人传递的谎言："我很健康。"

叹息啊叹息……
哦，母亲，还有多少叹息分离着我们？
我的亲爱的，我愿意先问你一句话，

五十年代中后期，我就得到了黄秋耘这位前辈诗人、散文家、“死不改悔的人道主义者”的关注，但直到一九七八年才得见面。秋耘晚年因病隐居广州梅花村，这是我前往拜望时的合影

问你……

但是不。我什么也不问。

这里不能发问。

这里所有的人“都很健康”。

这里所有的人“都很健康”，虽然

绞索悬挂在他们的头上，

虽然黑暗折磨着他们的心。

我的亲爱的，首先我还是要对你说“我很健康”。

这首诗几乎是无法节引的，因为全诗回肠荡气，藕断丝连，没有休止符，每一声对母亲的呼唤，每一声不得不说的“我很健康”，都使委曲的诗情因之出现一次跌宕。囚徒想要不再写“我很健康”，他为多少年来母亲收不到真实的书信，为他写这一千次单调的谎言，请求母亲原谅；而他又提起笔来写这“唯一的悲哀的小习题”，他知道他是给母亲寄去一份苦药，他知道母亲在抚摸这谎言，用泪水洒在“我很健康”的字样上：

我的亲爱的，如今你闭着眼睛就能读出这几个字来。

或许根本就不再念它们了，

只要从门口听到邮差的声音对你就够了，

对你就够了。

在那一瞬间，母亲，也可能我并不健康。

但是你要相信我信中的话：我很健康。

我是健康的，只要我的笔还能触到信纸，

我是健康的，只要我的口还能低声吐字，

我还健康，只要我还能把这些受伤的字
写在纸上：“我很健康。”

在这里，哪里是什么受伤的字，我感到的是囚徒感到了母亲受伤的心在滴血，他想为母亲舔一舔伤口，但从他舌头上吐出的还是这木然的字：“我很健康。”天地之大，被监狱高墙隔绝的母子，此情此景，已不是用中国古语中的“相濡以沫”所能形容的了：涸辙之鲋，能够相濡以沫时，毕竟还在一起；而囚徒却只能在想象中回忆母亲的双手——曾经给自己试过体温、抚爱过自己童年的身体的母亲的手。

被剥夺了自由，对人是最大的伤害和屈辱；在不自由的条件下，却要被迫用“我很健康”的谎言去安慰亲人实则是粉饰牢狱的非人生活，这是甚于或至少不下于肉体折磨的精神折磨。饮忍达到极限，强作的镇静终于爆发为嚎叫式的抗议：

今天他们挖掉了我的眼睛，
但是我很健康！
强烈的地震毁坏了我的脑子，
但是我很健康！
我很健康！
明天他们要把我钉死在十字架上，
但是我很健康！我很健康！我很健康！
我很健康，虽然我失去了知觉不会再想到健康。
我很健康，虽然我没有嗓子叫喊。
我很健康，虽然我没有手写字了，

因此，我像在一块石板上雕刻一样，……

为了使所有的人都知道

在这疯狂的墓地里

所有的死人

“都很健康”。

初读这首诗时，我正在渤海边的一个农场里“劳动锻炼”——这也是一个类似“我很健康”的体面的词。我的母亲在邮局给我寄包裹的时候，有人问她：“你儿子‘犯’了什么‘事’啊？”彻底地摧毁她的自尊心。而她给我的信里，却总是在强颜欢笑地报告家长里短。直到七十年代的“干校”时期还是这样。“干校”里有的“干部”有拆看人们往来书信的癖好。比较起来，当时希腊监狱中只是规定除了书报健康以外禁止多言，似乎网开一面，并无“钓鱼”之心，倒是僵硬多于狡狯了。

通常人们之于文学作品，往往在际遇近似、“感同身受”的时候，最易涵泳其中。比如战乱中音尘阻隔，就想起杜甫的“烽火连三月，家书抵万金”；敌骑纵横，有国破家亡之感的年代，写过“雕栏玉砌应犹在，只是朱颜改”的李煜一时常在人口边心头。但我以为，《我很健康》这首诗所以打动我，并使我久久难忘，绝不仅仅因为我当时的某种处境。我相信激赏这首诗的，也绝不会限于囹圄中的读者。

一个人在孤独的时刻，在失去自由、受到屈辱的时刻，在面对死亡的时刻，难免会想起世上的亲人，想到童年和那时曾经依恋的母亲，想起对母亲的歉疚——《我很健康》就是这样，作为囚徒的诗人请求母亲原谅他的“欺骗”，而这恰恰是不能由他负责的，是他为自由而斗争的苦果；这一矛盾就把囚徒和母亲同时推向牺牲者的悲剧角色。人们对悲剧的崇高的倾心，对不自由的反抗，对“监狱管理处令”之类的憎恶，我想是超越国界的全人类的现象，这就不难解释一位陌生的希腊诗人在遥远的中国为什么获得知音和共鸣。

记得六十年代“文革”前柳德米拉曾访华，简讯之外别无报道。我也没再读到他的别的作品，不知诗人近来无恙否？

一九八九年一月二十日

改写寓言诗记

读金克木先生《拟寓言诗记》后，想起我在三十四五年前干过一件类似的事。不过不是写作寓言诗，而是根据散文体译本的《克雷洛夫寓言》，把其中三首改写成分行押韵的朗诵诗。

那是一九六二年十二月十日，我正以"摘帽右派"之身在一个剧团的创作组里混饭；总想写点什么东西，好对得起一些后来被称为"走资派"的领导干部对我的保护。时值中苏分歧公开化，又恰在古巴危机之后，我改写《诽谤者和毒蛇》《狼和杜鹃》《大老鼠论猫和狮子》，或"针对围绕古巴事件诽谤中国的一片营营之声"，或"申述帝国主义本性何时何地都不会改变"，或"讽刺修正主义者被帝国主义吓破了胆，无视人民革命力量必将胜利"，我当时自以为完全符合反帝反修的宣传方针的。

四年以后，我怎么也没想到，"文革"骤起，在关于我的"罪行材料"里，这三首"洋""古"人原作的寓言诗，被定性为"反动透顶"，"含沙射影地攻击和诬蔑伟大领袖毛主席，把矛头指向党和社会主义制度"。

以《诽谤者和毒蛇》为例。定案材料说："这首诗一开始，他（按：指邵某，不是克雷洛夫）就写道：'谁在人世间作恶顶多，谁下了地狱就能得上座。魔鬼的筵席上起了纷争：诽谤者和毒蛇谁是头名？’这是恶毒地攻击党的庐山会议。原作上写的是魔鬼们要出去游行，争站前列，邵燕祥却给安排成在魔鬼的筵席上，从这里可以看出其用心之恶毒。他还写诽谤者和毒蛇争权夺利，魔鬼出来作结论，说他们都能杀伤人命，百咬百中，但是诽谤者无论远近都能把人中伤，因此更值得重视，于是把诽谤者抬为上座。他把庐山会议诬蔑为争权夺利，把我们伟大领袖和革命左派比作魔王和诽谤者，这是对我们伟大领袖和革命左派的最大的诬蔑和恶毒的攻击。”

大概因为“文革”的开场锣鼓是从认定《海瑞罢官》一剧为彭德怀翻案打起的，后来如此“上挂下联”就成了流行款式；而打蛇打七寸，若不能加人以“反对毛主席”的该死之罪，又怎么显示战斗力呢？

在一九六六年八月十三日的斗争会上，批判者就这首诗指出“说无产阶级专政是诽谤者的专政，反右派就是诽谤者中伤（他）自己”以后，当场质问：“你矛头指向谁？‘魔王’是谁？”这不是一定要定人以必死之罪吗？——天可怜见，把伟大领袖跟“魔王”联系起来，我可是从来想也没想过的呀！

重提旧事，意不在辩诬，一是觉得当时批判者的心态耐人寻味，二是不免想一想：当时的被批判者如我，可悲何在？

记得八十年代似是江西出版了吴岩先生以诗体翻译的《克雷洛夫寓言》；至于我在六十年代改写时所据的散文体译本是不是吴岩先生的，记不清了。那时候在广播系统，习惯于拿来就用，没什么版权观念。

一九九七年二月三日

〔附〕

诽谤者和毒蛇

[俄]克雷洛夫　原作

（邵改写为诗体）

谁在人世间作恶顶多，
谁下了地狱就能得上座。
魔鬼的筵席上起了纷争：
诽谤者和毒蛇谁是头名？

诽谤者吐出它的舌头，
证明它不甘屈居左右；
毒蛇呢嘶叫着露出毒牙，
好像说：“谁还敢说句二话？”

毒蛇一寸寸拱上前来，
诽谤者眼看就要失败。
魔王出面来了结纠纷，
对毒蛇说出了这样的结论：

“虽说你经常地杀伤人命，
无故地咬起人百发百中；
但是，你可能老远地把人中伤，
像那诽谤者的舌头一样？

“我完全承认你毒蛇的价值，
然而诽谤者更值得重视。
诽谤者有权利坐在前边儿，
毒蛇呢照理该谦卑一点儿！”

春末漫笔

今年的北京，“清明刮了坟上土，要刮七七四十九天”，有时候风沙大到五六级。忽然想起二十年前，就是一九六六年那个“多事之春”，天气是怎么样的，风沙大不大，竟一点也记不起来。不是我今天犯了邓拓有一篇著名杂文中说过的“健忘症”，而是当年“政治气候”变化得紧，让人顾不上留心“自然气候”了。

那个“多事之春”是紧接着头一个“多事之秋”的。一九六五年十月下旬，姚文元的发难文章《评新编历史剧〈海瑞罢官〉》发表，据说这就拉开了“文革”的序幕。后来说“文革”正式开始是从一九六六年“五·一六”通知算起，那么可以说序幕就演了半年多。起初有些事情，像围绕着“二月提纲”的斗争，只是在上层进行，一般人并不知道。到四五月间就闹出来了。四月十八日《解放军报》的文章把林彪委托江青召开的部队文艺座谈会《纪要》的一套端了出来；五月八日高炬、何明、戚本禹的文章《向反党反社会主义的黑线开火》，接着不容喘息，五月十日姚文元《评“三家村”》在全国报纸、广播中同时发布，它的副题是“《燕山夜话》《三家村札记》的反动本质”。是仅仅批评这两本书和三位作者（邓拓、吴晗、廖沫沙）吗？姚文元说的是，凡是怎样怎样的，“不管是‘大师’，是‘权威’，是三家村或四家村，不管多么有名，多么有地位，是受到什么人指使，受到什么人支持，受到多少人吹捧，全都揭露出来，批判它们、踏倒它们”。

那时候有人就猜，这是冲着谁。等到所谓“彭陆罗杨反党集团”一案传出来，始知姚文元的“四家村”云云也不是随便一说的。

从那以后，对于姚文元一流发表的署名文章，大家都要猜一猜：“矛头是指向谁的？”比如姚文元一九六七年一月的《评反革命两面派周扬》，同年九月的《评陶铸的两本书》。特别是后一篇，再书生气的读者也知道绝不是评两本书了，何况文中一个小题就是“要识别赫鲁晓夫式的野心家”。可大家记得陶铸在这年一月，就是《红旗》发表《评反革命两面派周扬》的时候，已经被“揪出来”，被打倒了，上街的大标语也就封他为“反革命两面派”。所以九月这篇大批判文字所提出的，已经是“十分注意不让陶铸式的人物……搅乱了我们的阵线”了，姚文元说，“左派犯错误，右派利用，历来如此”。他说的“右派”即“陶铸式的人物”究竟何指，也是许多人很猜了一阵的。

在那不正常的年代，大家读书看报，都要学会看幕后文章。我至今说不清在这广大的识字的人们当中，是一种政治敏感的训练呢，还是智力上、精力上的浪费？

昨天一位朋友打电话来说，艾青怀念胡风和田间的文章，真够炉火纯青了。我重读一遍，从语调感到了老人的仿佛了无波澜的平静的心境。此刻，我回忆着二十年前火药味的岁月，剑拔弩张的大批判，而心情居然也平静得了无波澜，不禁笑问自己：我也“炉火纯青”了吗？

一九八六年四月二十日

有轨电车

说是北京要恢复一条有轨电车的线路，是供怀旧的旅游项目吧？我一下子想到四十年前。

整整四十年前那个六月，有个星期天一早，我问闹闹："跟我出去玩，好吧？"他高兴："上哪儿？""上天坛。"闹闹五岁了，还没去过天坛。我也好久没去天坛，更好久没带闹闹出去玩了，不知成天忙些什么。当爸爸，真惭愧。为什么上天坛？那儿人少。还可以坐一段有轨电车，闹闹还没坐过。

那时候内城的有轨电车早停开了，只有外城还保留着一段。我带闹闹出崇文门，告诉他："这儿从前叫哈德门。""哈德门。"他重复着，似乎并不觉得多么有趣，他不会有什么怀旧之心，又不知道曾有一种香烟叫"哈德门"。我于是改了话题："咱们坐电车，从前叫diang–diang儿车。""diang–diang儿车，diang–diang儿车……"他这回感兴趣了，直到上了车，看到司机站着开车，用脚打铃，叮叮当当，似觉新奇，可能悟出了为什么叫diang–diang儿车。

我一路给他数着站名：花市、磁器口、金鱼池……孩子认真听着，我却是有一搭无一搭地说着。我发现自己神不守舍。原来我并不是一心陪闹闹出来玩，只不过是要转移一下注意，缓解一下心中的焦虑。

一个月前，五月十日跟剧团出发，在车站听到《评“三家村”》的广播，上距去年秋天在山西乡下听到评《海瑞罢官》的广播，整半年了，心总是这么悬浮着，预感要出什么事，还是大事，而且这些事总会殃及我。

从山东提前回来，叫回来参加“文化革命”（当时还不叫“文化大革命”）。船到天津那天早晨，见港口小船上有人用长竿钩着一具水里的浮尸，不知要拖到哪儿去，心中暗暗感到不祥。待回到单位，一阵子好像“西线无战事”，我懂得这是暴风雨前的片刻平静。我被闲置，而别人都在我目不能及的地方忙着。这很像一九五七年夏季的气氛——反右派斗争开始了，对我点名之前。不过，当年我很麻木，现在想麻木也麻木不下去了。何况，跟那时不同的，如今有了小孩，我已是为人父了啊！

车到天桥，领着闹闹下车，走进天坛。我没有考虑儿童心理，想的是看祈年殿、圜丘坛，没想到进门不远就是儿童游戏场，他一头扎进去就不再旁骛了。

我有意无意地把思维从沉重的事引开，尽量看着游戏场里的孩子。但是不由得想，这些孩子都这么天真而快乐，不知愁苦为何事，他们的家长也都这样吗？人家大概都没有我这样“摘帽右派”的压力，那么闹闹虽然今天跟别的孩子一样玩得自在，明天，我再次陷入重围，他还能有这样的快乐时光和无忧无虑的心情吗？

我一边努力驱散一团乱麻的烦忧，一边又深深陷入了负疚的自责。为什么要有孩子呢？你不能让孩子有好日子过，为什么要让世上增添一个受你连累的人呢——而且是这样一个幼小而且弱小者？

等闹闹把游戏场里各样都玩过一遍，我还是按照我的计划，把他带到祈年殿那边主要景区去了。回音壁多好玩啊，可抱着他喊过几声以后，想放他下地，他不愿意，看来他累了。这时我也觉得有些疲倦，一看表，正午已过，都怪我二心不定，忘记掌握时间，这该是平常闹闹饭后休息的时刻了。我连忙往西门走，通往大门的路好长啊，难为孩子一上午跟着我一路走过来，他体力消耗太大了。抱着他，并不壮硕的孩子在我臂弯里显得越来越沉。闹闹睡着了。

抱着睡着了的闹闹，又从天桥电车站登上电车。一路只听司机不时踩响叮叮当当的铃声，乘客尽皆默默无语。坐在车上，无心看车窗外，我心里一片空白，不去管往事历历，也不管前路茫茫，只端详闹闹睡得实实的、稳稳的，睡态也安详。——看来一九五七年的事态，不可避免地要重演了，不知道什么时候，还能跟你一起过星期天，跟你一起出来玩？

那一个星期天，一个无哀无乐、亦哀亦乐的日子，就这样留在了我的记忆里，连着那有轨电车的铃声，以及闹闹五岁时琢磨这个词儿的神情——“diang-diang 儿车？”

二〇〇六年三月二十五日

早秋情怀

八月二十一日，多云（多云据说是指云量占天空百分之四十以上）。走出北京站，微风，阳光照人不热，有秋天的感觉。忽忆三十年前今日，是星期天，鬼使神差地我把《斯大林全集》第一至十三卷打捆放在后车座上，骑车上王府井百货大楼，想卖给那里一进门收购古旧书的柜台。碰了个钉子：不要。我也顾不上弄清为什么，抹头就出来，却不见了自行车。提着一捆书，在那一片转来转去，原来是大楼门前不得停放车辆，被人收走，费了唇舌，取车蹬回家，心里闹得慌，觉得特别不顺，太阳也显得格外炙人。

转眼三十年过去了，我仿佛还感到当时的口干舌燥，汗流浃背，以至无端一种不祥的预感。“世事一场大梦，人生几度新凉。”如今，秋天的风，秋天的阳光，秋天的感觉，近于奢侈，是曾经沧海以后的闲情逸致了吧？

八月二十三日，天气晴好，让人心旷神怡，似乎没有什么不愉快、不舒畅的理由。我却又想到三十年前今日，一早大约九时许，被本单位自发红卫兵揪斗，剃了阴阳头。如何“正确对待”

“九叶”诗人中的杜运燮，与另一“叶”穆旦（已故）在西南联大同学，又同入远征军参战。他热心为穆旦编选文集，不遗余力。我早年心折于老杜的代表作名篇《滇缅公路》，又为他诸多诗作中提供的新异的意象击节。这是我们与老杜、李丽君夫妇唯一一张合影，摄于一九九七年三月二十九日杜寓。左一为杜，右一为李呢？只有端出“革命不是请客吃饭”的大道理来，并且让“大道理管住小道理”，总算有位年轻的朋友高飞用他自己的推子替我把剩下的半边头发去掉，好歹理成个光头回家。记得那天也是赤日炎炎，阳光灼灼，好像要把人心里翻腾的东西都煮开了似的。

而三十年后，虽说街上还是车水马龙，行人如织，但我看看大家神色安详，我也恬然自安。听说前几天北京夜间曾有暴风雨，雷声不是从天落，倒像从地底下爆响的，闪电过处，有如火车闯入卧室中。然而，雷雨过去就是过去了，地面积水已干，高树蝉声悠然。杜运燮的名诗《秋》（那最早被称为“朦胧诗”的一首代表作），好像就是这样的意境。

八月二十四日，从早晨起一天阴雨。八月二十五日，晴转多云。无论天气怎么变化，我都平静地领略着秋天的情调：七夕才过，“微云淡河汉，疏雨滴梧桐”也好，“空山新雨后，天气晚来秋”也好，毕竟都不同于三十年前的氛围。那一个八月二十五日下午，我被送进“政训队”即“黑帮队”时，天干日燥，到了晚上，灯光微弱，虽溽暑如蒸，但不知怎么仿佛走入十三陵地宫的暗道，从内心到肌肤感到一片混沌茫然，阴冷恐怖。到了白天，大太阳底下去铲煤，心情倒松快许多，只觉得日头忒毒，也许是因为劳动量大，热汗淋漓。其实那活儿全无必要，就像陶侃搬甓为了锻炼意志，把煤堆搬家也只是给“黑帮”找点差事干吧。

那时候我就曾一闪念，邓拓一九五七年一篇杂文说了“天下本无事，庸人自扰之”云云；又一闪念，也是一九五七年一句有名的话：“这是为什么？”

我徜徉在一九九六年八月的北京，心想假如三十年前不发动那场你死我活的大斗争，则一九六六年的八月下旬，纵然气温高些，是不是也不致让人人心浮气躁，或心惊胆战，而能正常地出门，回家，买菜，做饭，散步，聊天，上学下班，看戏看电影，至少到黄昏，寒蝉声歇，晚风吹来，会让人感到新凉。望望天河，想着：是秋天了。

一九九六年八月二十五日

焚稿忆旧

李慎之先生在《只有一个顾准》一文里，说起“文革”之初，把卡片泡在水盆，揉成纸浆，再倒进马桶冲掉。这样的故事，在当时不只是他一个人的。

一九五七年反右派运动中，我没有想到要销毁什么文字材料。我以为有文字材料在，什么都是可以说得清的，没有了文字材料，才像会计销毁了账本，再也有口难辩。我认为，我的所有文字，都是我无愧于中国共产党、无愧于社会主义的证据，我绝没想到，整我的人竟会把所有这些通通变成我“反党反社会主义”的物证。人心不同、人的是非不同有如此者！

九年以后，“文革”开始，我似乎已经聪明一点了。我也趁家人和邻居都不在的时候，把一些“故纸”弄到马桶里冲。但是我缺少经验，没先把它撕碎浸软，也许是操之过急，欲速则不达，把厕所下水道堵死了。幸亏我的运气好，邻居老罗夫妇是好人，他们大概已经知道我干什么造成堵塞，不但不声张，且好像全没在意，什么都不曾发生过似的。

当时匆匆忙忙收拾抽屉，除极少还与我保持往来的亲友的书信外，究竟还有哪些违碍的文字材料须要付诸流水，我现在一点也想不起来了。能够想起来的是我到东城母亲住处，那儿有两大柳条包的本册纸张，我从中找出几篇稿子烧了，都是从未发表过的，记得也没有别人读过。

一篇是唱词《秦始皇寻不死药》的草稿，用毛笔写在一个灰纸本上，写作时间是一九五〇年十二月间。在那之前我根据矫福纯的长篇通讯写过一篇唱词《海上风暴记》，说的是几个解放军战士在海上漂流勇斗巨风的事迹。当时的新诗坛，自由诗已不能见容，我从写唱词一韵到底的叙事中感到淋漓痛快。为什么会写秦始皇求药，我想不会跟一九四九年十二月庆祝斯大林七十诞辰有关，因为我为后者写了贺寿的诗，出于真诚，不可能再借秦始皇来影射嘲讽。现在想来，年轻人思维活跃下笔快，也还较少框框套套，偶有触发，随手写来，的确未必都能考出大背景的。但到了一九六六年，没人来查也得“自查”，按照时行的标准，在一片“万寿无疆”声中，这样一篇东西，不是毒草也是毒草，到了批评家手里，谁还管你是哪年写的，即使承认你是一九五〇年所作，说你矛头指向斯大林也是吃不了兜着走的呀。

另一篇是一九六二年六月从伊克昭盟（即今鄂尔多斯市）回来写的一首七古《鸣沙山行》。大致记录了炎炎烈日下爬到鸣沙山上，坐着滑下来时所闻所想；那从山腹里传出的轰轰之声，有如法号长鸣，使我想象这里深埋着一座废弃的古寺，阴风飒飒，令人森然发指。这样一首旧体诗，到了批评家手里，可以想象会提到什么样的原则高度来“认识”。我也可以说是“久病成医”，挨批挨得多了，对于某些人有限的套路，多少有所掌握了。

还有一篇尚未标定题目的短篇小说，写一个在令人窒息的氛围中自我封闭的人，当然色调是阴暗的，使人感到痛苦的。细节我已经完全忘记了。但我清楚地记得，我在一堆旧稿里翻到它，毫不踌躇就决定付之一炬。因为我仿佛已经听到批评家们对之慷慨激昂的声讨了。

母亲的住处有一个小院，一九六六年时还没塞进别的住户。我烧的东西只这几篇，跟生火做饭冒的烟混在一起，不惹眼。不过当时也还是紧张的，想起早在二十九年前的一九三七年，我还是仅有四五岁的小孩子，但残留的记忆中，哥哥姐姐就这么紧张地从教科书里撕下彩页：当时作为国家象征的“青天白日满地红”的国旗。那是日本帝国主义的军队进占古城北平的日子。用李慎之先生的话说，那是国耻，更是国难。而我们在自己曾经为之奋斗的旗帜下，却像做贼一样，以无辜的罪人销毁无罪的罪证，这究竟是国耻，还是国难，容或二者兼之？

在焚稿的时候，也曾自嘲地想起林黛玉的那个有名的回目：“焚稿断痴情”。然而这个痴情是难因焚稿而断绝的。因为此情并不仅钟于所焚的稿子。“九一三”林彪坠机事件后，在干校，稍稍松动一些，我就在一首题为《自温旧作》的七绝里，写下我的真实心境：“直是须焚未忍焚，已还彩笔未还心。痴情千古焚难烬，为有平生未报恩。”

一九九八年三月三十一日

不安全因素

从“文化大革命”以后，我好像已经无须去认识社会，认识世界，几乎唯一的任务就是“认识自己”了，用文绉绉的词儿叫“静坐常思己过”，用过去习惯的说法是“反省”“检讨”，而耳边经常鼓噪的是勒令“低头认罪”，承认自己是犯有许多滔天大罪的“罪人”。

能够与世隔离，专事“认识自己”，争取做一个“贵有自知之明”的人，有什么不好呢？不过逐步提高认识的结果，只是认识到我在社会上处于什么地位，在操有生杀予夺之权的人们心目中我是个什么人。

曰：不安全因素。

这个认识不是轻易获得的。因为我性近于随遇而安，早就止于饥思食、渴思饮，逆来顺受，与世无争了。一九六六年八月红卫军兴，我从身体发肤痛感到的是我的人身安全受到威胁，而绝没有想到我会成为威胁什么人——哪怕是一个人的不安全因素，我纵有缚鸡之力，但并无缚鸡之志呀！

八月二十五日到“政训队”报到，虽说这个单位的名字颇像国民党的机构，但分明宣布以无产阶级专政的名义对我实行“监督”，同时被“监督”者多是熟人：老上级、老同事、老朋友，从此上下床，同作息，集体生活，使我有了点安全感。可是听到楼窗下走过的小队伍，一路唱着其旋律有如拉锯或收紧绳套的战歌：“拿起笔来做刀枪，集中火力打黑帮……”虽在炎夏，脊背发冷，想到希特勒时代的“党卫军”“冲锋队”，不知将置我们于何地。

一天，通知我们准备行李铺盖，自然要轻装，过冬衣服，还有三个月的伙食费，每月十五元。到何处去？不知道。不久，口耳相传，要迁洞庭湖。惭愧得很，听到“洞庭湖”三个字，我首先想到的竟不是范仲淹的“先天下之忧而忧，后天下之乐而乐”，而是黄庭坚的“未到江南先一笑，岳阳楼上对君山”！黄庭坚是被赦之后，生入瞿塘滟滪关，结束了投荒万死的生涯，回乡路上，欣然登楼；而我此去将别弃一家老小，到那浊浪排空、山岳潜形的去处，却还仅是万死投荒之始。面对满目萧然，我能笑得出来吗？

也许真的是全无肺肝，我竟然私心欣幸，盼望着早日成行，很想尽快离开这京畿红尘、万般纷扰。我既不能见容，打发我去洞庭烟水菰蒲中去就是了，又何必大费干戈，组织队伍，开会批斗，送政训队，像煞有介事地走过场呢？我似乎并不恋栈，并不是不甘于“自动退出历史舞台”的人，甚至早就不在舞台上了。我这样想着，一时忘了“文化大革命”并不是为我而发动的。

迟迟，迟迟，终至没有消息。不能像吕洞宾那般“朗吟飞过洞庭湖”。在那年月，凡我所盼望的都归于怅怅难即，连去洞庭湖边劳改的心愿都不例外。十月一的晚上，在楼窗遥望外面的烟火，我还想，按照原定计划，今夜该在洞庭湖滨了。

第二年的国庆是在“外面”，也就是在家里过的。政训队已解散。我也风闻“文革”之初，是计划把“黑帮”们都清除出首都的。

中央宣传系统就托张平化（他上调中宣部前恰是湖南省委书记）物色了洞庭湖滨的某几个农场。局势发展太快，这才迁延下来。

不过，像我这样的人，终究是不宜留在首善之区的北京的。我觉悟到这一点，是我长期停滞在被人叫作“小邵”的相应的自我感觉中，一旦被“革命小将”以至老将们指斥为“老右派”后的顿悟。右派不足卖老，然而老右派矣，奈何！

一九六八年九月，已经从属于又一朝“天子”办的“专政队”了，在这一朝“臣罪当诛”的被专政对象，包括了差不多原有的“政训队”的成员，不过扩大了许多。也许因为房子不够，这回是走读了。

一声令下，驱遣到郊区农村。名义是支援“三秋”，责无旁贷，实际上是因为我们概属“不安全因素”，在国庆期间，理当回避。

我心里笑问自己：也许怕我炮打天安门吧？

我有个同事，长期背着“炮打天安门”的黑锅，自己却不知道。一九六四年忽然要调到某省某市，莫名其妙，欢送会上说是正常调动，但是因为犯了胃病，没有走成，“文革”一起，也先就被送到那个“政训队”。“革命小将”们不如老将们懂“策略”，抄家揪斗，亮出底牌，原来是为了他有“炮打天安门”的嫌疑。事过多年才弄清这位出身天主教徒家庭的同事，有个在工厂的亲戚，在一次什么运动里被逼不过，承认自己参与过一九五一年破获的一起有外国神甫在内策划的“炮打天安门”未遂的案件，随口咬了一批亲友，开列名单，纷纷飞往各家的档案袋。时过境迁，公安部门说，那起案子早就查清结案，有关人犯早已依法处理了。但那一批检举材料却还列为悬案发挥着威慑力量。

我也很愿意到这小小路村来，免得偌大北京城万人如海，万一发生什么不测，先从我们身上顺藤摸瓜——单是摸一摸也不怎么好受。远离市廛，便又产生了某种安全感。

一夜风雨后，天朗气清。谁知政治气候骤然又不对了。监管人员铁面宣布，要每人写一材料，详细交代昨天夜里干了什么，到什么地方去了，有谁证明，等等。

夜里干了什么？睡觉呗。趁着下雨天凉好睡。到什么地方去了？顶多到厕所去。——而我没有起夜。起夜的人难了，半夜上厕所还找伴儿吗？真是无头公案。我们这三间东厢房里，对面两排地铺，十几二十号人，人人愁眉苦脸，不知如何交代。本来心怀坦然，“不做亏心事，不怕鬼叫门”的，看来也提心吊胆，怕掉到黄河洗不清，因为你的身份已经是鬼而不是人，要查的是你昨夜到谁家去叫门了吧。

过了大半天，我才知道，在我们东厢房窗下土墙壁上，刷着用十块粉红有光纸写的大字标语：“中华人民共和国万岁！”偏偏“人”和“共”“和”三个字的纸耷拉下来，一早被大队干部首先发现，在牛鬼蛇神的门外，赫然是“中华□民□□国万岁！”。这不是反动派贼心不死，心向台湾蒋介石的铁证吗？！凸凸凹凹的土墙，哗哗啦啦的风雨，以及冥冥中唯恐天下不乱的上帝，竟同我们这批蓬首垢面的囚徒开这样危险的玩笑！

不在北京，可免“炮打天安门”之嫌矣，而仍难免心向国民党的嫌疑。因为“文化大革命”是“国共两党斗争的继续”嘛。于是我和我的“同伙”们就不仅是“反革命修正主义头子、叛徒、内奸、工贼刘少奇”的“社会基础”，又同时成了海峡那边的蒋介石国民党在大陆的“社会基础”，并且相继作为“刘邓陶”以及“王关戚”“杨余傅”和萧华的“社会基础”。萧墙之内把谁“打倒”了，我们虽“身老沧洲”，也马上被“上挂下联”一番，其实说实在的话，都是八竿子打不着的亲戚，从来没想过要高攀的。

秋收以后很久，从郊区回“队”继续走读。按季节该已“冬藏”，我们多数人早出晚归，不串门，不多言多语，早进入了“隐于市”的化境。没想到“你不找政治，政治也要找到你”，听说西单商场发生爆炸案件，又从我们查起。人人自危。好像我们这里每个人都有可能去作案似的。直到队里有一个人不见了，对我们的审查才放松下来。转天发现他升格到“隔离”的档次，跟梅益、丁莱夫等六七个人一起，只写材料，不再劳动了。不知他都交代了什么，实际上他只不过在西单商场出事那天到前门去买过一次药而已。过去说“是非只为多开口”，现在加上“是非只为多出门”，人人“非礼勿动”，一动不如一静，天下自然太平了。

但是“树欲静而风不止”。事实上不会让这些“牛鬼蛇神”安生的。林彪讲过，不能让资产阶级和“乌龟王八蛋”们睡好觉嘛。连知识青年包括大批运动初期的红卫兵都已经上山下乡了，怎么能容忍众多“戴罪之人”留在城里“养尊处优”呢？我们的机关选址办干校，有消息说要把我辈专政对象一股脑儿赶去。校址选在嫩江，我隐隐又有些像当年向往洞庭湖那样的心理，但是想到冰天雪地，想到一九五八年后辗转北大荒的“右派”朋友们的遭遇，就不那么急切了；不去也好吧。干校决定在嫩江兴建，敲锣打鼓为光荣走上“五七道路”的干部们送行。没有我们的份儿：那里是边防重地，邻近“苏修”，大约生怕我们“叛国投敌”。总之还是那句话：不安全因素。

一九六九年十月，建国二十周年。逢五逢十，例当大庆。我们这一类人照例又当回避。“专政队”已在四月“九大”后解散，但“三秋”还是需人孔殷，于是又去郊区路村。

就在一天秋雨的晚上，紧急集合传达林彪签署的一号通令。那时候我们自然不知道国家主席刘少奇也是在这通令下流徙开封的，但预感到留住京华的日月不多了。冷丁记起一个知识青年自嘲地说的：“毛主席挥手我前进；毛主席指示我照办；毛主席住哪儿我住哪儿！”他留恋北京。不知道最后他下乡没有。

干校要迁到河南淮阳了。中原大地，远离“帝修反”，不需边防通行证，黄泛区一马平川，也没有山沟沟的“三线”工程。万一迷路走失，可无越境潜逃的嫌疑或涉足禁区的危险，真是使从“专政对象”到“专案对象”的我们产生安全感的理想地带。也大概正是为了收容这批不配称为“干部”的等外人员，才要替通用的“干校”“正名”为“五七劳动学校”吧。

果然来到淮阳，春种和秋收，学习与批判，时光过得很快。河边建楼，说是什么车间，为了“就地消化”，实行“给出路”的政策。一些正牌“五七战士”自然不甘于在这里落户安家，“自食其力”，纷纷地自找出路。我们连探亲假都无限期地延长，“帽子拿在群众（?）手里”，无话可说，只是拭目以待。不过我有时暗想，与其“就地消化”，不如“遣返回乡”，我生于北京，长于北京，故乡自然算是北京，回乡就是回北京了。又想倘能回到北京，“重新做人”，自然要总结这些年来是是非非，经验教训，连同在“五七劳动学校”的心得，如绝不帮厨，以免“放毒”之嫌，不涉机要（可推而广之，不看文件不开会），保无泄密之虞；这岂不明哲保身，优哉游哉！不管身份是人民，是公民，是国民，是什么，住在北京，蜗居斗室，即使国家领导心血来潮，决定迁都，所有公职干部潮涌而去，我有遣返回乡证明，做北京人，名正言顺，那时北京从首都又成为故都，人口减少，空气新鲜，物价或许略降，文物依旧斐然，只要一口气还在，不死，真可以乐此天年了，云云。这些都是心中暗想，从来没向任何人说过，自知一旦说出，阿Q相毕露，会被雅俗所共笑，致贻痴人说梦、庸人说梦之讥事小，说不定又会归结为“人还在，心不死”呢！

所以平常还是充当陪斗角色、反面教材以及上面各种被清除的头面人物的“社会基础”，吃饭，睡觉，干活以及据说是以“能吃、能睡、能劳动”来对抗改造的典型，如是而已。

到了一九七一年十月十七日晚，忽被通知，明天一早可以离校回京探亲。离校以后，这才知道林彪已死了一个多月。这回我居然幸而没有被指为林彪的“社会基础”。回到北京，我特意到天安门广场走走，心想某虽不才，毕竟是不会“炮打天安门”的；不安全因素，其实在萧墙之内。

这话当然还是跟谁也没有说。此后又经过几番风雨。我真的体会到，“树欲静而风不止”，但我是树而不是风；我无力制止风的狂刮横扫，我无法改变自己被视为不安全因素的处境。

可悲的是这样的“不安全因素”远远不止我一个人。从古至今，在为了国家社稷长治久安的名义下，因神经过敏，神经衰弱，疑心生暗鬼，错抓错杀，以至“有错抓的，没错放的”，不知酿成多少冤狱。自然，在古时候还没有“不安全因素”一说；口实不同，事实一也。

附带交代一句，那个准备做厂房的小楼盖成了，工厂没有办起来，因为那条河里的水，根本不能做工业用水。

一九八六年七月十二日

琉璃河忆旧

北京有个琉璃河，在京南，靠近长辛店。琉璃河水泥厂和长辛店机车车辆厂齐名。“慢车”两处都有站，是今天京广线必经之地。京广线北段曾经是有名的京汉铁路。北京叫北平的年代，也叫平汉路。

一九四九年初，我在北平听过郭兰英唱的《平汉路小调》，其中有警句我至今记得的：

> 这个平汉路，是条贫寒的路，工人贫寒可就无出路；
> 这个长辛店，是个伤心的店，伤心的事儿可就说不完；
> 这个琉璃河，是条流泪的河，工人的眼泪比那河水多……

我记得好像是贺敬之作词，张鲁作曲，该是进北平前夕在长辛店一带突击写出的吧。后来在词作者的集子里未见收入，不知道什么缘故。

我和琉璃河的缘分要晚得多，六十年代，到单位所属农业基地去种菜什么的，都在窦店或琉璃河下车，再步行过去。一路总经过些冠以“琉璃河”的牌匾。“文革”期间“清理阶级队伍”，我们这些有问题的人又都集中到那附近的路村。窦店、路村全不如琉璃河名气大，就告诉家里“上琉璃河去”，好像多少有个着落，不至于生不见人、死不见尸似的；不然光说个这村那店，谁知道给拉到哪一方去了呀？

其实，哪一方水土不养人？我是能够随遇而安的。在路村，排队来去的路上，跟张品兴——就是后来一度主持广播出版社率先编印了《梁实秋文选》《林语堂文选》的朋友，偶然说起诗人闻捷去世的消息，叹惜之余，隐然为侥幸苟活有点沾沾自喜，不过没有说出。夏秋雨季，村里土路积水成河，入夜摸黑蹚着走，见远处灯光倒映在水里，忽然惊喜：竟是“残夜水明楼”的意境！

但是一拨一拨受“审查”的陆续回城了，留下的人越来越少，文工团不过是侯宝林、朱崇懋和我有数几人了。雨季已过，西风干冷，“是夕始觉有迁谪意”。听说单位的人正在准备全编制去干校，不知道怎么发落我们这么几个残次废品、“剔庄货”、“多余的人”。

某一天近中午，队部通知我们，原单位打电话来叫我们回去。自然大家都很高兴，马上一边打包，一边计划着：吃过中午饭马上出发，背上行李赶一个多钟头的路，上火车，不耽误回家吃晚饭。大出意外的是，侯宝林以我从未见过的果断，指挥我们说：“立刻就走！不吃饭了！”不容置疑，没有商量余地，侯宝林一改温良恭俭让的姿态，不知从哪儿来的劲头；除他以外的几个人，连我在内，一向都是听从人支配惯了的，见他如此坚决，也就无话，跟队部都没打招呼，悄没声地匆匆“起旱”，告别路村，告别琉璃河。

回到北京，才知道，大约就在我们离开十分钟以后，原单位来电话叫我们先不用进城，继续待命，因为其他的人去干校以前需要安顿家中老小，放假做准备，我们只需临走前两天再叫回来，眼下还得照旧出工干活！路村的队部还派人追了我们一程，没追上人影，我们也就得以多在北京城赖了十天半个月。不能不佩服侯宝林料事如神，他算把单位领导的心思琢磨透了。

这就是我跟琉璃河的一点旧缘。本来早就“宜粗不宜细”，忘得差不多了。

不久前买了一本花城出版的《认祖归宗——中国百家姓寻根》，当作工具书备查的。谁知这本书让我的儿子大感兴趣。他翻到“邵，召，召公之后”，问这问那。我虽比他多吃了近三十年的盐，所知也只是据说周王“封召公于北燕”，即今北京一带，我名字里的“燕”，应读如“焉”，不是飞鸟，而是地名，大致相当于三千年前召公的封地。我又说，书上说邵氏的郡望在博陵郡，今天的河北蠡县、安平还有没有姓邵的不知道，倒是河北涿县听说有个花田村还聚居着邵姓的人。儿子于是问，那么我们的祖籍怎么在浙江呢？我说那是宋代南渡的一支。我一九八二年回乡，大队会计的保险柜里还锁着保存完好的邵氏家谱。可惜我只在仓促间翻阅了一下最后两代，顾不上仔细寻根。并不是数典忘祖，实在是祖宗离我们太远了，哪怕从前也“阔”过，又何从借得光来！

这些关于“老老年”的话，说说也就算了。一九九六年十二月二十四日《光明日报》“史林”专刊殷玮璋《琉璃河遗址与北京建城年代》一文，又把我引回这个话题上来。论文说北京西南43公里处的琉璃河古城是西周初年周王所封的燕国都邑遗址；那里出土的青铜器上的长篇铭文，证明周王将召公封于北燕，首要的就是让他把燕国附近的九个国族管辖起来，确保一方安定。

这篇论文告诉我们，琉璃河这一西周遗址，规模大，堆积厚，总面积达3.5平方公里。南半部虽遭严重破坏，北半部仍保存较好。北城墙全长829米，东西城垣残长各有300余米。古城东侧密集地埋有大、中、小型各类墓葬和陪葬的车马坑。已经清理的二百多座西周墓，出土一批反映当时生产、生活状况的文物（但愿尚未清理的墓葬区不遭盗掘）。

这篇论文还如此描绘了燕国都城的自然地理环境：

> 琉璃河古城所在的台地，属山前洪积冲积平原，面积较大。进入全新世以来，这里一直有人类居住和活动。城址西边有大石河，水源充足，北距永定河也不远，故东西向有水陆交通可用。陆路交通有沿太行山东麓的南北大道，自古以来它就是南北大动脉。它南通中原，北分两路，分别通向蒙古草原和松辽平原。这条大道是中原地区与北方草原地区及东北地区连通的主干线。北京地区的史前与先秦遗址中往往看到中原、东北及草原地区的不同文化因素，正是由人员交往而使南北各地文化在这里接触和交流的反映。按《诗·小雅》记载“周道如砥，其直如矢”，可知当时的道路建设也颇规范，车马往来相当方便。琉璃河遗址内发现的数十辆马车，在坑内分别与一马、二马、四马埋藏，反映了当时马拉车的情况。用这些马车作为交通工具，把燕国都邑与四方连起来，这在三千年前是很先进、便捷的交通方式。

像这样的内容，这样的文章，才当得起《琉璃河忆旧》这样的题目呢。把我辈途经琉璃河“出逃”的狼狈相置诸这一马平川、大道通天的辽阔背景上，我们能不愧对祖先、诚惶诚恐、无地自容吗？

一九九六年十二月二十八日

代自传

我原籍浙江，一九三三年生于北平。我从青少年起尝试写作，多年来主要是写些短诗。曾出版诗集《歌唱北京城》(一九五一),《到远方去》(一九五五),《给同志们》(一九五六),《献给历史的情歌》(一九八〇),《含笑向七十年代告别》(一九八一)；即将出版的诗集有《在远方》(花城出版社),《为青春作证》(云南人民出版社),《如花怒放》(上海文艺出版社)。

写完这几行简历，不禁哑然失笑；不是有点像书刊广告吗？

不过，我一向认为：作者是应该用作品来发言的，读者也是要通过作品来认识作者的。

编辑部来信说：请写一份自传，三千字左右。

我想：为了自我介绍，有上面这个简历也就够了。剩下些篇幅，正好借来同读者谈谈心。

因为考虑“自传”这个题目怎样交卷，想到前几年在奉命填写什么履历表后，写过一首白话的“打油诗”，原来不打算发表的，扔到了故纸与新纸堆中，现在找出来抄在下面——姑题为《别名佚话》：

一九八二年春，我以“望五”之年首次回浙江萧山临浦镇下邵村，祖居老屋被日本侵略者焚毁已近四十年，至今只剩半截断墙

人一生要填多少次表格?
我的笔在“曾用名”一栏踌躇;
记得我曾经被称为“邵贼”,
在六十年代快完结的时候。

标语上叫“邵贼”认罪低头,
我没有窃国,也没有窃钩!
谁在厉声指责着“衣冠禽兽”?
却原来是弹冠相庆的沐猴!

后来林彪被称为“林贼”,
我就从“邵贼”降级为“邵某”,
虽说仍然是罪不容诛,
“半点名”是一种宽大的照顾!

多少好同志一朝都成囚徒,
人与人到底该怎么样互相称呼?
工农老师照样拍着我的肩头,
亲热地唤一声:邵师傅……

有时候为了讥嘲那些“左”派,
谈笑间把“邵某”叫成“少正卯”。
惹恼了批孔批儒的能人:
“他是少正卯,难道我们是反动的孔丘?”

为什么如果我是少正卯，
你们就一定是杀他的孔丘？
记得你们一再要让我相信，
打是疼，骂是爱，不是诛杀是挽救！

可悲的喜剧，还是可笑的悲剧？
这是真实的生活，不是噱头！
近来常听唱“你怎能忘旧日朋友……”
想忘记昨天，又怎么能够！

我不能忘记“昨天”，不是锱铢于睚眦之怨，而是因为“昨天”中有对我们每个人都十分宝贵的历史教训。

比方说，谈到二十多年前的“反右斗争扩大化”，难道能够只是戚戚于个人的遭遇，而不扪心自问：对于当时已肇其端的，不仅给首当其冲的几十万“右派分子”，而且给五百万知识分子、亿万劳动群众、整个社会主义事业造成深重的痛苦与危害的“左”倾灾难，作为一九五七年以前入党的共产党员，我就没有一份应该承担的责任吗？

谈到延续十年的所谓“文化大革命”，尽管那时我已经不是党员，而是辗转在专政“铁拳”之下，但我既然以革命者自诩，我的表现是否像一个真正的革命者呢？今天回首往事时，我能够仅以曾受迫害而毫无愧怍吗？

我近几年来，就是在所谓右派问题平反、恢复了党籍以后，经常叩问自己的良心：我有没有勇气承认——虽然我宣称自己是共产党人，但还远不是彻底的唯物主义者！

真理并不是一个宝器、一块笏板、一张招牌，只消牢牢抓在手中，抱在怀里，就算坚持它而万事大吉了。真理只存身于你不辞为之赴死的追求之中。

话扯远了，但总算是几句肺腑之言，聊以代自传。

一九八二年一月三日灯下

第五辑

北京的城墙

忆拉练

当我们的队伍转上大路，迎着朝霞向东走去的时候，我真的像是重温行军的旧梦。

行军，那还是一九四九年的往事。那时候多么年轻。

后来，多少次，不是打长方形的、井字带的背包，多是打行李，不是一条被或一条军毯，而至少一铺一盖。

这回布置要拉练，唤起心底隐秘的兴奋。在一日复一日机械地干活、开会之外，插上这么个日程，不是一次休假、一次早春的远足吗？

轻装是我的原则。可惜我只有一条厚棉被，打起背包还是够沉够大的。为了度过黄河以南没有炉火的冬季，这条被里装着两个棉套。赶紧趁“大礼拜”抽出一条来，还剩一条五斤的。等到排起队来，我才发现，这支队伍的背包，大大小小参差不一，真有又窄又薄的，大概只是一条夹被，里面垫了点儿什么。多数用杂色的塑料布包裹，我也是。天蓝色的塑料布，原来裹大行李卷的，已经老化，打背包时硬茬儿裂了两个口子，好在掖到里边了，没露出花被面来。

按照统一规定，背包还要打上一双鞋。我只有一双比较合脚的“解放鞋”，自然穿在脚上了，我深知鞋不合脚，立刻打泡不含糊。只找了一双破鞋塞在背包上。一看大家，都如此。再看小甘子，脚上趿着的还是平日那双破鞋，腿上还穿着棉裤，走起来该两腿出汗，两脚打泡，有罪受了。队伍已经走在大路上，想提醒他也来不及了。

这是一支行军的队伍，还是一支退却的队伍？

起初的三五里路，唱完了歌，喊完了口号，还有些嘁嘁喳喳的说笑，走过了三五里路，就只听刷刷的脚步声，仿佛衔枚夜行似的。我虽微喘，还能顾上偷偷瞅瞅前面人脖颈上的汗，回头瞥一下疲劳的肃穆的军容。

领队的打起精神，要把大家的精神也振奋起来，让连队之间“拉歌”。

硬歌也唱软了：“东风吹，战鼓擂，现在世界上究竟谁怕谁？……”谁怕谁……谁怕谁……

“革命军人个个要牢记！”这一句是硬的，唱到“第一～一切行动听指挥～～”，忽然有小调风。

小甘子走热了，把系在烂军服腰上的草绳解下，扔在田埂上了。

穿在这支队伍的“五七战士”身上的军服都是烂的，油脂麻花的棉上衣，有的肘上剐破，飞出灰色的棉絮。

这些棉军服最迟也是六十年代初期出厂的。

有谁解下军用水壶来喝水。并不是每个人身上都挎着军用水壶的，但每个人的挎包里都带着干粮。

我想象着到达目的地以后，用茶缸子到大锅里舀开水，不亦快哉！

这支“五七战士”的队伍，“脚踏着祖国的大地，背负着”越来越觉沉重的背包，每个人都在想什么呢？

小甘子最年轻，有点以天真包装的小世故，不动声色的玩世不恭。在讨论长期扎根的学习会上，他表态说："安家而不落户。"总之，北京户口决不迁来。

小伙子目的明确而单纯，就是早晚回北京去。所以在这里，什么破衣破鞋破被褥，全都将就着过。

"穿得破，吃得好，一人一块大手表。"

这是邻近的贫下中农子弟献给干校的口头创作。

比起贫下中农的生活来，一天三顿的伙食却是在过节了。只怪有人身在福中不知福，把早饭的馒头、稀饭、咸菜叫"老三样"；还有人扔过半个馒头，连部发现，召开了现场会，还没有查出是谁的现行活动，偏偏又有人在厕所里发现有肖像的《人民日报》……连部也不敢再开现场会了，"馒头事件"遂不了了之。

幸亏我的孩子没有随父入学。在干校附近就读的孩子，像任翀、高峥，都被当地的孩子叫作"小资"。可怜啊！无辜的一代！

走着，腿长的壮汉迈着威武的大步，妇女老弱蹒跚地紧跟。沉默着。连我都希望能在路边"稍息"一会儿，可以想见许多老"五七战士"和女同志们一定也累了。但是没有人发原地暂停的命令。

总领队保持着在涞水一带打游击时的艰苦作风，跑前跑后，照料队容。他比队伍里行进的普通人更辛苦，他一样穿着油脂麻花的破军棉袄，但是肩膀上的担子更重。他三十年前是边区一个县的公安局长，"文革"开始时还是政治部的负责干部。

在这支一字长蛇阵里，也有着抗日战争、解放战争时期的老干部，恢复了组织生活的和没有恢复组织生活的，"解放"了的和还没有"解放"的，"亮相"在这一派的和"亮相"在那一派的……全都沉默地走着。没有歌声，没有口号。各人都在想着什么心事呢？“各自念拳经”呢，还是都像我一样，在同口渴做着无声的斗争呢？

我后悔早饭时不该多吃了咸菜。如果光啃干馍、多喝两碗稀饭，也许不致这么口渴了。可当时一念之差，怕稀饭喝多了沿路不便，忘记了行军的经验，走长路一出汗，两碗稀饭或粥汤还不好发散？

但我还是自觉矫健地走着。这条去县城的路，不久以前也走过一趟，那是拉着架子车，车上像平射炮一样架起水泥电线杆——“机械化代替不了革命化”，江西的中（央）办（公厅）干校创造了这个口号，我们就驾起辕来进行革命化的实践。几十里路，空车去，实车回，完成了任务。莫说“只拉车，不看路”，路就在脚下走过来的。

拉电杆试过脚力，这回“拉练”不在话下了。

冷眼看几位专案组的干部，年纪轻轻的，倒也沉默地走着。平时不下大田，关在干校草顶办公室里闷白了的脸，也泛红冒汗了。他们中有的平时偶尔来干干活，抄起锨把玩一阵，送粪时给别人装车，装得冒了尖还要用铁锨拍一拍；拉车的人一声不响，听着他们有说有笑，“大造劳动舆论”……这会儿轮到他们也一声不响了，路要自己走，“拉练”途中，也不能叫审查对象把专案组背上肩吧。

走到了弦歌台的遗址。遗址就是遗址。孔子厄于陈蔡，三月不知肉味，还在这里弦歌不辍呢。

我们的队伍，没有几个有发思古之幽情的闲心，默默地走过。

我们有远远高于那古老的丧家之犬的精神境界。有四种“精神”诞生在我这个连队。“一盏灯精神”，是在别人睡下以后，接着点一盏小油灯苦学《毛选》，这是孔子的门徒可比的吗？“架子车精神”“啃干馍精神”，是以架子车进城采购，不动用卡车，在县城不进饭馆，像梁生宝一样坐在十字街头啃干馍——这样的机会不是人人都有的，一般的“五七战士”在干校圈里下稻田，脱坯烧砖以“高温高速炼红心”，轻易捞不着进城遛一趟的机会。至于“找苦吃”精神，出自一位青年积极分子的日记。我心想这次“拉练”就是一次集体“找苦吃”吧，但话到嘴边又留住了，我知道等着我这句话的会是什么。

“拉练”的终点到了。淮阳，城外有一泓野水。进城，并没有夹道欢迎的人群。冷清的街上，射向我们的是木然的眼神。

在城的一隅，解散队伍，按照原定计划，喝了开水，啃了干馍。出我意外的，有一个半小时自由活动。

我对“人主庙”和有关伏羲的传说没有兴趣——毋宁说感到恐怖：若干年前，河上漂来一个巨大的头颅，那就是伏羲的头颅，人们营丘安葬之，并且就此建庙，岁时祭祀。比孔子离我们还远。我不埋怨祖先对不住我们，我也不觉有对不住祖先的罪愆。

这里是陈涉建都的地方。这里是包公放粮的地方。这里也是夏姬淫乱的地方……然而我也都没有兴趣。

倒是公园里，每棵树都剪成了不同的动物形象。“文革”革了好几年，还有这么认真的园丁保有一片童心！如果我的孩子来到这里，准会耳目一新，欢呼雀跃。

在人和人倾轧的世界上，有这么个角落，植物幻化成动物，与乐于来游的人相亲。我抚着那俯首伫立的绿色小象低垂的长鼻子，真想骑到象背上去。

走几十里路，即使仅为观赏一下这只小象，也是值得的。

下午，在县礼堂里开大会。我们的总领队又披着他那油脂麻花的褪色草绿军棉袄，台上台下与县领导周旋，甲乙方在台上先后说了什么话。然后就走出礼堂，列队步上归途。十字街头有人观看我们，像观看一群走出动物园的动物。但我们在当地人的眼里，大概没有一个赶得上动物园里的动物可爱，更不用说那常青的绿色的小象了。

几天以后，县领导给干校每个人——包括像我这样的在内——可做一套衣服的“线绨”。

那身线绨衣料到哪里去了，我已忘记。难忘的，只有淮阳公园里那剪得一身绿茸的可爱的小象，十多年了，不知无恙否？

一九八七年二月二十四日

买脚盆的故事

好像是十九世纪俄国作家赫尔岑说过："流行的不一定是好的，比如流行性感冒。"由于复杂的原因，一个时期以来，兴起一股所谓"红太阳热"，还有人推波助澜。这使人想起二十多年前遍及全国那一场不折不扣的"流感"。

一九七〇或一九七一年，我在干校，那里"流感"初发阶段已过。有一天脚盆漏了，到小卖部去买新的；听说有人买的塑料盆，经水一烫，变成塑料盘了，我执意要买搪瓷的。只剩一个，无可挑拣，买了回来，临睡以前，倒满热水，才待濯足，悚然而惊：水波晃荡之中，烨然一轮红太阳在焉！那是一幅海上日出的图画，其中深浅我却还是知道的，脚虽要洗，为脚失头不免本末倒置。连忙悄悄着袜登鞋，捧盆泼水，藏之高阁。索性脸盆兼作脚盆，无人过问，一向太平无事。

事后回忆，有点后怕。身边的朋友不会无事生非，但来来往往的闲杂人等，也难保没有个把好事之徒；我是无所谓的"破罐"了，若连累别人闹个"知情不报"，惹出麻烦，就对不起人了。乃知这个盆在小卖部所以搁浅，除我之外，都有洞察远祸之明。

其实，当时我对画红太阳，剪"忠"字，布置"三忠于，四无限”的园地，倒并没有多大反感；给人一种节日气氛的错觉，强似剑拔弩张、口诛鞭打；而以红太阳为题的歌舞，意在呈祥献瑞，杀气总归少些，何况有的曲调来自民歌，也还不算难听。从朝不保夕的夹缝出来，跻身于大颂升平之境，习惯成自然的苟安心理获得一种阿Q式的满足。

那时候，自顾不暇，自保而已，管不得什么“清谈误国”“空谈误国”。以“假大空”待我，则以“假大空”报之，两不拖欠，不是挺惬意的吗？但当这一套玩意儿不是停留在口头上，而是弥散到生活中，凡日常起居，行动坐卧，无所不在，触目皆是这化为文字、图画、雕塑各种符号的“忌讳”，碗边的语录，盆底的图腾，砸不得，碰不得，亵渎不得，玷污不得，几乎步步有禁区，使人随时随地如临深渊，如履薄冰，战战兢兢，诚惶诚恐，可就显得——老实说，有点碍手碍脚了。

我们把一切徒重形式、不顾内容的花架子叫作形式主义。离开社会生活实践的丰富生动的内容，纠缠于“空对空”即从概念到概念之争，就是这种形式主义的表现之一。如果不仅是“空对空”，而且要“空对实”，以空洞的僵化的概念去规范即框住实干的手脚，如同当年海涛里涌出红太阳画在搪瓷盆里一样，那形式主义就不仅是花架子，而已成了故设的路障；无论设计者动机如何，像煞做了一副使人无奈的小圈套。

偶然忆起过去那曾使人一举手一投足动辄得咎的年代：洗脚也会犯“忌讳”，真是喝凉水也会塞牙。如今再买脸盆或脚盆，只问是不是耐用和好看，不管什么标签，更不管什么图腾了。谁说今不如昔？

一九九二年二月十七日

椅　子

我妻子早就想买两把折叠椅子，已经到附近商场去看过一回，或是两回，选中了式样、颜色，问清了价钱。星期天早晨，拉我去当劳动力。我毕竟是扛过一百八十斤标准包的，虽有几年不干了，一手挟一把椅子，自然是举重若轻，毫不费力，兴冲冲地往家里走。半路上忽然想起一件往事，暗暗笑了起来，并没出声。可是一定傻相可掬，立刻被她察觉了："你笑什么？……你怎么了？"

大概即使是"汇报"成癖的人，也会有一些偶然的、稍纵即逝的念头，没有想到或没有来得及向组织领导、至爱亲朋吐露过，其实也未必有什么值得隐秘的。

那是我在干校的时候，我原本所属的单位是整个建制搬到干校的，又整个建制调回了。我被留了下来，成了"遗民"。为什么单把我留下来，没人找我谈，我也没问，彼此之间好像很默契的。我这人有几分憨，但大体还算知趣。我已经从"专政对象"降级为"专案对象"，一字之差，如天之福。而案未结，事未了，我复何求？我所尊敬的前辈陈戈同志（就是电影《抓壮丁》的编剧、导演，兼饰片中王保长的），刚到干校时在通铺上和我并枕而睡；他下来以前就查明有心血管病及其他病多种，家属要求按照"老弱病残”政策对待，不来或者缓来，当权的人在大会宣布：“一定要去！……就是死在‘五七道路’上也是光荣的！”不久在一天早操集合时，他无声地缓缓地倚在我的左臂上，软瘫下来，失去了知觉。我永远忘不了陈戈同志眼睁睁看着我，却用四川乡音叫着小女儿名字“小莉”，他的左后脑区语言信号紊乱了，他从此残废了，并终以致死。我未残，更未死，继续在“五七道路”上前进，夫复何言！

跟我作息在一起的，不再是原单位的同志，多数是留在干校“重新学习”的打字员、机要员、会计员、房管员、由所谓勤杂工提拔的总务科办事员，以及司机等等。他们知道我的恶名，却不大清楚我的劣迹，也不深究，对我从无恶语恶声，更无促狭刁难，倒使我比在原单位清静了许多。我这人“知足常乐，随遇而安”，说是优点也罢，劣根性也罢，总之竟有些“乐不思蜀”的样子了。

一天，有人悄悄对我说：“某某某来了，——”他见我木然不答，解释说：“也许要调你回去了，有门儿！”我很感谢他的关心，但只答说：“未必。”

这个某某某，就是我在干校期间只存腹稿的歪诗中有一联“头皮断送非关老[①]，干部提升只为新”所指的那样一个“新干部”。是个年轻人，我对他说不上什么好感，但平心而论也并无特别的恶感。批斗我的时候，他曾经翻执我一只胳膊，迫我低头弯腰，但以他的身长、臂力而言，对我用劲实在并不算猛，还是手下留情的，斯时斯境，这点也可谓难得了。后来我听过他一次虚实结

---

① 这句诗是从杨朴妻诗“今日捉将官里去，者番断送老头皮”脱胎而来，不敢掠美，特注出。

合的“讲用”，说他回家探亲的时候，正赶上当地“一打三反”的高潮，他发现同母异父的、以卖大饼为业的哥哥大约有一百元上下的经济上“不清”的行为（什么性质的我没注意，也没想深究），他于是动员了母亲、哥哥、嫂子坦白交代，作了退赔，争取宽大处理，他也从而受到当地政府的表扬云云。接着不久，他就被“纳新”，并且提为连队干部，每天坐在连部里搞专案，或者神秘地出差搞“外调”了。

当时，这类人员的行止言笑，引不起我的兴趣。相隔如云泥，犹如荒山老林里的住户不会多么关心国际风云人物的冠盖往来一样。我还是继续照料我的红薯炕，别让马粪烧烂了红薯秧。晚饭以后，那个某某某来到我的宿舍，神采奕奕地跟大家打了招呼，随口问了我几句闲话，我也都漫应之，然后他就离去了。同室的人对这次“礼节性的拜会”没接触任何实质性的问题，表现出颇有几分失望，但大家都不再说什么话。我却因他这回并没有责令我写什么思想检查材料，限期交卷，因他此行与我无关，而颇有几分暗自庆幸。

过了一天，买饭的时候，又有人对我说：“某某某早上走了，带走了几把折叠椅。——你们单位的折叠椅，这回一把不剩地托运回去了。”椅子，我知道，但自从到干校以后，我就没坐过椅子了。在干校，是只有连以上干部和专案组人员有坐椅子的权利的。各班宿舍里只有马扎、竹凳。我的竹凳丢了以后，我就捡了一个小树墩，每逢集合开会、看电影，凡能让我坐着的时候，我就坐这个随身携带的小树墩，很有粗朴古雅之致的。“我们原来还以为是调你回去的，结果原来是来弄几把椅子。”我说：“要想调我，一个字条就够了，何必来人办交涉？”还有半句话我咽下去了：我难道能比折叠椅值钱吗?

“倒也是。”好心人不再说什么。剩下我一个人，忽然有些惘然若失：真的，我这个人，是还不如几把椅子的。

我毕竟不是好学深思的人，而且不求甚解。“此情可待成追忆”，不久也就淡忘了。

只是到后来有一天我终于接到通知调回原单位，我才想，我这回也像那几把椅子一样，被人记起来了。我也算一把椅子，可以默默发挥一点作用了吧。

回来以后，过了半年真正投闲置散、无人过问的“有钱难买待分配”的生活。半年后说有文件下来，要“抓革命促生产”，让我回原单位干杂活。于是又见着了先我回来的、久违了的椅子们。那时候大家都不大爱惜公物，这些折叠椅经常被扔来扔去，不少散了架的、瘸了腿的，堆在尘封的角落里；有幸还在“发挥”椅子的“作用”的椅子，则常常被一屁股坐下去，压得轧轧作响。我虽然曾经自叹不如椅子，却也逐渐地自高身价，觉得我似乎可以同椅子相提并论了，甚至有点同命相怜的切肤之痛，但是又想，椅子终归是椅子，轧轧作响或一声不响，都是没人理会的。

这些往事，不十分令人愉快，但我在想到它时竟能笑了起来（虽然没有笑出声），证明我们走到了人的价值高于几把椅子的、使人能够愉快地谈说这一切的时期，而且可以进一步肯定：人不是椅子，人有人的思想感情，人有主观能动性……

人与椅子异同论，这是一个可以写出有趣的文章的题目。据说高考时一位粗心大意的考生把作文题后的附注“文科理科都要作”误当作考题，用数百字鞭辟入里地论述了“文科理科都要作”作文、学语文的道理；我希望这位考生也来论一论人所以异于椅子者这个命题，倘言之成理，符合实际，应给满分。

归根结底，人是人，椅子是椅子。我和我的家人，跟新买的椅子之间，不知道能不能培养起像孙犁同志和他的小火炉之间那样的感情。

一九八三年一月二十七日

黄　鼬

黄鼬是学名。我很晚才知道这是黄鼠狼的学名。至于它的尊称“黄大仙”，跟“狐仙”一样，是早就知道的了。

什么时候叫黄鼠狼，什么时候叫黄大仙？

半夜听见一声鸡叫，早起发现鸡窝外头撒着满地鸡毛的时候，骂黄鼠狼，指责一个人“不怀好心”的时候骂黄鼠狼给鸡拜年；可是神秘地说到“四大家儿”[①]的时候，对狐仙、黄大仙们怀着特殊的敬畏，好像指的已经不是狐狸和黄鼠狼了。

我从童年起，就把狐仙想象成一个白发长须的瘦老头，黄大仙则是穿着黄褐色长袍的小老头，并非一个是吃不着葡萄说葡萄酸，一个是偷鸡赛时迁手到擒来的形象。

许多年后我在干校看白薯炕，照管白薯秧，连白班带夜班，怕影响别人，从集体宿舍挪到一间旧榨油坊去住，也乐得有点小自由。大半个下午，可以躺在板铺上看书或假寐。我听见窸窸窣窣的声音，起初没有在意，以为油坊虽已停榨，当年偷油的老鼠还在这里出没吧。偶一翻身，瞥见顺着墙角，拖一条长长尾巴，旁若无人，是黄大仙以其本来面目显形了。

彼此相安无事。

---

① 指狐狸、黄鼬、刺猬、长虫（即蛇），次序不详。

有年头儿不写毛笔字了。过去我是最爱用狼毫的。从描红模子初用毛笔到临写柳公权玄秘塔的书法课时，我一直以为狼毫是狼的毫毛，就像我的朋友蔡骧小时候以为“橡皮”是从大象身上割下来的一块皮似的。后来知道狼毫笔是黄鼠狼的尾毛所制，黄鼠狼不是狼，但也仍然相信鼬科的黄鼬绝非无名鼠辈。如今看着身边往复多次的这只长尾黄鼬，不免有些惭愧，想想眼下彼此秋毫无犯，这境界庶几可称幽默吧。

在大庆油田，听说有一位捉黄鼠狼的能手。哪家有大姑娘小媳妇“撞客”了，神志迷糊，请他去，他多半能断定是黄鼠狼作祟，并且能很快掏到最近一处黄鼠狼的窝，犁庭扫穴而后已。这时候捉到的黄鼠狼，受害者家属亲人一定要严惩不贷的。它的形象不是仙而是妖。

匆匆来去，我没有见到这位异人。但我猜想，黄鼠狼的臭气也许有迷醉的作用，有人因而近于魇，可能就是缘于此；而黄鼠狼曾被尊为大仙，或同样缘于此吧。那个异人之容易找到黄鼠狼，是不是也缘于他嗅觉特灵，从些许气息就能辨出黄鼠狼的踪迹呢？

我听到有人骂黄鼠狼，“不光偷鸡，还要放臭屁”，黄鼠狼的一对臭腺长在肛门旁边，它的臭气遂被误以为放屁了。据生物学家说，黄鼠狼排放的臭气，乃是防身自卫的，本来无意于进攻，挨这样骂倒委屈它了；至于偷鸡，或许也可以解释为谋生的本能吧。

我遇见的那只黄鼠狼，并没闻见它的臭气，想来不是我麻木到“久而不闻其臭”，而是因为它不失常态，尚未堕落到没人招惹它也要“放臭屁”的地步。

一九九一年二月四日

我亦怀旧

有一对年轻的朋友乔迁了，旧物扫数出清，新居从装修到家具，看着像宾馆的标准间一样。我正嗫嚅着，不知怎么说出我的观感才好，朋友似乎看出几分，提起邻居家搬家的时候，老太太跟儿子、儿媳妇吵起来，小辈儿也是主张把破破烂烂坛坛罐罐都扔掉，八十多岁的老太太坚持连用也用不上的鸡笼都搬到崭新的阳台上去。朋友摊摊手："农民嘛，没办法！"

那位老太太一针一线全不废弃，我想不是为了对儿孙辈进行"忆苦"教育。不肯扔东西，是持家以俭的习惯，而我想，必定还有精神方面的理由，每一件旧物默默地诉说着一段往事吧。

记忆不是挥之即去的东西。说记忆是沉重而痛苦的负担，但是因脑软化或脑外伤失去记忆，难道是轻松愉快的吗？

中国人，除了八亿农民以外，住在城里的就不是农民了吗？不用说根在农村的，就是在城里土生土长，这城市坐落在农业大国的广大农村包围之中，谁也无法跟传统的农业文化一刀两断，你能不沾染农民意识，全无瓜葛？

反正我搬了几次家，有两样东西我不肯处理掉。我倒不像那位老太太，想把屋里屋外弄成旧物陈列馆，但我认为，一个家庭里总要有一两件有点“念想”的，才像个家，而不是旅馆、招待所或宾馆。

我这两件家具都是结婚时买的。因为房间小，搁不下大桌子，买了个小小的两屜桌。放上台灯，就占去四分之一。可我毕竟在这里写过诗，编过剧本，尤其难忘的是殚精竭虑写了无数“检讨”。小小的沉默的两屜桌，知我忧患，伴我忧患，从五十年代到六十年代中期。然后我离家远去。这小桌自然成为两个孩子做作业的地方。待我归来，在五屜柜的门板上，发现两块漆色漫漶，原来是孩子挂毛巾水渍的缘故。他们的妈妈告诉我：儿子一方小毛巾，女儿一方小毛巾，两人都爱整洁，要保持自己的毛巾干干净净，儿子总是到女儿的毛巾上擦手，女儿总是到儿子的毛巾上擦手，当然都是趁对方不在的时候。小小的狡黠的自私，无师自通。许多年后，当着他们揭发这件事，两个人还都有点不好意思。这个五屜柜我一直保留着，一看那黄漆上泛白的地方，不免勾出对儿女的内疚，对妻子的感激，两个孩子终于长大了，使我感到些安慰，却并没有如释重负的宽心。

我愿意家里保留着这两件旧器物，有意无意的怀旧。似乎更多的属于上年纪的人捕捉过眼烟云，咀嚼往事的酸甜苦辣，而不是什么农民意识的问题。这心境也许是我那年轻的朋友一时不易理解的。

然而我不将我的想法强加于人，这大约就是良性的怀旧了。恶性的怀旧则是强加于人的，要别人跟他怀念一样的东西，要别人学他的样儿，像他所怀念的年代那样安排生活。

我亦怀旧。我却不愿回到五六十年代去，那里没有我的天堂。

怀旧也者，不忘而已。

一九九二年六月八日

北京的城墙

我生在北京，七十多年，什么时候什么地方说起北京，一座灰色的城垣就在眼前。甚至城墙下缓步着来自长城外的骆驼，也不管是黄土飞扬的春三月，还是九月凉秋天高云淡一片晴空。

五十年前我的第一本诗集，就叫《歌唱北京城》。唱的是“九丈九城楼披红挂彩”，不能想象离开城墙还叫“北京城”吗？

一道城墙，一道护城河，把城里城外分得楚汉分明。尽管旧日的北京，除了皇家的紫禁城，到处可以发现这是一个大乡村，连地名都像：西南园、草场、南菜园，从棉花胡同到二龙坑、高家寨……

那时候提到方位，都以城墙为坐标，内城外城，东、南、西、北城。内城最早是九个城门，九座谯楼，清代首都的卫戍司令就叫“九门提督”。说我住在哪儿，“礼士胡同，齐化门里”，搬家了，“船板胡同，哈德门里，不是北新桥那个（船板胡同）”。

我的童年记忆，城墙是古老的，高大厚实令人向往的。我在盔甲厂念小学时，攀上过东便门、哈德（崇文）门之间那段城墙，城墙上荒草丛生，草里夹着酸枣棵子，可是有刺的，摘酸枣，不留神就扎手。撂下书包，骋目四望，天空地旷，饱吸一口天风，

我一九八二年写《长城》，这是一系列抒情长诗的开笔之作。在此前后，多次登临长城的一些关口

放开嗓子喊，声音显得小了，想听到回声，什么也没有。

一九四七年到一九四八年，我到北大四院去，从宣武门往西沿着城根走，那一段不叫城根，叫国会街，北洋政府实行议会政治的标志性建筑就在那儿，已改成大礼堂。我当时一点不懂得怀旧，印象最深的，是北大四院大门对面城墙上，可着城墙的高度，用白灰刷了工整的三个美术字："反迫害！"显眼的大字于无声处呐喊着，那回声就在我心里，真是惊心动魄。

一九四九年后，北大四院所在的这个旧日国会，变成了政务院新闻总署和新华通讯社。门前的"反迫害"巨大标语风吹雨淋也日就褪色了。

大约一九五一五二年，拆去了长安街上天安门前的东西两座"三座门"，因为它"妨碍交通"，据说常导致交通事故，要死人的；东西两座"四牌楼"，还有前门外的"五牌楼"，先后拆掉了，也是同样的理由。有一位老诗人曾为东四牌楼的拆除发表一首颂诗《好》，他是把它当作阻拦革命和建设的象征的。

下一步轮到拆城墙了。当时我看到《新观察》上梁思成的文章，建议把北京的城墙建成环城花园，还配了图，不记得是他自己画的还是夫人林徽因画的了。我不禁心向往之，却不知道这篇文章也是在为挽救北京的城墙而斗争。近年内幕渐为人知，原来那时高层已有拆城墙之议，梁思成是大声疾呼以至声嘶力竭了的。听说当时的市委书记兼市长彭真说了这样绝情的话："谁若再反对拆城墙，是共产党员就开除党籍！"梁思成还不是共产党员，他只是一个党外的副市长。他还能说什么呢？紧接着，一九五五年春夏之交，林徽因已经去世。下达一个宣传任务，要批判梁思成的"复古主义"，属于批"二胡"（即胡风、胡适）与"二梁"（即梁漱溟、梁思成）的一部分。后来大概为了集中兵力反胡风，对梁思成的批判暂停。也有说是彭真保护了梁的，也许吧，那么彭为拆城墙发脾气，该是执行更高的意旨，有难言之处。但最近故宫博物院院长郑欣淼说，“文革”前夕北京市委曾有为“反封建”而改建故宫实则拆掉大部之议，主其议者是不是当时仍任北京一把手又是中央政治局委员的彭真呢？幸亏这个意见被当时的中宣部长也是政治局委员的陆定一否决了。……不久，一九六六年“文革”事起，头一炮打的就是“彭（真）陆（定一）罗（瑞卿）杨（尚昆）反党集团”，谁也顾不上研究故宫的存废了。

这时北京的城墙已经拆得差不多了。七十年代初拆西直门瓮城时，处于“靠边站”困境的梁思成听说了，还想以老病之身前去，不能叫视察，而该是凭吊。他说过，“拆北京的城墙，就是扒我的皮，抽我的筋”，等皮也扒尽，筋也抽尽，老人只剩一口气，终于跟这个世界告别了。

现在来北京的人，要想看老城墙，城北还有元土城遗址，城内则在北京站以南，有一段明代老城墙，因一批十几二十年的“违章建筑”给打了掩护，得以保留下来，这些“钉子户”都是修地铁时的职工及其家属。这仅存的老城墙经过修补，挂上了“明城墙遗址”的铭牌，也算慰情聊胜于无吧。

这么多年，我们不该保留的保留太多，而该保留的保留太少了。

在早已拆毁的永定门原地，近年重建了崭新的城门楼，给人“早知今日，何必当初”之感。但在老北京眼里，总是望之不似，不过几百年后也会成为古董吧，只是到时能不颓圮否？

二〇〇六年十一月三十日

未来的主人翁

我开始懂事的时候，在三四十年代之交，上距辛亥革命推翻清王朝已经快三十年，上距倡导科学与民主的“五四运动”已经二十年；在日伪统治之下，老师们用心良苦地让我们知道我们是国家“未来的主人翁”。

其实说懂事还并不懂事，但在作文里也囫囵吞枣地说：我们是国家未来的主人翁。

说是“未来”的主人翁，显然“现在”还不是。那时候以为只是年龄问题，因为要做的是“主人翁”，“翁”是老人，得有长长的胡子，拄着拐杖吧，那只好是“未来时”了。

那时候没想一想，就是父兄和老师，长胡子、拄拐杖的老爷爷，也正在做忍气吞声的“亡国奴”，哪里谈得上做国家的主人呢？

后来，从哥哥姐姐留下的旧课本里，才知道在“卢沟桥事变”以前，就已在告诉小朋友，你们是国家未来的主人翁了。那是在南京国民政府的统治下，小孩子自然因为小，不能称翁，只能期望到未来才成为国家的主人翁。然而当时的成年人，果真就是国家“现在”的主人翁了吗？

在外国人面前，特别是在外国侵略者面前，强调我们作为一个中国人的国家主人翁的身份，自然是必要的。在自己的国内，大家都是中国人，也时时提醒自己应该具有的国家主人翁的身份，是不是同样必要呢？

抗日战争胜利后，中国人得免于做亡国奴了，但能免于做中国人的奴隶吗？鲁迅不是说过，几千年的中国史，只有中国人做稳了奴隶的时代和欲做奴隶而不得的时代之分吗？

为了争取国家有一个美好的未来，也争取自己有一个美好的未来，我们不少当时还没成年的人，不甘后人地投入了反饥饿反内战、争取和平民主、反对国民党专制独裁的时代潮流。

毛泽东在《论联合政府》中描绘了一个"独立、自由、民主、统一和富强的新国家"，并且动情地呼唤："一个新民主主义的中国不久就要诞生了，让我们迎接这个伟大的日子吧！"当一九四九年十月一日我们站在天安门广场上的时候，我们想，这就是梦寐以求的伟大的日子了，而我们毫无疑义地成为国家的主人。

如果说在当时，对多年处在被统治地位习焉不察的一部分工农群众，还需要做大量工作，唤醒或灌输"主人翁意识"的话，像我们这样的一批人，却是"主人翁意识"过强了。但是紧接着，在各项工作和运动中发现，自己还做不了自己的主人，许多个人的事，都有人代为"做主"了。

不过，还老是想"当家做主"，对社会政治生活中的一些现象，总要发表一点自己的看法。一来二去，终于在反右派运动里落网。右派云者，宣布属于敌我矛盾性质，排除到人民之外。于是，我就从"做稳了人民"沦为"欲做人民而不可得"了。

后来宣布把我"按人民内部矛盾问题处理"，又过些时候宣布"摘掉右派帽子"，仿佛成为"人民"的一分子了，但别的"人民"

怎样成为国家的主人我不知道，我却总觉得我连“人民”的名分还没“做稳”，尽管每逢基层选举，照样发我一张选民证让我去投票，我却从不时听到的教训如“好好改造”啦、“不要翘尾巴”啦等，经常感到“帽子”还拿在别人手里——这“别人”，自然是名正言顺的“人民”，是不是只有能拿“帽子”给别人戴的人才算真的当了“国家的主人”呢？——待到“文革”，鸣鞭示警，又听到“只许规规矩矩，不许乱说乱动”的勒令，于是自觉不仅不是人民，而且是道地的奴隶了。

在当时组织对我的批判斗争时，有些还置身“人民的队伍”的朋友，私下里跟我打招呼说，指派他们在会上发言，不得不尔。我体谅他们，总是说，你敞开了批，怎么上纲都不为过。大家合作得很默契。不过由此我发现，我虽不是“人民”了，但“人民”也不值得怎么羡慕，他们连自己的主人也做不了，还说什么做国家的主人？

往事恼人，我也真愿意“往事如烟”，可惜像吸烟朋友身上不免带着烟味，往事的记忆或联想也往往拂之不去。前些天偶然在电视上拨到《空城计》，诸葛亮先生是我一向敬重的“鞠躬尽瘁，死而后已”的典型，就看下去；两个扫地的老军，应该可以称“翁”了，但是，诸葛亮对他们说：“国家事用不着尔等操心。”国家事有诸葛亮当家做主，老军也还是当不上“主人翁”，连“未来的主人翁”也不用许诺给他们。写过《与群下教》这样明达的文字、创下“集思广益”这句千古成语的诸葛亮，大约也就是像戏里这样，不能要求他有现代民主意识的。呜呼！

过去儿童节在四月四日，现在儿童节在六月一日，过去一到这时候就作“未来的主人翁”的文章了，现在不知道还是不是这样提问题。时代不同了，但愿新一代的小朋友不再永远做“未来的主人翁”。我希望今天的孩子们，不必等到“未来”，现在就把自己跟国家的关系弄清楚，做国家的小主人，并准备在未来做国家的大主人。国家主人的权利和国家主人的义务，都是写在《中华人民共和国宪法》上的。

□□□□年六月一日

十载茶龄

我于喝茶很是外行，不懂得品高低、咂滋味。佩服南方人用小盅品功夫茶的闲情，却自愧不能。冬天没有“寒夜客来茶当酒”那份情趣，到了三伏天，暑热中更常常做“牛饮”，只有街头喝“大碗茶”的水平。这两年来往的颇有些斯文中人，有时不免表示惊异。

说穿了毫不奇怪。

吃喝两字，喝自然指的是酒。我偶尔沾唇，没有酒量也没有酒瘾。老北京也讲究喝茶，可我喝茶才不过十年光景。

我小时候时常积食，直到上了小学，每到星期天一早起床，父母就先让我喝一碗“泻叶”。泻叶的疗效大约还是不错的，缓泻通便，清热去火。然而其味苦涩。后来见到苦茶，就想到泻叶，渴不思茶，是有来由的。

“少年十五二十时”，步入社会，那时对“上午皮包水（品茶），下午水包皮（洗澡）”的有闲生活方式自然嗤之以鼻。随后还没来得及习学风雅，就不知怎么一头栽进泥淖。一肩行李去接受“改造”，所带茶缸子云云，只是刷牙漱口以至舀饭盛汤之具，并不真的用以喝茶。

麦收时节，赤日炎炎，埋头挥汗，懂得了什么是汗如雨下的同时，也懂得了什么叫嗓子眼儿冒烟。形势所迫，就伏身附近的死水坑边，用手拨开凝聚漂浮的污物，一闭眼，咕咚咕咚把那水喝下肚里去。地在沧县姜庄子；一九六三年大水后沧桑变化，那死水坑自亦不存。

还有连死水坑都没有的连片大田，渴得难耐时，就想起冰棍、冰激凌、奶酪之类，倒并不曾想到热茶。但是旋即反省：这是因为“享受”过冰棍、冰激凌、奶酪，才在这错误的时间、错误的地方作此错误的非非之想。如果从未啜食过冷饮，岂不“心静自然凉”了吗？

这种“不见可欲”、寡欲以清心的思想，长期支配我成为适应物质和精神双重匮乏的良方。那时宣传节约粮食有一联对句：“常将有日思无日，莫到无时思有时。”我就常常准备着陷入更艰难的处境。中国之大，什么地方我辈不可能去？若是到了那个去处，你需求的恰恰没有，或是禁制、限量，岂不徒增苦恼？因此不但嗜好绝不可有，生活必需也要尽量偏低才好。

我无师自通的这点处世哲理，到了一九六六年得到一次验证。那是八月下旬进入名为“政训队”的“全托”宿舍；相隔一床就是侯宝林先生，他保持着多年的生活习惯，除了抽点好烟外，还手持用惯的茶杯（也许是保温杯吧），泡上一杯——自然是好茶。这可招来了“阶级斗争的弦”绷得格外紧的一位年轻“监督员”的斥骂。很难说我幸灾乐祸，因为兔死狐悲，惊魂尚且未定；但是想到我既无烟茶之嗜，也就没有戒绝或降格或可望而不可即之苦，灵魂深处还是有一点自以为得计的。

直到一九七五年冬，也就是距今十年前，生了一场重感冒。

感谢医生不见外，说你无非是内热外感，内火太盛，平时经常喝点茶就好了。惭愧得很，人家风雅人是以茶当酒，世俗如我者却是以茶代药，这样开始每天喝起茶来的。在我们这里不管怎么说还是论年资的，于是我屈指也有了十载“茶龄”。平心而论，从去火的角度看，喝这十年茶当是不无功效的；而从品茗的角度看，由于向不钻研，不用心，上不通于中古以来的经典，旁不及采时人的经验，在“茶籍”上还属一名白丁。

嗜好多是由年轻时养成的，年过半百，想再培养也难了。但愿今后人们无论老少，都不必在像喝茶之类的问题上瞻前顾后，做“最坏”条件的思想准备。

喝茶十年了，谨以此向今后一切饮茶者祝福。

一九八五年十二月十三日

自行车上诗

“诗思在风雪坝桥驴子背上”，是古时候了。

我常是骑在自行车上的时候触发诗思的。

一九七八年十二月里的一天，《人民文学》编辑部催索一首配合十一届三中全会的诗，明天就要交稿。不知该怎样落笔。吃过午饭，骑车上班。到了前三门大街上，中午车少，蹬起车来轻松自如，马路也显得格外开阔。不久前从任丘油田回北京，公路上摊晒粮食，汽车走走停停。正想着，快到和平门十字路口，老远就看到前面叉住车了，我把自行车的车速减慢，望着一辆一辆从减速到刹车的汽车，心里迸出一句：“中国的汽车呼唤着高速公路……”

无论什么天气，我都愿意骑车。在《沙漠吃不掉北京》里，有我顶着七八级大风骑车的体验。

而在晴好的天气，在路上不太纷扰的时候，信马由缰，最是“马上”得诗的机缘。

假如生活重新开头，

我的旅伴，我的朋友——

还是迎着朝阳出发，
把长长的身影留在背后。
　愉快地回头一挥手！

假如生活重新开头，
我的旅伴，我的朋友——
依然是一条风雨的长途，
依然不知疲倦地奔走。
　让我们紧紧地拉住手！

这两节诗，就是初冬的晚上，从京西宾馆沿着大街往东骑车回家时拟就的腹稿。

一九八〇年，办公地点迁到安定门外小关。我每天从西便门出发，上二环路，几乎走尽老北京的西、北两面城墙。有时候也抄近，穿一些整齐干净的小胡同。秋高气爽、天蓝云净的日子，骑在车上的心境特别好，好到想吹两声口哨，按几下车铃。一首完全写早春情景的诗就是在十月的自行车上自然涌出的：

我召唤青春的小树林
同我一起到原野上飞奔……

在自行车上也不止是唱欢乐的歌。《不要废墟》的“插曲之一”也是在骑车过安定门桥时忽然得句的：

多少欢乐的音符

曾在我心弦上跳
为什么飞去不飞回
像那薄情的鸟？
我在我的歌声中
寻找快乐的音调
我究竟在什么时候
把它丢掉了？

不管唱的是快乐还是烦忧，在自行车上成的诗句，一般总有顿挫的节拍，伴着比较流畅的旋律。

一九八一年搬家到广渠门外，每天上下班总要经过几个“事故多发地段”；车流高峰时候，塞车严重，骑车又险又并不节省时间，加上小关门口就发生一起惨不忍睹的车祸，听家人劝，我改乘公共汽车，就此很少赢得骑车逛半城的优游的时间，想不起还在自行车上得到什么灵感了。

自行车上成诗，这个经验不能推广。我有几次骑车走神闯了红灯，接受交通警察的教育后早就下决心不在车上构思。不过，在骑车的过程中，一路的景观比步行时加速地展开，化为信号，总在撩拨着心弦，当你一路顺风地驰骋的时候，你也真会不由得把心思集中到一句诗、一个诗境中去。一旦车辆拥塞，辐辏嘈杂，安全感顿失，从神经到手脚都紧张，诗思也就“飞去不飞回”了。

前几天听说文学研究所一位研究人员的妻子，下班骑车回家的路上，被另一辆自行车撞到卡车轮下丧生。死者在业余学校教书，长期两地分居，刚刚团聚不久。身后留下两个读中学的女孩。她的丈夫每月工资不足百元，今后要维持一个三口之家，是够难的。朋友说起同事的不幸，感叹良久。我把这个噩耗写在文末，一方面寄托对死者与生者的同情，一方面重申在路窄车多、交通秩序不好的情况下，谁也不要再冒险尝试骑车寻诗。安全第一，不是所谓保命哲学。死要死得值当。写到这里，想起五十年代一首长诗《白兰花》的作者、部队诗人乔林即死于车祸——骑自行车在前门大街被汽车撞死——不然他还会写多少好诗给读者呵。

一九八七年三月九日

第六辑

今天里的昨天

《岁月与酒》自序

这本书选入的一百零一首诗中，除了《一九八三年诗抄》中二十几首短诗以外，多数是没有发表过的。有些在写出的当时形格势禁，不得发表；有些因为自觉粗疏，留待斟酌；还有一些是一时抒怀遣兴、纪事怀人之作，原来并不准备公开的，现在拿来公开了，却也算不上什么秘密。

书里最早的诗，即所谓“早熟的酸果”，写于一九四七、一九四八年。那是我写诗写得最多的年月。当时我向北平等地的报刊投稿，主要是小品、散文之类习作；新诗也发表过几十首，大量的则是当作日记来写的。起初是在日历纸的背面或随手抓来的什么纸上，记下自己的情思，后来改用我从春节厂甸地摊上廉价买来的日本“昭和十二,十，东京奥谷纳”印制的复写式“通信纸”，每页二十行，每本一百页；至今还保存着一九四八年四月至年底写满的十来本。

翻检这些三十六七年前的旧稿，确实像读当年的日记一样，清楚地回想起那时候的环境和心情:《风，风啊，风》里“麦苗发指”的意象，就是我到西郊燕园、清华园参加活动时，沿着麦田逆风奔走时形成的;《给伏尔加河船夫》，一写一改，都是哼着

《伏尔加船夫曲》，处于精神亢奋的状态；而《遥远的敬礼》的腹稿成于课堂上，人坐在灯市口育英中学的生物教室（一个四合院的东厢房）里，心却飞到西山之西了。

那时发表过的习作将另外结集（有几首诗曾辑入《献给历史的情歌》），这里从当时不曾发表的诗稿中选了十几首。如果今天的读者透过不成熟的酸涩的诗行，依稀感到一个向往光明、诀别黑暗的少年的心的跳动，那是因为当时的我，只是把诗的写作当作倾吐心曲的一种形式，没有任何关于文学创作的框框套套的缘故。面对这些自己不免偏爱的少作，常常感到三十几年来长进不大，真像龚自珍所说，“诗渐凡庸人可想，侧身天地我蹉跎”。

建国以后写的诗，前前后后编过几本小册子。这里，从一九五三年的《生活是严峻的》到一九八二年的《月食》，则多是从各个时期的日记本上直接辑录的，故曰“日记诗抄”。曾经收入诗集的一般不再入选，只有三首例外，即《山阴道》《新土》《钱江潮》，本来已编入诗集《迟开的花》（十月文艺出版社）；这回浙江的出版社乐意为一些浙籍作家包括我出一本书，书中怎么能无一字及于故乡呢？然而我生五十年来，只在一九五四年冬到杭州出差一周，写下收入本书的《钱塘江》《茶山》两首单薄的小诗；再就是一九八二年初夏路经杭州，并到原籍萧山县下邵村一行，后来陆续成诗三首，这是仅有的关于故乡的讴歌了。当然，还有一首姚文元批判过的《忆西湖》，刊于一九五七年一月号《东海》月刊，那是借题发挥之作，除了“还他格律，放我歌喉”两句以外，没有什么可取。希望将来有机会再回我“根”之所在的故乡，能写出较为像样的东西，有以奉献于故乡的父老兄弟。

一九五七年是十月革命四十周年。这年春天我随同徐铸成同

年老怀旧，每到杭州会晤老家的乡亲、文友。我、文秀N次游西湖，一九五六年末写的《忆西湖》一诗，转年即遭姚文元、黎之先后撰文批评。但我笑指批评者百虑一疏，忽略了“卒章显其志”的“诗眼”：“还他格律，放我歌喉！”

志为团长、徐晃和卢竞如同志为副团长的中国新闻工作者代表团，到十月革命的故乡苏联作了为期四十天、行程四万里的访问。归来写了组诗《第四十个春天》，共四十首，由作家出版社赶排，准备在十月革命节时出书的；我已经看过校样，终于以大家知道的原因而告流产。其中有一部分曾在报刊发表，有一部分后来辑入《献给历史的情歌》和《为青春作证》；这里选入的几首都是第一次发表。

那年访苏归来后即兴写的一首谐谑小诗《磨光的五戈比》，在巴黎第七大学东方文化研究所的《中国当代文学史稿》中也提到了，其实还从来没有发表过，仅仅是在一九五八年一篇公开批判我的文字中曾经点名。现在正式发表出来，请读者批评指正。

在那以后的特殊条件下写的一些诗，跟《献给历史的情歌》中同一时期的作品一样，都属于"直是须焚未忍焚"的"待焚的诗稿"。虽然身份特殊，但诗中也不过是些常人通有的思想感情，一点小小的寂寞啦，为了排遣这种小小的寂寞而"浮想联翩"（这是当时的一个流行词）啦，一点自娱、自慰、自勉，如此而已，毫无惊人之笔。这也是我"诗渐凡庸"的有力证明。自然，我无法禁止别人由于作者特殊的身份而引起的联想。有一位在当时没把我视为异类的同志，看到《蜀犬谣》一诗，就曾经好心地提醒我，不要轻易示人。其实我写《蜀犬谣》，只是有感于重庆的雾大，联想到"蜀犬吠日"的自然现象以及"一犬吠影，十犬吠声"这一谚语所概括的普遍的社会现象，并无深意存焉；尤其没有把整过我的人讥为"蜀犬"，从而翻案的意思。我知道"辱骂与恐吓不是战斗"；我不是年年月月日日时时都在战斗的人，更没有学会辱骂与恐吓别人。那些年里偶亦有"翻案"之念，写过辩诬的材料，但也绝不是随时随地、一言一行都紧扣这个题目，每一行诗里都渗透委屈与牢骚，果真那样，还能活到今天吗？

一个人不能老是想着自己，光是想着自己。实际上这也不可能。一个人总会想到自身以外的一些什么。每人所想，各不相同。从一个人想些什么，也足以见出这个人的精神境界。读者从这里面所收的各样题材的作品中，可以多少发现我并不是成天在忧国忧民，也不是成天在“忧”自己，思路纷纭却有失于不够阔大高远，怡情悦性但并不遁避现实，这就大体接近我半是战士、半是庸人的实际了。

我就是这样，半是战士、半是庸人地活下来的。直到七十年代，直到八十年代。关于这一时期的杂诗，没有什么需要着重说明的了。

杂文之为杂文，一则是由于文字多写杂感，二则是可容多样的题材，不求划一的体制。我愿意把自己的诗叫作杂诗，也取义于此；无非是把各种各样的感受，或长或短、或整或散地表达出来吧。书名标作抒情诗，从俗而已。《九章·惜诵》开头就说：“惜诵以致愍兮，发愤以抒情。”诗天然是抒情的；多样的诗，抒多样的情。如同人的感情有多样的表达方式一样，诗也有多样的抒情方式。我认为我这些杂诗都是抒情诗，包括那些并不“作抒情状”的如讽刺诗、谐谑诗，也是抒讽刺之情、谐谑之情的。

从书首到书尾，时间跨度达三十多年。诗风，包括抒情方式和语言形式，都必然呈现变化，甚至有杂沓之感，但我希望细心的读者于杂沓之中，看出那一点不变来。

我的故乡出老酒，一钵酒埋在地下，十年、二十年、三十年后启封，是会越发香醇的。遗憾的是诗稿尘封十年、二十年、三十年，诗味却并不会与年俱增，也许由于岁月的播迁，时代的进步，它倒会像稿纸变黄一样，在历史面前失色。人与文都要接受时间的淘选。但是没有发表过的东西，以至虽未发表却已遭批判的东西，在未见天日、未见读者之前就此任其沉埋，毕竟心有未甘，所以还是决定编这么一本书了。记得在十年动乱的最后的日子里，一九七六年九月四日，我写过一首律诗，有两句说：“愁到酒边新病胃，诗沉江底浪知名。”那心情是苍凉的。又是八年过去了。沉到江底的诗心已经重新打捞出来，我却难忘那曾经有过的“中心如醉”的岁月，虽然我近来很少喝酒了。就这样，我把这有悲歌也有欢颂、有高吟也有低唱的一百零一首诗，题作《岁月与酒》。

一九八四年九月十三日

重新发现穆旦

一切是在穆旦离去之后：一个重新认识穆旦以至重新发现穆旦的课题，逐渐出现在中国读书界面前。

人民文学出版社一九八六年出的《穆旦诗选》只印了三千本，说明这个课题的任务还很艰巨。当时我曾经想就此写一点文字，一直没有写成，老觉得自己欠了一笔债。

因为他是我所尊敬的朋友的亲近的朋友，他在坎坷中作出奉献的一生不仅引起我的同情，而且更加引起我的景仰吗？是，又不全是。

因为认识到不仅让诗歌界的新生力量受挫和埋没是犯罪，而且应该把长期遭到冷遇、误解、偏见乃至毁谤的一代才人的作品所蒙受的尘垢剔除拂扫干净吗？是，又不全是。

有一点纯属个人的原因：穆旦的诗是我少年时代曾经十分倾心的。那是四十年代后期，把我从所沉湎的古典诗词意境中拉回现实生活里的，当然首先是生活本身，是那个动荡的时代的社会黑暗和不义，直到暗杀闻一多的流血事件使我警醒。在诗歌方面，那就是胡风和“七月诗丛”第一辑的作者们（艾青、绿原等），写《旗》和《时感》的穆旦，以及《马凡陀的山歌》（袁水拍）和

《罪恶的黑手》（臧克家），给我打开面向社会人生的诗的窗口。

完全摆脱了风花雪月和伤春悲秋，在我们读得烂熟的传统题材、意象和抒情手法之外，用自由的形式倾吐现代人对社会生活的愤懑和诅咒、控诉和嘲讽、思索和预言：当时许多新诗具有这样的品格。穆旦的诗更以它从内容到形式经过挖掘、浓缩、凝聚、组合所达到的沉雄厚重，特别吸引了我；好像把弹簧纠结盘曲紧紧攥在手心里似的。我最初在一九四七年发表的几首诗的习作，就有着穆旦作品的影响，尽管都是幼稚肤浅的模仿之作。

后来，每当我想到，我们一批青年诗作者在五十年代热闹过一阵，多半是以四十年代活跃于国民党统治区的许多成熟的、有个性的诗人的辍笔（其中也包括穆旦改作翻译）为代价的时候，我就不能避免一种心灵上的欠债感。然而这是不以个人意志为转移的、无法重写的历史。在大家都被迫沉默多年，又逢到可以歌唱的机缘的八十年代，许多诗人已经老去。像穆旦，竟没能活到亲眼看见自己的诗集和译诗的出版。

穆旦以写诗始，以写诗终；他的译诗也是集一个诗人与翻译家的创造性劳动于一身；穆旦首先是一个诗人，归根结底是一个诗人。

诗人穆旦从浪漫派开始，到有意识地借鉴英美现代派，艺术思维和表现方式受外来影响很深，但他诗作中的感情，无疑是中国的，是中国现代人的。

作为一个对中国民族的苦难和力量有所自觉的现代知识分子，通过自己的体验和刻画，使自己的诗成为那个时代的痛苦和矛盾形成的一个知识分子的痛苦和矛盾的表征：这就是穆旦。

我们对历史、现实和文学艺术的解释不再停止于教条的背诵，我们不再沉浸于一片光明的恬然自安，我们以阅历了忧患的眼光和心灵重新观照社会人生和我们自己。于是我们发现，我们在穆旦的痛苦与矛盾里，找到我们今天的痛苦与矛盾的影子，那曾经挤轧着诗人的灵魂的，也许至今同样震颤着我们的灵魂。

如果说，有工农兵诗人，也有知识分子诗人，而说知识分子诗人如同说知识分子一样，不含贬义，也并不就意味着学院派的话，我愿意说，穆旦就是这样一个知识分子诗人。他曾经以一个四十年代中国现代知识分子的身心，最敏锐地感受着中国民族的不止是肉体的苦痛。他真诚地写下了他的人生体验。可惜的是，他只留下了四十年代的感受的一页记录。

穆旦的人生体验的核心是一连串的矛盾。他的诗的深度来源于社会生活的矛盾和诗人自己的内心矛盾。从这一点来说，今天的中国社会正处于新旧体制的交替、摩擦、矛盾当中，我们全民族经历着从历史到未来的又一次方生未死的际遇，身受着从形而下到形而上的“阵痛”，多么需要穆旦式的大手笔啊。

将近半个世纪以前，年轻的诗人就呼唤并且宣告“一个民族已经起来”，正像艾青在《向太阳》开端宣称“我起来——”一样。然而一个民族要从“一个封建社会搁浅在资本主义的历史里”的“古老的监狱”真正跻入现代世界、现代化国家和社会之林，不是一蹴而就的。一九四九年，主要在摆脱了西方帝国主义的干涉而获得民族独立的意义上，我们可以自豪地宣称“中国人从此站起来了”，而要彻底摆脱因袭的重担，在我们这个地球上的各民族之林中完完全全地站起来，并立于不败之地，那是我们今天仍然置身其中的一个长远的历史过程。即使说，“一个民族已经起来”；起来之后还有没有麻木、自戕和倒下的危险？从这一点说，我们又是多么需要像穆旦那样从关切现实进而关切民族根本命运的诗人和作家啊！这样的诗人和作家过去和现在都有，但还不是太多了。

重读穆旦的诗，觉得都没有过时。主要不是指诗作涉及的若干表层现象依然存在或时有发生，而是指诗中那种冷峻的热情、睿智的警句，透露出顽强的生命力。“反抗着土地，花朵伸出来”。我们都知道花朵生于土地，受到土地的营养，但，诗人深入一层说，只有反抗土地，花才能茁壮开放。这是生命的辩证法，也是生活的辩证法，艺术的辩证法。

说重新发现穆旦，重新认识穆旦，当然绝不是仅仅指我们作为老朋友或老读者重读穆旦著作，去获得新的启发；而是让更多的新一代的读者，能逐渐有条件从穆旦的诗中获得思想感情的某种共振，汲取精神力量和艺术经验；其意义自然不单是为了纪念穆旦——这一位寂寞的诗人。

一九八八年五月二十四日

答大学生问十一题

问：我发现一条规律：诗人是疯子，读者是傻子，你以为如何？

答：你们以为如何？

问：有时我觉得我的诗比某些名家要“棒”，可是总被打入冷宫，为什么？

答：自己觉得“棒”的不一定准就“棒”。但确实有些无名作者写得很好，而名人的作品未必都是佳作。好在现在刊物多，作品可以在各种不同的刊物上发表。

问：你们编辑部每天收到多少稿件？你们挑选时有哪些标准？是否凭自己的兴趣？

答：据前一个时期统计：《诗刊》每天平均收到来稿二三百件。我们力求把好诗检选出来，推荐给读者。我们实行三审制，但自然也难免有遗珠之憾。这是限于我们编辑业务水平，也与“诗无达诂”有关；人们对诗的鉴赏有不同的层次，时常发生评价不一的情况。不过我们在编辑部经常强调：可以有偏爱，而不可有偏废，不因编辑个人的兴趣爱好影响刊物选发稿件在题材、形式、风格上的多样化的要求。

问：有人认为去年秋天以来诗歌创作不大景气，你怎么看？你怎样评价“崛起派”？

答：为什么要从去年秋天看起？请大家看看今年秋天吧。《诗刊》今年十月号出了一期《无名诗人作品专号》，反响很大；老作家舒群同志就对我说，他感到很好，有新意，有朝气。我对诗歌的发展是乐观的，总的势头是趋向于百花齐放，虽然有时难免受到某些社会因素的影响。但就是当一些小说刊物来稿忽然很少，据说有些作者犹豫搁笔时，《诗刊》每天仍然收到那么多稿件，好像什么都没有发生一样。至于所谓“崛起”云云，是个大题目，不是三言两语说得清楚的。

问：一定的时代和特殊的经历，造就了你们这代诗人。你们有你们的写作方法，拥有你们的读者群。而今天一些青年作者应用了更新颖的手法，在艺术上大胆追求，你对此有什么看法？

答：我看这很好。

问：您五十年代是怎样走上诗坛的？您八十年代的创作心境、风格追求有什么变化？

答：我这里做一个广告：花城出版社将要出版我的一本谈诗的杂著集《赠给十八岁的诗人》（每个十八岁的青年都是诗人），那个集子里大体上回答了这方面的问题，涉及我对诗和自己创作的一些看法。

问：有没有因你的名气而发的诗？对你的诗，编辑不加任何修改吗？

答：我爱人常说：因为你在《诗刊》工作，所以你的诗通行无阻。不信你化个名去投稿，就未必行得通了。当然，这是她对我的作品质量的嘲讽，但同时也表明了人们对某些编辑工作中不正之风的忧虑。不过，我一直还没来得及做“化名”试验。编辑对诗有意见，最好提出建议请作者考虑修改；即使编辑动手，也最好征得作者同意。三十年前我写了《第一汽车厂工地的第二个雨季》，去年参加那里的厂庆，写了一首《又是雨季》，其中有一句是“世界上没有没有遗憾的生活”，发表出来一看，变成了“世界上没有遗憾的生活”，不知所云了。我觉得编辑如果不能改得更好，最好就不改。

问：有人说诗坛不景气，你怎么看？

答：我认为诗创作与其他任何事物一样都是波浪式前进的。我对我们的诗歌有信心，因为我对我们的人民有信心，我对我们的事业有信心。当然，如鲁迅曾经指出的“于已成之局，则委曲求全；于新兴之事，则求全责备”那样一种情况，一些条条框框干扰诗歌的发展，甚至有比条条框框更厉害的东西。所以，一定要向“大鼓劲，大团结，大繁荣”的目标努力。为此，就要着重清除“左”的影响。

问：你现在每写一首诗都能发表吗？

答：我写完了，一般都放一段时间，修改一下，等到自己认为可以了，再拿去投稿，一般都能发表。自己认为不成熟也没能修改到比较满意的，就压在抽屉里。自然也有一些时效性较强的、非赶任务不可的急就章，写出来就交给报纸去补白的。

问：您构思前是否喝酒？沉思时是否抽烟？

答：我偶尔喝点酒，那是听别人说可以提高血压（我的血压低），与写诗不相干。烟也不怎么抽，有时来了客人，趁机陪客人抽几支。我好像没有专门用来“沉思”的时间。

问：您在《中国，怎样面对挑战？》这首长诗中，呼唤青年说：“请以你惊醒的神经感受我痛彻肝肠的战栗”，您对当代青年的希望是什么？具体说，他们应具有怎样的个性？您所深切感到的时代精神是什么？

答：这希望你们自己来回答。我思考所及的，那首诗里都已写到了。而关于青年怎样塑造自己这样大的问题，就我目前对青年的了解来说，还不足以做出全面的回答。

一九八四年十月十六日在北京师范大学讲课后答问

大军记录整理

第四次作家代表大会后答记者问

六年以前，十一届三中全会，坚冰已经打破，航向已经指明，我们新时期的文学随着思想解放运动，出现过第一次来潮；六年以后，十二届三中全会，可以说进入了“新时期中的新时期”，正当这时，我们把“创作自由”写在社会主义文学的旗帜上，为文学繁荣的新局面创设了精神条件和政治条件。这表明党中央对文艺的关怀，也是广大文艺工作者几年来突破接二连三的干扰抵制，为发展新时期的文学艺术而探索、而奋斗的成果。

“创作自由”的理论和实践，在这次作协代表会之后，还会不会遭到或明或暗的干扰抵制呢？天真的愿望是无力的，一切取决于我们的工作。尤其是我们作家中和协会领导机构中的共产党员，更有义务努力弥补因“左”倾错误、官僚主义、狭窄眼界和思想僵化，而在党对文艺的领导工作中造成的严重损失，进一步密切党和作家的关系。实事求是，如实反映情况，少说空话，杜绝冷言冷语，更不许“谎报军情”；谁在党和作家之间挑拨离间，谁就是文学的罪人、历史的罪人。

为了发展我们的文学，我呼吁团结，我呼吁真团结，而不是假团结。什么是文艺界不团结的因素？最主要的是长期的“左”

倾错误及其影响。试想一边是咒文鞭影、剑拔弩张，一边是“至今犹破胆，应有未招魂”，还谈得上什么团结？

这样的历史应该最后结束了。在否定“文革”、肃清“左”毒的基础上，大家朝着共同的目标；茫茫九派，东流入海，流派不妨并存，宗派必不可有；在艺术上提倡标新立异，不妨独树一帜，在组织上却不应存门户之见，党同伐异；私交关系难免有亲疏远近之别，工作上却必须一视同仁。如一位过去的诗人所说，熠熠群星，应该互相照耀，而不是互相倾轧，才能更见光辉。

我希望看到，经过广大作家以及有关部门的和衷共济、通力合作，几代作家之间，领导和被领导之间，互相沟通，互相理解，互相学习，互相疏导，大家都逐步养成民主习惯，善于听取不同意见，不怕进行艺术上的竞赛与争鸣，再也没人“拿着鸡毛当令箭”，用教师爷的口吻对作家和青年训话，特别是对有才华又有责任感的青年作家，是扶持他们冲破“左”的和习惯势力的阻力，健康成长，而不是攻其一点，滥加责难。这样，我们就能聚精会神、专心致志地建设我们社会主义新时期的新文学，使创作和理论相成相长，互相促进，把我们富有悠远辉煌的文化传统的中国建成当代的文学强国，为世界文学做出应有的新贡献。

一九八五年一月九日

今天里的昨天

曾见报载市面上卖过玩具手铐，我没看到，不晓得销路可好。春天我在公园里碰上过一个小小孩，穿戴着从商店里买来的长袍马褂和瓜皮帽，所谓民族形式的童装。这种玩具和这种童装的设计者，想来不是为了“忆苦思甜”或别的政治目的，如此这般，恐怕主要是审美趣味以至文化水平的缘故。

刘邕有嗜痂之癖，海畔有逐臭之夫：历史上有名的。不过他们都止于自得其乐，没有向儿童少年推销。今天的设计者，即使只是造了手铐给自家的儿女，这种有损第二代、第三代身心健康的玩意儿也该受到谴责。自然，凡事都要具体分析，区别对待；有些家长愿意给孩子买一身长袍马褂，倒也无关宏旨，不必谴责。而这种童装毕竟没能流行，可见乐于把孩子打扮成小“棺材瓤子”的父母总是个别的。

玩具、衣裳还是小焉者。北京一家颇有影响的夜大学对新生“政审”的表格上，有一项“有何历史问题”；一家颇有影响的医院的基层党组织，为报考这个夜大的二十岁出头的孩子填写的是：“无重大历史问题”（？）！

这不是笑话，是实事。真是驾轻车而就熟路，一下子把人带回早已诀别了的过去。可以叫作“今天里的昨天”吧。

乍一听，颇有点吃惊。但是读了在陕西凤翔发现隋唐殉人墓葬的报道，就恍然大悟。过去一向认为以人殉葬是奴隶制社会的标志，我国自秦代就废除了；隋唐已进入封建社会的鼎盛时期，一些地方居然还保留着奴隶制的旧礼陋俗，足见在新旧制度交替过程中，新制度的建立并不意味着旧制度的彻底灭亡。

历史发展到社会主义新时期，也绝不意味着一切都已“一元复始，万象更新”，一切封建制甚至奴隶制的胎记都已消失，一切沉渣从此永远不再泛起；先秦的髡刑在二十世纪六十年代会以“剃阴阳头”的形式重现，六十年代样板戏在八十年代余音不绝又有什么奇怪呢？

有些争议，有人爱听有人不爱听，看来样板戏有它的爱好者和辩护者，近十年没得开怀欣赏，颇蓄下些不平之气，有点心痒难耐。但事实上较多的观众和听众则表示“看够了，听够了”。最近报刊上有主张以调和来解决矛盾之论，试行一下，建议在县以上城市，包括北京在内，各辟一处演出点，专门日夜演出八个样板戏，有条件的地方全凭自愿组成样板戏专业团队（但不再恢复旧“样板团”特殊待遇），暂时搭不齐班子的可以放映样板戏影片，使样板戏酷爱者不必羞羞答答地在晚会、广播、电视中去欣赏片片断断甚至抹掉戏名的唱段，而能沉浸其中，陶醉于“今天里的昨天”。也是各享其乐，各得其所；若干年后，有别一个陈建功出，也许会搜寻八十年代这个角落里的浮沉哀乐，写出另一篇社会风俗画式的小说《找乐儿》来。

一九八六年六月十日

串胡同记

我是老北京，我深知不管是春秋佳日，或长夏的晨昏，冬天的傍晚，在北京的或长或短、或宽或窄、或热闹或僻静的胡同里，独自走一走，是别有一种情趣的。

凌子风也懂得这一点，听说他导演《春桃》这部根据许地山同名小说改编的影片，因为刘晓庆扮演的女主角春桃，是沿街走巷"换取灯儿""收破烂儿"的，他决定要较多地展示北京半世纪前大小胡同的风景线，他已经带着摄制组串了不少胡同。

这座古城，每条胡同都有不少说道，自然有的有籍可考，有的不上经传。故实之外，又添了些新典。比方我住在虎坊桥，这里有纪晓岚的阅微草堂遗址之类，是有点文物价值的了；而经常穿行的福州馆、福州馆前街，因有《城南旧事》，也每能动人遐思。梁实秋不幸逝去，不然他重返燕京探亲，必然会串串胡同，以慰多年怀想的。

不是老北京，也许就不能领会这一层。

然而我是久矣无此闲情了，最近一次偶然的机缘，从西便门用自行车推五十斤大米回家，岁暮冬暖，近一小时的路程，我就一路串着胡同而来。

一九八三至一九九八年，我在虎坊桥南住了十五年，经常在附近一带“串胡同”，并写了《串胡同记》《与昨天为邻》等随笔。这是九十年代串到“粉房琉璃街”时所摄

出宣武门，进茶食胡同，经方壶斋，一九四五年钱俊瑞筹办《解放三日刊》，社址就设于此，一九四六年遭军警查封，全体人员被捕也就在这里。过西草厂，往骡马市大街走去，一条南北街原来是魏染胡同。

魏染者，魏阉也，是当时老百姓对明末宦官魏忠贤的不敬的称呼。他在熹宗朝专权一时，除了利用他作为皇帝“身边工作人员”的特殊身份，并勾结了具有同样特殊地位的熹宗乳母客氏以外，同时掌握特务机构东厂，又大肆培植私党，如什么五虎、五彪、十狗等等，其余相与的羽翼爪牙还不在内。这个魏忠贤自称九千岁，实际上“万岁”也在他挟制之下了，而当时竟有无耻之徒要给他立生祠的。腐败政治是繁衍无耻之徒的温床。至于魏忠贤本人，则不是“无耻”二字所能概括，因为他还残暴，东林党人杨涟等正是死在他手里。“暴君的专制使人变成冷嘲”，在有人议立生祠要把他当神佛供奉的时候，老百姓们的街谈巷议中就蔑称他为“魏阉”了，这该不算嘲弄其生理缺陷吧。他所阉割的是良心和人性，岂止阳物而已。

今天的年轻人大概是不知道这一切的。近读朔望《盛世见微录》云：“我以为若对近代史（西洋、日本、中国的）无深刻理解，常会引起对在极其复杂条件下进行的中国现代史运动产生误解或歪曲。每见当前对改革开放路线的阻力，便常想起晚清清议派的某些言行。所以中国近代史是个当务之急，不办则成史学危机，或者已经是了。”我同意他所说的，这是要“真正掌握中国百余年来现代化历程以及其间的主次、真伪、表里、名实、成败、政治与经济、个人与历史、罪恶与进步、来龙与去脉”所必需的。

同时，我以为，不满足于“地主阶级与农民阶级的矛盾和斗争是封建社会的主要矛盾”这一命题，深入研讨封建社会的经济政治社会结构，它的治乱盛衰，特别是权力的分配、倾斜中，除了外部侵略和农民战争的因素外，诸如外戚、宦官、藩镇等致乱之由，都是不无意义的。古为今用，舍此何求？

匆匆一过，我也无心探究哪座宅院曾是魏忠贤的府邸。快出胡同口时，发现路东一座破旧的两层楼房，有石牌标志，是邵飘萍所办《京报》的馆址。《京报》创刊于一九一八年，一九二六年邵飘萍为奉系军阀杀害，由他的夫人撑持到一九三七年“卢沟桥事变”发生。

三百年间，前有可称败类的魏忠贤，后有可称“脊梁”的邵飘萍，一条胡同所记录的历史就足以发人深思。

一九八七年十二月二十七日

笔　名

年已古稀的萧离同志，翻检一九四七年、一九四八年顷的北平《平明日报》，遇到几篇我的习作，复印寄来。因为那时我常署“燕翔”，他信上问：“不知从何时起改‘翔’为‘祥’的？该不是原本想飞翔的，后来求其吉祥了吧？”他当时在报社做记者，不直接处理我的稿件，因此不知我的真实姓名取义于福禄祯祥，写文章这才想飞翔的。

那时候还用过一个笔名，叫“汉野平”。当时我没到过武昌，只是从臧克家的诗文里，看他比喻汉冶萍兵工厂的烟囱，“像一支时代的喇叭吹向天空”，颇生遐想，就取汉冶萍的谐音为“汉野平”，并寓“我们祖国多么辽阔广大”之意。如此而已，绝无自矜为“汉阳造”的老牌的想头，何况那时才是十四五岁的孩子。我自己粗工刻制过三字阴文篆章，后来丢掉了。

建国以后，郑重其事，少用笔名。“翔”变为“祥”，却难逃不祥之厄。一九六三年同人合作改编一个剧本，本名不祥，于是化名，就与“汉野平”相对，起名叫“夏天长”。“文革”中大批判搜奇斗胜，说我生活在夏天的红太阳下，却如热锅上的蚂蚁，咒骂夏天闷热难熬，真是匪夷所思。其实“夏天长”者，翻译出来，“祖国万岁”也，然而这是说得清楚的吗？

七十年代末期，在报刊上发表些短诗短文，带有“恢复名誉”的性质，自然须以真姓名亮相。我也准备从此“行不更名，坐不改姓”了，不意在一九八〇年春夏之交，有个刊物同一期要发我两篇千字短文，为了避免犯重，有一篇遂临时改署“秦吉了”。并无深意，不过是想起何其芳的“从此我要吱吱喳喳发议论”，很得我心，从而想到白居易的《秦吉了》：“人云尔是能言鸟，岂不见鸡燕之冤苦？……尔竟不为凤凰之前致一言，安用嗏嗏闲言语！”仍是以“吱吱嗏嗏”自嘲。我曾想为一本杂文命名为《吱吱喳喳集》，被家里的检察官否决了。

我写诗这些年都用真名，写杂文时才用笔名，也多少因为视写诗为我的正业，杂文则是副业。诗不贵多。杂文针砭时弊，需要及时发表，一块副刊上一个作者姓名出现频繁亦是一忌。所以又频繁地用起笔名来。久而久之，体会到鲁迅曾说的，好像杂文队伍陆续添了些新兵，倒也略壮声势。

友人丁国成编一本作家笔名考源之类的书，屡承催询，我迟迟未交卷，一是所用笔名随用随废，不必为此多占书籍的篇幅和读者的时间，而且来日方长，不知还要化多少名儿；二是大家看文章，更不必管是谁写的，暂时向读者保密，也是一件有趣的事。

不过渐渐有人来问：是不是怕得罪人，不敢用真实姓名？向一般读者保密于一时，这并不难。而哪位读了杂文对号入座，一怒之下追查作者何许人也，更加不难。文责自负；藏藏躲躲颇不体面。我在编《蜜和刺》《忧乐百篇》两本杂文集时，原就想把发表时的笔名署在目录上，不过多年来无此体例，有人并从生意角度劝告说，这样一来，读者翻看，以为是从报纸剪剪贴贴编成的多人合集，先就不想买了。事涉销路，关系重大，此话不可不听。

说来说去，我就把原来应该在杂文集子的“后记”里略作解释的话，在这里作一交代。这两年除本名外，用得较多的笔名，如唐前燕，出自“旧时王谢堂前燕，飞入寻常百姓家”，原诗慨叹王谢旧宅沦为百姓闾巷，稍稍变通，可以说是“柳边深院，燕语明如剪”的燕子飞向普通人生活中去吧；如朱春山，从鲁迅诗“愿乞画家新意匠，只研朱墨作春山”来；如杜姝芬，本作杜灭芬，一种口含喉片，是新药中的甘草片，算不上苦口良药，治不了疑难大症；如阿丛，是一九五一年几个同志共用的笔名，大家议定用此笔名写作所得的稿酬用于抗美援朝捐献，后来成为郑佳同志令爱的芳名，三十多年后我又拣来一用。至如孟嘉风，暗用孟嘉登高风吹帽落的故事；阮世恭，表示从玩世不恭改弦易辙，来自一个青年的质问：“玩世不恭不好，就玩世恭吧，玩世而恭就好吗？”我的笔名中，有一个最一本正经的，恰恰最是玩世不恭的表现，即只用过一次的“包正文”。

我在一九八三年选评了中共包头市委纪律检查委员会就《人民日报》转来“几名百姓”写的《包头市领导人多占住房事也应管》一文所作的答复，我按照正统学校正统语文教学的模式，写了《公文选读》一文（《新观察》一九八三年第十二期）。如此郑重其事的文章不可没有一个同样郑重其事的署名。大家记得“文革”中大批判文章的写作班子常有类似的署名吧？名为“包正文”者，源出于此。不知有关方面曾否到包头市属的某一个政治部去追查过作者？

一九八〇年我写过一首短诗，为云南省剑川县含冤致死的一位白族歌手鸣不平，惹恼过当地一位部长：“查一查这个邵燕祥是哪个公社的！”我想如果我在那位“土皇帝”管辖下，即使用笔名也在劫难逃的。我之所以幸免，因为当时不在他势力所及的某个公社也。

能够保护我们的，不是化名，而是清明的政治，正确的路线，正常的气氛。我今后写作报纸文字，难免还会用这样那样的笔名，自然不会是为了逃避责任，或者怕得罪什么人而隐姓埋名。想整你的人，你就是什么文章不写什么话不说，他也要整你的。

不过，我很欣赏关于论战性文字必须署作者真实姓名的意见。希望约定俗成，变为通例。这个意见发表在《钟山》一九八六年第三期，《人血不是胭脂》（副题：驳《中国水利电力报》程青一文）的前言中：

> “文责自负”，是人类文明发展到一定阶段的一个成果。在世界各国，评论性特别是论战性文字必须署上作者的真名实姓，这是对自己言论负责的一个表现。论争应该是平等的。希望今后《中国水利电力报》或其他报刊上批判文章的作者，都不必过于谦虚；只要您（们）是和一个真名实姓的人打交道，就请行不更名，坐不改姓，正大光明地走到竞技场上来。这样，彼此也好平等地承担道义上和法律上的责任，这才是“费尔泼来”。

一九八六年六月七日

我的写作生涯

今年是一九八六年。恰巧四十年前，我从一九四六年开始尝试写作，在报刊上发表作品。当时我是一个初中学生。

一九四六年中国发生了一件大事：内战爆发了。呼吁民主的著名诗人、学者闻一多教授（二十年代他曾留学芝加哥）被暗杀，给我极大震动。我找来他全部诗作细读，有两句诗从那时起长远地烙印在我心里：

如其只歌唱个人的休戚，
还不如嘴里塞满了沙泥……

本来我爱写“没有病不知药的苦，没有失眠不知夜的长”那样的东西，尽管我差不多每夜都睡得很好。我发觉这是名副其实的“无病呻吟”。

有病也不要呻吟。于是我要大声控诉不自由的痛苦。因为当时整个中国像一座监狱，我用德沃夏克《新世界交响乐》第二乐章一段黑人民谣风曲调写了《囚徒歌》：“太阳东，太阳西，太阳在哪里？”我激烈地喊出：“我没有枪，也没有枪子。我就是枪子呀，跳动在枪膛里！”

我就这样满怀着建设一种全新的生活的天真愿望，迎接了一九四九年中华人民共和国的建立。

五十年代初期，第一个五年建设计划开始前后，我作为一个记者到工厂、矿山、铁路新线和许多工地采访，同时写了大量的诗，总题为《到远方去》。我的同代人走向遥远的内地和边疆去开拓新天地的气概，不下于一百年前走向美国西部的开拓者们。

然而生活中毕竟不是只有鲜花与阳光。贫穷、官僚主义这些折磨我们千百年的祸害还像影子一样跟在身后。我不能在人民的疾苦面前闭上眼睛。我在歌唱光明的同时，也来鞭挞生活中的阴暗面。

我写了关于一个青年女工悲惨命运的诗《贾桂香》，我问：“是怎样的，怎样的手，扼杀了贾桂香？”这首诗被收入聂华苓主编的《百花文学》。它写于一九五六年。

一九五六年，在国际共产主义运动中发生了一件大事：二月，苏共二十次代表大会揭露了斯大林的错误。我想，这不仅使我震惊，必定也使毛泽东震惊。随后他提出“百花齐放，百家争鸣”，发表《论十大关系》，我想是借鉴了斯大林的教训。从这年夏天起，中国知识界有一段短暂的活跃，人们谈论着反对官僚主义，谈论着民主、自由和人的权利。

不幸的是到秋天，国际共产主义运动中又接连发生了波兰和匈牙利事件。这无疑使毛泽东紧张了，因为他作出“中国也有人要搞‘匈牙利事件’”的估计。

对那一段历史的准确描述，有待于更多档案的公布。如果发挥一下作家的想象，我以为毛泽东担心在他身后有人作关于他的错误的秘密报告。……

一九五七的反右派斗争，是一九六六年“文化大革命”的序幕和预演。

我在一九五八年初正式被判为反党反社会主义的右派分子，不仅被剥夺了发表作品的权利，而且实际上被剥夺了一个公民的正当权利。

朋友问：“你除了《贾桂香》，还写了些什么‘犯罪’的东西？”是的，我写过。在我的“罪状”里有近三十篇诗和杂文，那是一个热爱人民的作家的良心。

然而我作为一个作家的生涯，到此已经结束。此后的二十一年，不是My life as a writer，而是My life as 冉·阿让。

一九七六年，毛泽东去世。他的妻子江青下台。“文化大革命”结束。

中国的命运有了新的转机。我在一九七九年一月恢复了政治名誉。在中国，我重新成为一个作家，重新成为共产党员。我的书，有五本诗集出版于一九五七年以前，而另外八本诗集，两本诗论集，一本杂文集，都是在一九八〇年以后问世的。

想起已故的作家们，我感到幸存者有更沉重的责任。重新拿起笔来，我相信它不会再被夺走，而我也不会把它放下。“明天比昨天更长久。”

一九八六年十月二十三日在美国爱荷华大学

“国际写作坊”的一次发言

读《别问我……》

这是一位波兰女诗人的诗：

别问我现在波兰是什么时间，
我不知道。
波兰的时间是不同的，
是没准的。
是黑暗的时间，
因为电断了。
黑暗中，你看不清谁在身边。
是锤子和铁砧之间的时间。
是希望和绝望之间的时间。
是疲乏和紧张之间的时间。
是妻子要求丈夫的时间：
“求求你，别管它吧，我们有三个孩子。”
这时候，任何事可能发生——
然而，任何事也不可能发生。
这时候，钟表在几小时之内倒退了许多年。

我左边的邻居可以杀死我右边的邻居。
或是我右边的，杀死左边的。
这时候，钟表在日正当中敲出午夜的时间。
这时候，钟表是由别人拨的时间，
我们自己不能控制。
这时候，医生也没法诊断病人。
这时候，疲惫冷漠就是语言，
比语言更有力量的语言。
这时候，诗人对美没有办法。
别问我波兰的文学是什么时间。
决不是诗的时间。

这首诗的译文引自聂华苓的散文《黑色，黑色，最美丽的黑色》，只说作者叫尤婉娜，不知女诗人的姓和父名。这是尤婉娜准备从美国启程回波兰前夕，一个阴霾的雪天流着眼泪朗诵的。聂华苓的文章写于“一九八二年早春”，所记的事，当在一九八一年冬，最早不会早于前一个冬春，因为诗中表现的那种情绪，该是产生在一九八〇年末波兰时局动荡之后的。

记忆犹新，一九八〇年波兰的多事之秋，对中国也不无影响，表现在意识形态方面设置了一些禁忌。这一影响所及是积极的还是消极的，有待于历史作出判断。而这一切，无疑加深了中国读者们对波兰人民的关注之情。

从二十世纪之初，中国的先驱者们就开始引进东欧所谓弱小民族的文学，这特别切近因贫弱而时有亡国之虞的中国的群众的处境和心境。我们的小学课本里就有波兰少年爱国者的故事，这

二〇〇三年一月，我在北京西郊万寿寺内纪念聂绀弩的研讨会上发言：《重读聂绀弩的诗》。绀弩是我高山仰止的诗人和哲人。周海婴摄

一九九六年，丁聪为黄苗子、杨宪益、邵燕祥合集《三家诗》（朱正序，如水跋）作《吟月图》漫画，画中左起黄、邵，右立者杨

是在日本军队入侵以后才删除的。从我个人来说，密茨凯维支的诗是和普希金、莱蒙托夫一起伴我度过少年时代的。民族压迫和社会压迫，民族反抗和社会反抗，这曾是我们共同的主题。

一九五六年苏共二十大揭露了斯大林个人迷信及其后果，随之发生的国际动荡之中，波兰、匈牙利事件无疑是我国从提出正确处理“十大关系”转向开展反右派斗争的国际原因之一。我记得当时听说华沙的居民在党代会期间都守候在收音机旁的不安之情绪，想象维斯杜拉河水扬波，华沙守护神端庄的脸上也笼罩了忧心忡忡的暗影。

时隔二三十年之后，读到尤婉娜这首无题的诗，不禁心头如系上一方铅块，沉甸甸地坠下来。我熟悉的，我理解的，我切肤地感受到的，这是一种茫然的情绪。

茫然：不知道下一分钟会发生什么事情。

茫然：因为不能掌握自己的命运。

茫然：似乎置身于锤子和铁砧之间。

对于波兰，这个百年来处于动荡之中的多灾多难的民族，对于她的众多的普通人，我能够说些什么？对于在特定处境下心情矛盾的女诗人，我又能够说些什么？

悲天悯人吗？我不配。我同样属于一个百年动荡的、多灾多难的民族，而恰恰是尤婉娜此诗那似乎冷峻的真的歌哭，提醒我审视自身：在锤子和铁砧之间，希望和绝望之间，疲乏和紧张之间。

不知道尤婉娜的命运怎样，不知道她是否又写出新作。引自聂华苓散文的这首诗，我相信是这位女诗人译成华文的唯一作品。但我以为，尽管只有这一首诗，也足够使我们认识并记住这位诗人了。我会长久地记住她和她的这首诗，记住一段波兰的历史和一种特定时期波兰人的情绪，而这一历史的启示和情绪的体验，绝不仅属于波兰人的。

一九八九年一月二十日

致陈明远的信

明远同志：

你好！

我把路丁关于诗词冤案的书一口气读完了，由于书中不仅附录了你被误传为“未发表的毛主席诗词”因而罹“伪造”罪名的十九首诗词，并且援引了你的未发表过的新旧体诗多首，使我渴望读到你其他未发表的诗。世界知识出版社决定将你的诗集出版，是做了一件好事情。

在我看到的你的诗词中，《沁园春·咏石》无疑是最好的，超过了传抄出去的诸篇。后来步原韵悼陈毅同志的一阕《沁园春》也好。还有《沁园春·读〈革命烈士诗抄〉》：“耻同浊浪沉浮。誓不见河清不回头。任风刀霜剑，锋芒更露；补天射日，壮志须酬。文字狱深，金箍咒紧，难锁雄心难锁喉。渊默处，听惊雷怒吼：还我自由！”铿锵可诵。你不愧是“沁园春”诗人，不愧是“顽石”诗人，你的新诗《顽石》，则使我想到普希金的《致西伯利亚囚徒》和《一朵小花》，想到戴望舒的《狱中题壁》，既执着而又超脱——也许在“牛棚”里此时此地写的此诗，才是真正的“超越时空”。一笑。

除了几百首残存的诗稿外，你的《诗学谈话录》和古诗今译保存下来了吗？你自己的诗词又同时写为现代汉语的现代诗，意境相同而机杼不一，各有独立的艺术价值，迥异于简单的对译或只是白话串讲。然而这是因为出自一个作者之手；倘译别人的诗（或外文入汉语或由古而今），恐怕就没有这样的自由。我为人民文学出版社《唐诗今译集》所译的《春江花月夜》和为该社《唐诗三百首今译》所译的《桃源行》等几首多是逐句对译，不敢逾越。

你的新诗比旧体不弱。拟普列舍伦的组诗《花环》，可惜路丁只引了末首，但已可见炉火纯青。在你的旧体诗中，固然气势磅礴，但有过多可以依傍的早已化为传统的辞藻和意象，因此不像在你的新诗中更多地显示了作者的个性和艺术创造。读你的新诗，我相信我呼吸相通地切近了你的性格，你的人格，你这历经坎坷，但“宁愿结成无花果，也不愿只开一朵空花”的抱负。你的《晨钟》比我的《铸钟厂》更积极，你的《画家请我卸下盔甲》也比我的《答友人》（“啊，不要说，不要说什么／创伤，是挂在胸前的花朵……／那样的花是谎花，／假如它不能结果。”）更深刻有力。但我们是有共同语言的。

我羡慕并祝贺你在语言声学等方面的科研成就。我欣赏路丁称你为“在‘文革’初期、中期和末期分别以非常独特的方式‘发表’了诗作，以其‘无名’而闻名于世的诗人”，然而我以为，到了你该把箧藏之作公之于世的时候了。这不仅是你的“花”，也是你的“果”，在科研成果之外，“别枝”上结的硕果。尽管已经迟于郭老预期十余载之后了。

翻检袁鹰同志和我为人民文学出版社编的《1949—1979儿童文学·诗选》（上、下），其中选有《电波的歌》，署名海英，当然是你；另一首《在队旗下长大的一代》，署名海鹰，我现在推定也是你写的。可能不是你当时发表的作品中最好的；编选时有一些题材平衡上的考虑，你会理解也会谅解的吧。

我四月去云南，归来后希望有机会听你谈谈对诗的意见，谈谈你对汉语诗律的研究，谈谈宇宙学，谈谈相对论。近来我常想，如果不懂一点现代科学，则哲学思想将是偏枯的；昨天见到你以后我又想，现代科学的常识和科学思维，能使人视野和胸襟开阔，从而救诗人的狭仄与苍白。你在大学读数学，又涉猎理论物理、计算机科学和现代语言学，而我是入中学后数学就不及格的学生，我们的档次相差太远了。

平生少写长信，盖以手懒而借口不要浪费别人的宝贵时间。今天破例。你忙得很，不必作复。

祝全家好！

邵燕祥

一九八七年三月二十四日

关于喝酒

——应吴祖光八月一日为《解忧集》约稿而作

喝酒，我以为是一件最最“个人”的事情。

不必有统一的喝酒规范，也不必有统一的“喝酒观”。

喝酒，如果掺上了功利的目的，酒就变酸了。

朋友而成为“酒肉朋友”，那朋友也就变味了。

罚酒不好吃。敬酒也不好吃。

把喝酒变成一种手段，无论是去敬酒，去罚酒，酒也就不成其为酒。

人生有味是清欢。

而万般扰攘之中，清欢何少。

也许杯酒能给你清欢片刻。对饮，或是独酌。

猜拳行令是无聊。

灌酒是野蛮。

文质彬彬的祝酒，有时也是多事。

在你想喝酒的时候，有酒可喝，你有福了。何必人劝？

那个“落日解鞍芳草岸”的词人，抱怨“花无人戴，酒无人劝，醉也无人管”，他意不在酒。

但，酒人不是酒鬼。

烂醉如泥，又如何能知酒味？

微醺是最好的境界，我觉得。

所以我写过：

> 有朋友从酒泉来，
> 赠我一对夜光杯。
>
> 哪儿能得这样的好酒，
> 使我燃烧而清醒不醉？

唯微醺，在沉醉与清醒之间。

所以我还写过：

> 寂寞的，又不甘寂寞的来客，
> 只在我沉醉与清醒之间叩门。

那一节的标题是《诗》；

还有如诗如梦的情思。

“满怀忧愤满头霜，大丈夫谁吴祖光！”这是一九八七年七月我前往东大桥吴寓拜望祖光先生时合影

古人说，文是饭，诗是酒。
我想，酒也如诗。

人不能从早到晚泡在诗里，
也不能一天到晚以酒代饭。

酒不能消愁，更不疗饥。
酒自有酒的恩惠。给你片刻精神的自由。

我向往精神的自由，但还不到放浪形骸的地步。
更何况我不愿因酒后失言而从此失去喝酒的自由。

我在很长的年月里不喝酒。
当年，我随时准备落进没有喝酒自由的地方。
哪怕仅仅失去喝酒的自由也是一种不自由吧。

面对着人间忧患如海，一醉并不能获得解脱。
在有喝酒的自由的时候和地方，何妨举杯。
对于自由意志的主人，酒，能使你燃烧，又能使你清醒不醉。

一九八七年

骑车偶感

春节前夕，发现我自行车的前叉子焊口开裂，及时修换了，幸免于匆忙赶路的时候，前轮逸出，酿成大祸。这样的事情是听说过的，想想有些后怕，能够免祸，就是大吉大利了。在为这种心理自嘲的同时，想到自己从学会骑车几十年来的种种。

我骑车撞过人，也被人撞过，还因为路面沟坎、结冰或积水，跌下来过，有伤无亡，且是小伤，不足挂齿。但说起来有点自豪的，是我一学就会，并且第一天练车就一个跤子也没有跌。

那是在无意中找到一片开阔地，又正好是大慢坡，扶持我上车的兄长见我蹬起来，就撒了手，只是大声叮嘱："朝前看，看远处！""别看脚底下，只管往前蹬！"一步接一步蹬车往前走，我一下"拿住"了在前进中求平衡那股劲儿。往后我教别人骑车，也喜欢重复这个要领。

我们常引用一句成语，说"学如逆水行舟，不进则退"，逆水行舟的经验不见得人人可有，不进则退的滋味凡有心人都能有所体会的。而我们中国是"自行车大国"，城市乡村，自行车以亿万计，多数人有骑车的经验；遇到崎岖坎坷，车身摇晃或倾斜的时候，稍一犹豫或停顿，就会倾倒；倘非悬崖或绝路，则坚持继续往前走，反会取得新的平衡。大家还会记得，在冰冻的路面上，捏闸刹车，准会滑倒，保持平衡的唯一办法也是盯着远处的目标，不停脚地向前蹬去。

联想到在我们前进的路上，也只有深化改革才能稳定经济。在先一步的基础上迈出后一步，每迈出新一步，都是对过去一步的肯定，又是向更新的一步迈进的基础或支点。骑稳自行车的诀窍是否也适用于驾驭改革？

改革是一个动态的过程。停顿就会错过前进的机会。杂技团的车技中有高台定车一项，那短暂的停顿并不证明停止前进能够保持稳定，而是恰恰相反。

至于用旧办法来控制经济，那是走回头路，也是死路一条，就根本不可能用骑自行车来作比喻了。任何比喻都是“跛足”的。

时至今日，如果有志于“发明自行车”，那自然是可笑的了。但在骑车时偶有以上种种杂感，似乎并不可笑，因为归结到一个严肃的问题：只有前进，不断达到新的平衡，才有前进中的稳定；不思前进而侈谈稳定，或想以停止前进换取稳定，都是要落空的。

一九八八年二月二十九日

梦醒后的启蒙

从全世界的范围来说，人类的启蒙早从文艺复兴就开始了。可惜那时我们堂堂中央帝国的子民们还在中世纪的长夜中沉沉酣睡。洞中方七日，世上已千年。直到十九世纪中叶来自西方舰只的炮声把我们惊醒。

“大梦谁先觉？”然而梦醒还不等于启蒙，只是少数清醒的人们这才发现，精神上还披枷戴锁，于是奔走，于是呼号，要民主，要科学。

经过半个世纪，特别是十年动乱，谁都不否认，又从一场噩梦中醒来。胡梦颠倒的残迹未消，懂得了鲁迅的深沉的悲哀。他说最大的悲哀是醒来后无路可走。我们已经醒来，但不能说无路可走；我们正在“摸着石头过河”，但我们悲哀地发现自己脚步趔趄，口齿嗫嚅，我们的精神还没有摆脱有形无形的束缚，望着“五四”时启蒙与被启蒙者大踏步渡过河去的背影，我们竟还不如这些先行者洒脱啊！

恰恰卅年前，有一篇文章把中国国情概括为“一穷二白”，按照当时流行的诠释，穷是经济落后，白是文化落后，怎么办呢？据说这如同一张白纸，“好画最新最美的画图，好写最新最美的文字”。似乎既是一张白纸，便可以涂写由人。我是没有种过田的，当时正在农村学习种田，对于亩产小麦七千斤直到万余斤的“卫星”，不如老农老圃之有发言权，砸锅炼铁之事也不敢妄说；但既粗识之无，奉命要在一星期之内把村中文盲全提高到小学毕业程度，以迎接检查，这样“最新最美”的景象却是很难着笔的。我知道文盲国家不能建成社会主义，为了跑步进入共产主义天堂，就得赶紧摘掉文盲帽子——这比摘掉右派们的帽子，任务还急。唯意志论的结果，唯谎报以对付之。倘说“暴君的专制使人们变成冷潮，愚民的专制使人们变成死相”，那么是什么使人们变成瞒和骗呢？

何况面前并非真的是一张白纸，几千年的胡涂乱抹，纸上早布满了瞒和骗、愚昧和专制。有位朋友曾论及愚昧比贫穷更可怕，他当然不是偏袒贫穷，为“穷过渡”辩护；专制加上贫穷，制造了愚昧，而愚昧容忍了专制和贫穷。一穷二白之白，应指愚昧和专制，它使我们曾经炫耀的勇敢、勤劳，一并成为怯懦和懒惰了。

在新的时期提出新的启蒙的课题，重倡民主和科学，难道不是对症下药，胜过头痛医脚、脚痛医头多多吗？

思想文化的启蒙，意味着对原有结论的审视扬弃，过时的传统观念的更新，旧的思维模式的超越；重新认识历史和现实、中国和世界，封建主义、资本主义和社会主义，马克思主义、列宁主义以及毛泽东思想。

谁启蒙？启谁的蒙？所有意识到启蒙的意义的人，都既是启蒙者，又是被启蒙者。不是少数自称“精英”的人充当启蒙说教者，连这些自称“精英”其实也同整个知识界一样身上带着老传统和新传统深深浅浅的戳记的人们，也要跟“非精英”们一起接受时代的启蒙。

或问：知识界也要启蒙吗？“五四运动”时期的知识界，那些奔突在前的先驱者，也无不是在接受启蒙的同时，又承担起民主与科学的启蒙任务的，谁一旦不再接受时代的启蒙，回到老的传统或自囿于新的教条，谁也就失去了启蒙者的资格，落荒于时代了。鲁迅无情地解剖别人，也无情地解剖自己，他因此得随时代以俱进。

如果思想史、文化史也要随着政治史来分期的话，我们将注意到一九四九年以后一个重要的现象：一次又一次以运动形式出现的，和成为两次运动之间经常性任务的、针对知识界的思想改造，首先使所谓“从旧社会来的知识分子”，即接受过从上个世纪维新运动、废科举兴学校以来尤其是“五四”以来民主与科学的现代洗礼的知识界，自觉地或不自觉地接受另一次“洗礼”。

这一切是过来人记忆犹新的。自从那个美国国务卿艾奇逊在白皮书里提出“民主个人主义者”的概念，中国的知识分子就倒了霉：个人主义既是无产阶级集体主义的对立物，属于资产阶级思想体系，罪不在赦；而民主则不仅同资产阶级思想联系，更简直成了为帝国主义效劳的货色。在一九五七年“思想政治战线的社会主义革命”即反右派斗争之中及之后，对资产阶级民主自由观的批判，等于宣判了民主和自由的死刑，除了偶尔作为专政、集中和纪律的对应或衬托外，这两个字眼也沦为禁忌了。

民主如此，科学又如何？在所谓大跃进的年代，我没有认真读报，但据说有颇卓越的自然科学家也在报上为违反科学的“放卫星”唱赞歌，作论证。世事可知，夫复何言！

所以，一九六六至一九七六年“文化大革命”中知识界和全民一起，默默接受了思想专制文化专制的极权统治，民主荡然，科学荡然，就丝毫没什么奇怪了。

说十年动乱是一场噩梦，只是一种遁词。如醉如迷，且哑且默，只是一种精神状态。除了真正精神分裂者以外，谁不是清清醒醒，睁着眼睛，如临如履，战战兢兢过来的？在“文革”前，曾引“五四”为骄傲的，在“文革”后又谈论继承和发扬“五四”精神的，在“五四”的民主科学旗帜下能无愧恧吗？天可怜见，近来又听说有“淡化‘五四’”的主张了，“淡化”什么？“淡化”民主与科学也，启蒙云乎哉！

不知你听到这些作何感想。我想起“五四”，想起民主与科学，想起我是这个知识界的不争气的一员，想起为中国现代思想文化启蒙披荆斩棘以至牺牲者，我深感汗颜。但我不自弃，愿在新时代接受新启蒙，庶几不愧为一个尚未麻木的人，一个走出壅塞蒙蔽的知识分子。

一九八八年十一月二十五日

也谈“忘却的魅力”

王蒙《忘却的魅力》，是为他作品的英译本写的序言吧，仍然是那么潇洒，飘逸，谈记性，也谈“忘性”。

我的忘性早就与日俱增，近来尤其“变本加厉”了。但我忘得很累，绝不是挥手与记忆告别，悠然远引，“不带走一片云彩”那么轻松；不，它是一片空白，不甘于空白的空白，一片混沌，欲摆脱而不能的混沌——犹如想看而看不见，想听而听不见——想搜索记忆，却打捞不着，片瓦无存。

比方：昨天想着要买什么来着？副食店？百货店？今天上午看到一段什么有趣的东西，曾想告诉下班的孩子，可是什么内容？什么出处？哪本书，还是报刊？刚才看的是什么电视？说的是什么？

与妻子在家，说是朝夕相对，却总不能从早到晚脸对脸地坐着，一会儿她去忙饭，一会儿我去倒土，忽然有个什么念头，要跟她说说，只要一打岔，转过脸就忘了。若是连想说一句话这事一起忘了也好，偏是记着这么个动机，椟在而珠亡，令人失神怅怅。

一二十年来，不断有这样的体验，远年的事，少壮以至幼时经过的人事、心境，历历如工笔画，须眉毕现，甚至当时的年月日时，晴雨晦明，也仍然印象清晰，毫厘不爽；而近期的事，今年以来，本月以来，除一二铭记在心者外，过眼云烟，从记忆的水牌上抹得干干净净，几如一切都没有发生过一样。人说这是正常的，衰老是必然的，岁数不饶人，渐呈老相，难道不正常吗？尽管据说人的脑细胞还有绝大多数达若干亿从未启用，但用来刻印记忆的大脑沟回，却像面部肌肉一样松弛了，不再深藏记忆了，奈何！

这在一段时间里，曾经是我求之不得的。当我确实遗忘，不复记忆，而面对专案组的时候，有人挖苦说："你不是能倒背如流，马恩列斯的著作连页码都能记得吗？！（按：这实在是过奖，欲抑先扬的手法也。）怎么现在记远不记近了？"我也只能无可奈何地翻翻白眼——中国不兴摊开两手耸耸肩膀的。每逢这种时候，我就立志今后一切身外之事，都不在记忆的水牌子上挂账；报上新闻书中作品，瞄瞄标题看个大概，既有文字可考，甚至有电脑储存，人脑几何，何必苦记；要紧的事自有专门机关专人职掌记录可供查检，不要紧的事记住又有何用？在我个人，遂大长了不求甚解、囫囵吞枣的学风，今日回想，这种自觉的不动脑筋的努力，想必促进了记忆力的衰退，"流水不腐，户枢不蠹"，长用不懈，不用则废嘛！过去想忘事，今日果健忘，求仁得仁，夫复何言！

老伴从岗位上请假回来的这几个月，跟我做伴的时间多了，逐渐发现我由无所用心而心不在焉而神不守舍而过目即忘，悚然而惊，以为这是老年痴呆之始。前辈中近年患脑软化的，屡有所闻，原来生龙活虎、驰骋纵横、极有魅力的活动家，一旦罹此毛病，亦可悲矣。

于是叫我少睡觉，少看电视，等等。如果因此延缓记忆力的衰退过程，则今后一段时期内，将深刻地铭记妻子的种种禁令、限制、敦促、劝告和自己为了表示合作，拼命有所用心，记住些本来不必记住或者可记可不记的事情，目的则是耳聪目明头脑清晰有滋有味地多活几天：真是“不为无益之事，何以遣有涯之生”！

王蒙论“忘却的魅力”，使我顿悟：苦于失去记忆，因忘却了什么而惘然若失，实在是刻舟求剑的缘故。也许记忆之为虚妄，正与忘却相同？而魅力之为虚妄，又与什么相同呢？

水中鱼晾到了干岸上，相濡以沫，相煦以湿，不若相忘于江湖。相忘于江湖，何尝是成为忘却的魅力的俘虏？倘真有魅力者在，那是游泳于江湖的自由。

一九八九年九月十五日

〔附〕

顷从诸天寅《三老唱和晚境诗》得读叶圣陶作于一九七三年的《老境》：“居然臻老境，差幸未颓唐。把酒非为醉，看书不厌忘。睡酣云梦短，步缓任街长。偶发园游兴，小休坐画廊。”好一个“看书不厌忘”！真达人也。

一九九〇年七月十八日补记

月当头

人生几见月当头：这是诗人的感慨，也是非诗人们虽然不挂在口边，却能体会的。

泛泛地说，并不少见。确指“月当头”的景象，年只一见。

小时候就听母亲说，冬月十五月当头，月下照影儿，人都没有脑袋。听了以后从汗毛根发冷。

后来读《燕京岁时记》，才知道这不是无稽之谈。但一直不曾验证过。

一九八八年冬，旧历十一月十五快到了，女儿和我相约，一定要亲历“月当头”。她上小夜班，十点半回到家里。等到差五分钟十二点，我们一起下楼。所有楼窗都已熄灯。圆月确实就在头顶，可能略略偏南一点。俯视地面，我们人影只成一团，缩于脚下。所谓照影儿没有脑袋就是指这个情形吧。

这自然是因为每年此夜，月亮恰值行经我们所在的经度和纬度上。想千百年来真有有心人注意及之。在这冬季寒夜，月下如霜，是为什么而不能寐，披衣起彷徨，才于无意中发现月亮正在中天随人踯躅呢？

今年又到十一月十五，我问女儿：今年的“月当头”，不看了吧？不看了。

人生几见“月当头”？

一见而已。

一九八九年十二月十三日

第七辑

梦云游

饺　子

舒婷不爱吃饺子，已经形诸文字，那理由是，吃来吃去只是等于一个菜。

一九八七年初，北京开第三次全国青年创作会，有一天中午吃饺子，舒婷就说："你如在家里请我吃饭，我可不吃饺子。——不知道北京人为什么那么爱吃饺子。"

舒婷没到我家里吃饭。在那次开会期间，全国就轰轰烈烈展开了"反对资产阶级自由化"运动。

一九五六年开第一次全国青年创作会，第二年就反右派，许多与会者打成右派分子。

一九六五年开第二次全国青年创作会，第二年就"文革"，许多与会者打成"周扬文艺黑线"的什么什么。

舒婷不知道，北京人爱吃饺子，这是多年留传下来的。阔人吃饺子当然不是光吃这一样，但一般平民百姓，包一顿饺子，顶多加上醋、蒜，最后"原汤化原食"，热热乎乎，经济实惠。比起勉强凑三荤两素、七碟八碗省事多了，也便宜。

春节，即年三十晚上守岁，阖家包饺子，把一个铜钱包进饺子去，看谁吃着，谁走财运。吃斋的人也包素饺子，胡萝卜馅儿，配上一碟醋熘白菜就可以了。吃荤的主儿，冬天兴吃羊肉白菜馅儿，透着肥、鲜。穷家寒户，过年也总得吃顿饺子，这点油水就是恩物。

当然，讲究的可以变着法儿吃各种馅儿的饺子。三鲜的，有虾仁，自然贵。北京人管吃饺子叫“吃馅儿”，以“薄皮儿大馅儿”为尚。

西安开了一个专业饺子馆，各种馅儿的齐上，大概借鉴了广式的小吃和西洋的点心，尽管吃下来不是“等于一个菜”了，可北京人觉得不是那么回事儿。

江苏散文家吕锦华写《看苏州人过日子》，引了关中作家刘成章一段文字，那是写关中农民和“油泼辣子彪彪面”结不解缘的，“即使一年到头天天以此为食，他们也决不腻烦”。这不难理解，饮食之所好是受经济条件制约的。北京知识青年在六十年代末插队陕北，见农民过年时只是把猪肉（或是羊肉，记不清了）连骨剁碎，放到锅里煮，感到诧异，是少见多怪。北京普通人家所沾丐的饮食文化的边缘，也远未扫到黄土高原山峁峁。河南省的有些农民，生活在古代两个帝王东都洛阳和开封之间，也止于在年节以炸“面坨”即油条或“麻叶”即麻花为最高的馈赠，他们或他们的祖祖辈辈并不属于《东京梦华录》中各味吃食的享用者。

在“文革”以前，相当一级的由农民出身的干部，有资格向炊事员点菜，但常常是每天中午点“炸酱面”，到星期天才点“饺子”。后来经过“文革”就不同了。眼界大开，胃口大开，不吃白不吃了，生活条件不同了，农民也不认为皇后娘娘大约天天吃油饼了。

一九九〇年十一月三十日

草木二篇

夹竹桃

小时候读报，曾读过有人拿夹竹桃叶煎水服下以自尽的。知此叶有毒，虽然花亦嫣红可人，我对那两盆夹竹桃始终心存疑虑，远之，也不甚恭敬。

前些年在重庆街头，曾见到路边种有成排的夹竹桃，叶面落满灰尘。当地人说山城原来无此树种，还是战争年月“下江人”带来的，似乎也没有多大兴趣。

又过了几年，到江西一座现代化冶炼厂，见厂区遍植了夹竹桃，花叶扶疏，在清澈洁净的空气中，披着阳光静静地呼吸。人说这种花树能够吸收一切污染的有毒的气体，然后放出清新的气息来。

然则她是把毒素留在自家的叶脉里了。

在我，经过长达半个世纪的误解，才发现了夹竹桃的可敬和可爱。“有心为善，虽善不赏。”夹竹桃的好事却是无意中为之的吧，所以才绝无骄矜，也从不表白。

一九九〇年四月二十一日

水 仙

年节前后，得漳州水仙多头。怪我自以为是，撕剥过苛，许多花蕾枯瘪，想是营养不良。只有刘岚山老人携赠的两头，开花数朵，已是元宵时节了。

这时对杨宪益老人的《自嘲》一诗才觉体会更深切：“清谈夷甫终无用，击鼓祢衡未必佳。差似窗前水仙草，只能长叶不开花。”

题为《自嘲》，当然是“有我之境”。王蒙的《水仙》，则是“无我之境”：“热了便是蒜叶/冷了无异石块/温度适宜/你的魂魄/成了小花朵朵楚楚/瞬间辉煌/矜持漠然/腐烂。”

何其冷峻，似不动情。

而到了一句民间歇后语却又是“有我之境”：“水仙不开花——装洋蒜！”情动于中，勃然变色，不是自嘲，而是讥骂了。

希腊神话中顾影自怜、化为水仙的故事，瓦莱里（梵乐希）有《水仙辞》幽怨有致的诗歌，但西方有中国文化中这么多的隐喻寄托吗？

一九九〇年四月二十二日

柳絮二记

一

北京全城各处的柳絮，好像约定了一样，同时漫天飞舞起来了。

这是今天，一九九〇年四月二十日。中午出门换煤气罐，从大街转入小巷，便见柳絮逐队成球；从柳絮的成阵，纵横旋转，看出东风的顽皮不安分势头。

随后骑车经东单，过呼家楼，至水碓，一路平时不经意有柳树处，都见柳絮出没，如雪如绵，以飘然出世姿态作难舍难离的入世遨游。

回到家里，发际还粘着柳絮。有人从西郊来，说一早开窗，以为飞雪。

物候学真是有趣的学问，物候是个奇妙的现象。感应着同样的地温和气温的缘故吧。

春回草木知。隐隐中有谁发出讯号吗？

去年，我四月十八日离京，满城飞絮未及见，不知是否也在四月二十日。姑将今年柳飞絮记下一笔，待明年再来验证。即小有出入，也不会超过三五天吧。

一九九〇年四月二十日

二

此番作江南江北游，近一个月，只得三个真正的晴天。朋友说，今年倒春寒，你再迟个十天半月来就好了。我并不后悔，清明时节，杏花春雨江南，多少楼台烟雨中，也正是一年好景，可以自慰；只不过打伞过陆游曾住过的杭州孩儿巷口，不见有人卖杏花为憾耳。

心想也许天气跟阴历有关，阳历四月十五日才是阴历三月初一，我的行脚多滞留在早春二月，难怪阴寒。惦着回北京，印证柳絮翻飞的物候。记得去年四月二十日，满城乱絮飞花，当时曾录以备考。也许今年要推迟了。

四月十八日返京，杂事牵身不得出门。今天即二十三日，骑车往社科书店，从东单到建国门一路上，居然又是满眼新绿中柳絮扑脸，依然去年的景象，不过柳絮不如去年多，说不定柳絮是如期而飞的，而我迟了三天。总之前后没有两三日出入。物候竟如二十四节气，按照阳历为准。潮有信，柳絮亦有信。物物皆有信。人而无信，不如物了。

一九九一年四月二十三日

新春忆旧

年、月、日，只不过是把时间的长河划成一个个段落，仿佛挂上一个个顿号、逗号、分号，以至于句号，可以容你暂时驻足，左顾右盼，前思后想一番。比方过年就是这样，尽管并没有一个“年关”，过了关就能松一口气，甚至也未必能“另起一段”；但每一回所谓送旧迎新，都提供一个回顾和前瞻的机会。

都说人老多怀旧。去日苦多的往事，总有一些值得回忆的，普希金不是说么：“一切都是瞬息，一切都会过去，而那过去了的，就会变成亲切的怀念。”重感情者因而有剪不断理还乱的回味，重理智者因而有心平气和和冷静的反思。这样的怀旧都不是坏事，只有一种“恶性的”怀旧，要使河水倒流，车轮倒转，一切现实都不如意，发为诅咒，想要“搅得周天寒彻”，最后难免悻悻而死。

在这一九九二年新春，我又未能免俗地忆旧了。不能一年一年地细数，只是十年为一周期地粗枝大叶屈指算去。

一九五二年的新春，我是在甘肃黄河北岸一个白茨滩乡度过的。全国范围已经从战争状态转入和平时期，朝鲜战争也开始停战谈判，镇反运动高潮过了，土地改革接近尾声。我们在颁发土地证的同时迎接新年，工作队员跟农民一起朦胧地憧憬着机械化和集体化的明天。宝鸡到天水铁路已修成，向往进城做工的农民青年，离家去修天（水）兰（州）铁路了：这是第一个五年计划工业建设揭开序幕的明确的信息。

一九六二年的新春，是在经历了一九五七年反右派斗争、一九五八年大跃进、一九五九年反右倾以后，在三年困难时期快要度过时迎来的。我从劳动场所回城，儿子快满周岁——为了儿子能吃上一块肉，我把食堂菜里的一块肉放进饭盒，给十里外的儿子送去。我很闭塞，不知道“七千人大会”正在召开，但分明感到市场供应有些好转了：这就是普通公民的“福音”。

一九七二年的新春，在河南淮阳市即古陈州的干校里成了三年级小学生。六十年代下半叶“其势如暴风骤雨”的“文革”势头，经一九七一年“九一三”林彪之死而稍刹。虽在异乡过年，但我已从“专政对象”改称“专案对象”，前不久还蒙准探家一次，此刻吃着大伙房的红烧肉，已经颇有满足之感，饭后就躺在床上读《东周列国志》，对照林彪的“政变经”，去想象“熊掌难熟”了。开卷而非“毛选”，几个月前还很难想象。

一九八二年的新春，又在北京度过。远的不说，从七十年代以后，国内政治舞台的多少次各种政治力量的较量角逐，我们都曾身历目睹。八十年代终于开始以改革开放的潮流为标志。朋友们相偕到我家，举杯祝贺我和妻子的银婚。这个新春，我写了《长城》《走遍大地》等抒情长诗。

每一次辞旧岁，迎新春，家人朋友都交换一些朴素的平实的祝愿。事后仔细对照，自己的命运总是随着大流，跟大多数人一样，要么倒霉，要么解放，要么过紧日子，要么宽松了。

前思后想，发现回顾容易前瞻难。谁能准确地预测未来？历史的发展有许多变数，许多偶然性。但是我认定，十年以后，二〇〇二年的中国和世界，会比现在好，比现在进步。你信不信？反正我信。不信，把话搁在这儿，十年以后看！

一九九二年一月

呼吸蓝天

昨天看到上海女作家陈丹燕一篇短文，写慕尼黑的蓝天的。

她说，慕尼黑的蓝天，蓝得可以像天堂一样。那金灿灿的阳光，像厚厚的金色蜂蜜涂在新鲜面包上一样，涂在蓝色的天上。

她说，在假日里，有人在天上玩着飞机，让飞机在蓝天上划出一些雪白的、优美的弧线。远处的Starnberg（施塔恩贝格）湖和Alps（阿尔卑斯）雪山，像图画一样嵌在森林的开阔处。

她就像描出一幅图画，占主要篇幅的是照彻阳光的蓝天。

她说巴伐利亚有着全欧洲最蓝的天空。是不是这样我不知道，我没有去过德国。欧洲我只去过苏联和前南斯拉夫，无从比较。

不过，我在前南斯拉夫写过一首题为《真正的蓝天》的诗。是在亚得里亚海岸的石头城杜布洛夫尼克写的。几个月前听说那里遭到了酷烈的炮火，简直不可想象，我问自己，那景泰蓝一样的蓝天被炮火震碎了吗？隔海相望的是威尼斯，那里的蓝天没有波及吧？

我没有女作家那样细腻的好文笔，我在诗里只是直说“我终于看到真正的蓝天了”，“透明的，蔚蓝的，无边无际的，开诚布公的，笼罩着坚实的陆地和起伏的海水的蓝天”。

这样的蓝天是勾魂摄魄的，也能勾起人的怀乡病。记得戴望舒有一首诗就是这么说的。我说：

只有北京二月初
浮动着风筝的
晴冷的蓝天
能够相比

在这里说的北京，乃是我童年的北京，半个世纪以前的北京。

一九四六年天津《大公报》连载一位学者的《啜晴录》，内容和作者我全都忘记了，我却记住“啜晴”二字，这是面对着晴朗的蓝天的一种可以理解的情怀吧。

我的胸襟不广，没有吞吐宇宙之志；但呼吸蓝天，还是“予所愿也”。

只是北京已不见往昔那样清纯的蓝天了，我住在闹市，不但在路边而且在阳台上，我也几乎从来不敢做深呼吸了。

那一年我到青海去，惊讶于“柴达木之夜，斗大的星，镶满天穹如宝石”，也陶醉于青海湖的一碧深青，我曾写道：保卫柴达木每一条矿脉不受破坏性开采，柴旦湖的硼砂矿至今遗恨斑斑；保卫柴达木每一寸天空不受第一代污染，好让远来者在湖边揽镜：“故乡无此好蓝天。”

故乡无此好蓝天啊。

我出生在北京，在北京生活了六十个年头。我的失去的北京，有许多是无可奈何地不可复得，我也很少去怀想了；唯有蓝天，北京的蓝天，常常回到思念中。

偶尔在难得的夏日豪雨后，长空如洗，或是一夜北风紧，残云一扫而尽，能有短短的时间，让我从长安街上望着青紫可攀的西山，或在石景山古城的楼上，远眺玉泉山塔和北海白塔，重温一下呼吸蓝天的旧梦。

转瞬之间，又埋进汽车尾气和一片乌烟瘴气之中。

前年亚运会的时候，整顿市容，把当作门面的街道两旁的楼房都粉刷了一下，把如水如龙的汽车的排气装置检查了一下。好像这一切都是为了迎接外宾才做的，曲终客散，再无下文。也许要等二〇〇〇年真的在这里举办奥运会时再抓一次吧？如果奥运会申办不成呢，诸多的愿望也都要“跨世纪”吗？

北京人什么时候能够重新呼吸蓝天？

中国人什么时候能够无须再羡慕欧洲的、美洲的或其他国家、地区的人民能够享受蓝天？

一九九二年十一月十九日

梦云游

小时候多寂寞。寂寞就在空庭里看云。平时一看仿佛凝定不动的云，被我看得慢慢远去了。云外有天，天外还有云，想着在这一朵云那一朵云之南之南之南，该就是云南了。

到我一无所知的遥远的云南去，是我第一个云游的梦。

后来读地理，看地图，知道了古郡县的名字，现在省市的位置，铁路的起讫，山脉主峰的海拔，江河的长度，湖泊的面积……

在教室里，斜睨着窗外的云，梦着去跋涉高山、大河、戈壁、草原、森林、海岛。

从“鸡声茅店月，人迹板桥霜”启程。

在几十年的日子里，我的梦一个个实现了。

初冬的黄河中游，羊皮筏子在浪上跳，溅溅黄河水打湿了棉裤。开春时节，冰凌顺流疾驶而下，无声中似过着千军万马。

玉门关曾是春风不度的地方，亮着油矿灯火。古阳关却是千百年西风猎猎，在古董滩没有拾到古董，烽燧台下的黑石片可是烽火烧黑的？

呼伦贝尔走过，锡林郭勒走过，甘肃青海走过，到处“天苍苍，野茫茫，风吹草低……”怪不得考据家争不清哪里是《敕勒歌》的故乡。

倚在长江源头沱沱河的桥栏上，发现长江不语东流，本来无意淘尽千古风流人物。唐古拉山垭口海拔五千三百米，也不想留难过客，飨我以啤酒一杯。

三峡两岸没有猿声，黄果树瀑布没有黄果树，但三峡是我梦中的三峡，黄果树瀑布是我梦中的瀑布。

我梦过我是发配边疆的犯人，我梦过我是历劫生还的迁客。于是在小兴安岭边缘的宁古塔默诵《金缕曲》，在黄庭坚朗吟过的岳阳楼上笑对君山。君山盛产湘妃竹，而我每读《湘君》《湘夫人》，总不信她们会像扬州桥边小妇一样泪渍斑斑。

无论我活着，还是我死去，我都是一只快乐的牛虻。我凭吊饮马长城窟的旧迹，长城是推倒的，不是哭倒的。

巴山夜雨后，嘉陵江水是混浊的。天一放晴，俯瞰又是一带碧玉。而那椰子树下的金黄明沙，透蓝海水，全不似北方的大漠孤烟，江南的乱花浅草；梦眼迷离，是海南的天涯海角，还是太平洋上的夏威夷？

大半生圆了多少云游的梦？除了云游还有别的梦吗？

童年没有梦到不幸，不幸却一个接一个出现。童年梦到的幸福，云游四方还一直没有找到。如说云游就是一种幸运，那么虽有时押解流放，浪迹于大地红尘，也胜似面壁向隅一生了。

寄语少年人，把梦做得好一点！

一九九三年六月二十一日

失车记

我的自行车丢了。没关系，一辆破车，骑了十八九年，早说该换辆新车了，旧的不去，新的不来。

“凤凰18”，买的时候是名牌，轮到一张票也不容易，曾经分外爱惜，骑上不几天，铃盖被偷，还向厂里邮购一个配上。久了就不经心，没好好保养，“私车弄得像公车似的”；这车可没少跟我跑路、办事，同甘共苦，如今再也不得见面了，才觉得有点对不起它。

报案吗？不报。为什么呢？前年女儿丢了一辆新车，心疼，上派出所报了案，没有下文。于是买了辆旧车，不起眼的，寻思没人偷了，谁知去年有一天，下楼发现，只剩半截圈儿锁，剪断了扔在地上。女儿忙，且说报也没用，不去报案。我说不为找车，也该挂个号，让派出所心中有数；可我也忙，就打个电话去，以为说一声就行了，电话里回答干脆：“报案自个儿来！”想想一去就是半天，劳而无功，算了吧。

都说是“社会治安综合治理”任务重，又说是警力不足，凡事总有个轻重缓急嘛，怎么好意思拿丢车这类小事麻烦人？况且，也只听说，破获什么团伙捎带着破了偷摸小案，好像没听说有为一辆自行车立案的。

不怨天，不怨地，就怨自己不注意。这回是我去探望两位耄耋老人，忽然下起小雨，我匆忙取下后架上的书包，摘下座套，跑上楼去，忘了锁车。那怪谁？转念一想，被人偷，表明还有可被偷者，总比一无所有竟要起意去偷的人的处境，略胜一筹——这个想法，我不怕说我阿Q，但不要说我同情鼓励纵容偷盗行为吧。

过去看国内的侦探小说或反特片、警匪片，总觉得不“过瘾”：作案简单，破案也简单。等而下之，偷自行车不过是顺手牵羊而已，不需多高的智商，也不需多高的技术。记得上个世纪的龚自珍在描绘末世景象时说“巷无才偷，市无才驵，薮泽无才盗”，百年以下，教人同声一叹。

报载，有一个银行职员，用电脑作案，不旋踵间贪污数十万元，读后为之一惊。真是“说曹操，曹操就到”，大约可入“才偷”档次的高智能犯罪，已经不止一桩了。

高智能犯罪可以破案，而大量自行车失窃竟不能破案？我想就像我们卫星、火箭能够上天，而热水瓶和马桶漏水长年不能解决一样：是不为也，非不能也。

一九九四年五月七日

一双鞋，又一双鞋

上了火车，安顿下来，文秀又从提包里拿出地图，继续研究为什么会取消鸦雀岭站，以致我们须在当阳换车；我翻一本《金盾》，把湖南打击车匪路霸的“金剑行动”重温一遍，放下心来。就像空难以后一段日子乘飞机最保险，因为必然整顿一番，提高警惕，振奋精神；一次突击性的行动的有效期至少可达半年吧？漏网的车匪路霸也会暂时收敛，偃旗息鼓，休养生息，伺机再来。

倘若正赶上他们气焰嚣张的时候，看那记载，一个个蛮不讲理，还要自称学习贺龙两把菜刀闹革命，岂不叫人哭笑不得又怒不可遏，但即使他只有一把菜刀，而我们赤手空拳，恐怕只落得临阵后悔：没有早做准备，先投师学一手气功绝活，纵不能刀枪不入，也多少闪转腾挪，不至于束手被擒，任人掏包而去。

这么想着，觉得不在车上路上作案，只在销量不大的报刊上打打棍子的“刀笔”们，简直文明多了；所谓打棍子的“棍子”，刀笔之“刀”，若不在非常时期，则不过纸上谈兵罢了，那棍法刀法也乏得很，更是何足道哉！说来还是真刀真枪的车匪路霸需要认真对付。不过，事属突发，千变万化，不好猜度，无从设计，也只能是随机应变，临场发挥了。

车过河北、河南，前半宿无话，半夜准时到达湖北当阳。距转车南下的时刻还有三四个钟头。当阳古城也，早在听诸葛亮唱张飞“当阳桥头一声吼，喝得桥下水倒流”时，就已经闻名并且神往了。可惜在深夜，不便去访古，便围着车站逡巡。这个小站的规模，与当阳的历史声名颇不相称，放眼四望，倒是有点古意，不过古不到三国时期，很像我们五十年代的一些车站。也许因是午夜，车次无多，候车人更少，显出一派破落凄凉。候车室门外悄悄卧着几个人；奇怪人们为什么不到那空荡荡的大厅里睡；有的是空着的长椅，只有三五人稀稀拉拉躺着。我们也选了远远的一角坐下，我和文秀轮流一人看堆儿，一人四处溜达，活动活动腿脚。

通向站台的两扇门，用铅条拴着；玻璃窗脏乎乎的，什么也瞧不见，隔门缝瞄出去，一片暗淡和寂静。真像是古战场，让人怀疑，几小时后会有旅客列车过境吗？

没有别的读物，看看表，再看看列车时刻表。下趟车在当阳停车七分钟，没几个上车的，倒不会挤。可是离列车到站只剩十来分钟了，怎么还不卖票？一定要人为制造紧张，拖到火车快到才卖，等车头喘着气，才放大家一窝蜂跑步挤上车吗？文秀沉不住气，到售票窗口等着。有人也紧跟着排队，好似等候发救济款，翘望开窗，仍无动静。想敲窗，一溜三个窗口，都是窗板紧闭，都是挂了灰蒙蒙的尘土，该敲哪扇窗户呢？仔细一看，最靠里的窗板，虽也是尘土满面，却没有蜘蛛网。对，就对着它敲；仿佛有人开灯，有人起来了，一位刚睡醒的女士开窗了。票刚拿到手，就听到那无比亲切的火车的鸣叫。文秀和我，可能是同时悟到，我们原来认定通往月台的那门，有年月没开了。我提起行包，冲出候车室，奔向三小时前出站的那门口，果然铁门洞开，没人验票，两点之间，直线最短，登上最近的一节车厢。

啊，人不多。从襄阳来的旅客们，分别睡在座席上。我们俩也各占两个座位，半坐半卧，宾至如归。但每过十来分钟，我们都在似睡非睡中，互相关心一下：“还行吗？”“还行。”聊以自慰，又算相濡以沫。然后胳膊或腿稍稍换个角度，私心里十分羡慕那些占上三个座位的，何等地舒展自如啊！

就这么想入非非又知足常乐地蜷曲着，迷迷糊糊的。忽然发现有人走动。停车了，什么站？那边空出了对面两排座，我一个箭步蹿过去，占住了。于是我和文秀每人有了可以放平躺在三个座位上的余裕。在包括我们在内的一阵小小骚动平息之后，我想，终于可以喘一口气了。人是不会知足的，放开手脚，伸直腰身，却觉得双脚上的旅游鞋变成累赘了。困劲上来，懒得解带子，甩下去就是了。

不知过了多长久，又有人来人往，睁眼看表，五点半，就是说，从五点挪到这儿来，才半小时，这半小时可真解乏。盘腿坐起来，又想索性站起来活动活动，探脚下去，再探身下去，鞋没了。看看周围，多数人还在睡，显然比我们要累得多。谁顺手牵羊把鞋拿走了？知道找不回来，心里踏实了，轻轻叫醒文秀，告诉她鞋丢了，她好像觉得是理所当然：“谁叫你脱了的？”

幸亏带着备份的凉鞋，找出来穿上。还是不明白，一双破旅游鞋，在北京扔在大街上都没人捡；这一带虽是贫困山区，至于连鞋都稀罕吗？

于是注意起车上来往的人们的脚。山区人的脚啊！劳动者的脚啊！没人穿草鞋了，代替草鞋的是破旧的塑料镂空凉鞋，还有塑料拖鞋。这种鞋城里人久已不穿了，嫌硬吧，嫌烧脚吧，我还曾以为鞋厂也早不出这种鞋了，想不到还是出了销到山乡里。

可叹的老、少、边、穷……湘西，美好的湘西！

我自己打断了自己的思路。萧红回忆说，鲁迅最反感北京有些人家的墙头埋上玻璃碴子，“怎么能把过路的人都当作贼来防呢？”

我和文秀找到了另外一些话题。我们忘记了一双旅游鞋。

天渐亮了，上车的人慢慢多起来。一个人占两三个座位的格局被打破了。

我们沏茶。我们吃东西。我们望望窗外。时时也瞄一瞄头顶上的行包。我们都睡着的时候，这行包就放在我们之间的小桌底下。没人动它。可见拿鞋的人确只是顺手，并无预谋，也许恰恰因为赶山路，鞋破了，急着换一双，好接着赶路……

我品着茶的时候，我说着话的时候，我向窗外眺望回过头来的时候，看见前排座上立着一个三十来岁瘦瘦的汉子，用冷冷的目光打量。打量我？当我的眼光跟他对视的时候，我也就冷冷地盯住他；我要让他懂得，无缘无故地打量人，即使没有恶意，也是不礼貌行为。不知道是因为我的逼视还是别的缘故，他转过眼光去看别处了。但我以为我有了这样的权利，可以像他刚才那样去打量他。我终于判断他是在整个车厢范围内寻找什么，寻找什么需要站在长椅上而不是站在地上呢？

一个小站，一个小站，旅客越上越多。人声，汗味，已无心品茶、聊天、赏风景。快中午了，车厢更觉闷热。我的眼耳口鼻，正处在一位年轻人的腋下，或说他紧靠在我身边。既是这般亲密无间，就搭讪着说起话来。他是刚刚经过的这个县城的人，高中毕业考上大学，后来又回家乡附近一个国营公司工作，经济效益不算好。不记得怎么一说，他说这车上还有他两个中学的同班。这两个同班同学，都没能考上大学。——一个当了武警，一个当了……小偷。“什么？小偷？”

“嗯，对。”“也在这车上？”“在那边车厢。”“那个当武警的同学呢？”我问。他努努嘴：“那儿……”原来就是站在座椅上扫视的那位，怪不得虽是便装，却还是正正经经的长袖白衬衫，这会儿是坐下了。“他夜里把鞋丢了。”“在哪儿？”“就在这车上。”“我也丢了双旧旅游鞋。”“他丢的是一双新皮鞋。”

我和这位武警同志一板之隔，也许拿我的鞋和他的鞋的是同一人（当然绝不是与他同过学的小偷）。我们都是受害者，至少从我的心里升起了同病相怜的感觉。不过，他对我不会有这种亲切的认同感，因为我丢了鞋没有声张，他不会知道；尽管他可能排除了我作案的嫌疑。谈不上同病“相”怜，我还是对他生出些许同情，他若是穿制服，哪怕睡着，大约也不会出这件事了。

到站。匆忙下车，也没顾上看那位同志是穿什么鞋走的。他的老同学会照顾他的吧。他们的那位“小偷”同学，他一定没见着。从一大早到大晌午，他心眼里的第一号小偷，准就是拿走他的鞋也许同时拿走了我的鞋的人，没错儿。

一九九四年八月二日

答《时代青年》十问

一、你成功的经验和秘诀是什么?

答:我是一个失败者,但每一次失败后,总是迎接新的挑战,准备新的失败。

二、你最喜欢读什么书?

答:喜欢的书很多。说“最”则只有一种,说不上。总之我喜欢读好人写的书,仿佛是结交了一个好人做朋友。坏人写的书也读,不管喜欢不喜欢,因为有读的必要,例如希特勒《我的奋斗》,读之可知坏人要干什么,要怎么干,以及他们如何迷惑众人。

三、你最大的嗜好是什么?

答:纸烟已戒,酒不多喝。有书可读时或粗或细地读读,怕不叫“嗜好”;无书可读时例如在“黑帮队”和干校,则或坐或卧,像一段呆木头,神游天外。我连喝茶这个习惯都是从干校回家,生活比较安定以后才敢“沾染”的,因为在中国并非什么时候什么地方都允许你有所谓嗜好,没条件讲嗜好而有嗜好,不是平添痛苦吗?

四、你最大的烦恼是什么?

答：想做的事不能做或劳而无功：眼看着冤狱却不能伸张正义，眼看着人民疾苦和腐败蔓延而无能为力，只不过说几句真话，却又不得发表。

五、你是怎样看待金钱和名利的?

答：有多少钱过多少钱的日子。不义之财不苟取——这是说的便宜话，因为并没有任何一笔不义之财摆在那儿考验我。但如何不使我们劳动的所应得部分沦为某些人的不义之财呢?

六、你是如何处理周围人际关系的?

答：待人以诚，不设防。毛泽东说干部和群众的百分之九十五以上是好的和比较好的。在我周围，人不过百,百分之百都是好人，我以为。

七、你向往什么样的生活?

答：我向往《中华人民共和国宪法》许诺给我们的各项公民权利不受任何侵犯和干扰的生活。

八、你喜欢和什么样的异性相处?

答：无论异性或同性，我喜欢和平等待我的人相处，和善良而没有机心的人相处，和明白人相处，以匡正我的糊涂——“宁和明白人打一架，不和糊涂人说句话”，如果打一架后可以更明白的话。

九、你最喜欢的座右铭是什么?

答：对我起过作用的话很多，但没有哪一句我曾有意识地悬诸座右。只是每逢被置之死地时，我都想起鲁迅说过的，“名列于该杀之林则可，悬梁服毒，是不来的”，给了我以冷静的鼓励。我至今也弄不清这句话主要是教给我怎样面对死亡，还是怎样面对生活。我不愿向青年朋友推荐这句话作座右铭，因为它似乎只属于弥漫着乖戾之气而使无辜者随时可遭杀身之祸的时代。

十、请你对想成名的人说几句话。

名有多种。有令名（就是好名声），也有恶名。晋代桓温说，“不能流芳百世，亦当遗臭万年”，想成名想留名想疯了，“迷症”了，不怕臭名远扬。

其实世上多虚名，所谓“盛名之下，其实难副”，被人戳穿，好不尴尬。

不务虚名，实实在在地工作，也许会“实至名归”，人们掂量掂量，觉得不羼假。比方干部干出政绩，人民群众交口称赞，此之谓“政声好”。即使影响只及于一乡一镇，一县一厂，不是也胜于大而无当的虚名（更不必说是臭名恶名了）吗?

想要成名，首先要爱惜自己的名誉。

一九九五年九月十三日

偶然遭遇

在一九九五年十月十四日164次列车的加车上，我和韩羽、阎纲、周政保一起从洛阳上车，过了郑州，天傍黑了。我在靠窗的小座上吃了晚饭，就凑到13、14两号的下铺去听韩羽神聊。这是旅途最大的享受，因为领略的不是车窗闪过的不断重复的风光，而是异彩纷呈、变化多端的众生相、浮世绘。沉湎其中，不觉车外的夜色混沌；新乡停过，向邯郸进发，天已大黑了。

突然，嘭的一声巨响，又是哗啦哗啦，地面溅满一片碎玻璃块，速效感冒胶囊那般大小。我还正想谁的玻璃杯砸碎了怎么能撒得这么均匀，周政保噌地起立，从地上那块拳头大的石块，就判断是有人用它砸破了窗户，三步两步去找列车员。我这才站起来，一看11、12两号的那扇窗玻璃，打出二号钢精锅口大小的一个洞。石块从列车前进方向迎面砍来，所以碎玻璃大概是先打在12号下铺旁边的隔板上，再折射落地的。

12号下铺上躺着休息的旅客，就是跟我调换了铺位的中年妇女，她傻在那里，半晌才起来抖落毯子上的碎玻璃碴，幸好只在指头上擦破一点皮。与她同行的两位老人这才从突然的意外醒过味来，庆幸大人和两个孩子“没事”。我找出“创可贴”给那妇女，这也才庆幸自己把这铺位让给了她，让的时候还真有点不大情愿。若不是把这个铺位换出去，哪能刚吃完就躺下呢？我肯定还坐在12号下铺上，面朝列车前进方向，好啦，轰的一声，不来个满脸花才怪，还找不着是谁干的！

两位女列车员来了，帮助把双层玻璃放下（如果当时就放着双层玻璃，不知道能减弱一些石块的力量否）。乘警跟着也来了，说："哦，又砸了一块！"看来这不是头一回了，但谁也没顾上问什么。

一次偶然的"遭遇"过去了；一次有惊无险的"事件"平息了。

我记得在家乡萧山的《湘湖》上读过一篇纪实文学，说在一九四九年或一九五〇年，有一回毛泽东的专列经过县境，突然一块石头飞来打破了一块窗玻璃。这还了得！于是成立专案组，限期破案。专案组长是当时任浙江省公安厅长，八十年代一度任国家公安部长的王芳。经发动群众，调查研究，最后查明是几个农民在路边休息，抛石取乐。共和国的初期，处理这一问题，还没有像后来那样无限上纲，实事求是地发落了。

我们遇到的这一次，天已入夜，不像是虽也属于无知胡闹，但还可以理解的"抛石比赛"了。看那石块，就是路基上捡来的。那么，这路边的即兴发挥者是什么人，又是出于什么动机呢？

在某个文摘报上读到过，向列车扔石头的事已在全国发生不止一起两起。到底是为什么？我想，想不明白。好在铁路工作者、公安工作者，以及社会学家们都会想这个事吧。

一九九五年十月二十三日

锣鼓与鞭炮

这一回从十二月下旬耶稣的“圣诞节”开始，经过一个一月，大半个二月，到二月十九日的春节，也就是旧历年，然后延伸到旧历正月十五元宵节，整个两个多月时间，我们都笼罩在年节的气氛当中。

谢天谢地，北京总算禁止放鞭炮了，天冷，每晚街头扭秧歌的锣鼓也稀稀落落了。

回想从前过年，“姑娘要花，小子要炮”，“敲锣打鼓真热闹”，锣鼓鞭炮是天经地义少不了的。缺了这两样儿，童年的新春还会有声有色吗？

那时候，除非听戏，要么门前抬轿过娶媳妇的，平常听不到大锣大鼓，串胡同的打糖锣，耍猴的圈场子，那几声锣鼓不过瘾，没法让人想象擂鼓三通、冲锋陷阵的威武雄壮，或是落日下鸣金收兵的苍凉。所以哪怕是大男人搽老厚的铅粉化妆为小媳妇，跑旱船踩高跷，锣鼓一响，也吸引得满街筒子的人。从腊月二十三祭灶起，大年三十，初五破门，直到元宵，都是法定可以也应该放鞭炮的正日子。二踢脚劈啪两声，炮打灯不光听响，至不济放一把“耗子屎”，看它吱吱擦着地皮窜来窜去。没有见过大世面的孩子，有限的天地间，这也就足够快活一阵了。

后来下过乡，见识过送参军，庆土改，迎解放，大锣大鼓震天响，火树银花不夜天……我还设想过给一本收有旧日习作的小书起名叫《锣鼓与鞭炮》。可见我对这两样与中国传统风俗密切难分的物件，不但不厌烦，且有着千丝万缕的怀旧之情。

简直不知从什么时候起，我真的厌恶起锣鼓和鞭炮了。前几年还写过一篇小文叫《反打击乐》，已经预告了我对这两年街头才出现的秧歌锣鼓的感情，尽管我很理解街头秧歌队老年人的处境，这多半是些退休职工，他们需要有一些融健身、交谊和娱乐于一体的活动，而场地和项目又不容他们有更多的选择，怎么办？我也只好抱着跟当年全然不同的心情，耐心听着节奏熟悉的锣鼓点儿在耳边聒噪。

记忆中的锣鼓和鞭炮却还隐约在远处，烘托着朦胧的怀旧的情思。

怀旧是一种奇怪的心理。我拒绝现实生活里的锣鼓和鞭炮，甚至不惜以苛刻的言语诅咒它。但陈年的、“老老年”的锣鼓鞭炮，若即若离地向今天的我传递着凄凉的温馨。——是因为时间筛掉了它那使人难耐的吵闹、节日的疲劳和种种不愉快的感觉，还是它变成了，不，它升华为值得追怀的某些往事、某种气氛的符号？

记忆中的锣鼓和鞭炮，不是今天实际生活里的锣鼓和鞭炮，甚至也不是三十年代、四十年代我的童年那现实中的锣鼓和鞭炮了。看来所有的怀旧都碰到这样的问题。好在我回忆儿时过年的光景，连同那锣鼓和鞭炮，并不伴随着让社会回到三十年代、四十年代去的念头。

有些怀旧的人想“回到五十年代”。五十年代我也曾痴迷地写到当时“锣鼓喧天，鞭炮齐鸣，是攻打冬宫的大炮的回声”，在五十年代的旷野上我也倾听过火炽狂热的锣鼓声和鞭炮声由远而近，庆祝人民公社化快步实现，然而不久，大饥馑的灾难就降临到亿万人的头上了。至今思之黯然。

一九九五年十二月三十日

《明天比昨天更长久》序

我在一九八二年过第五十个生日的时候，曾经为那一年诞生的中国孩子祝福，祝福这一千万“无邪的婴儿，大地的新客”将对生活、幸福、理想、青春……作出自己的选择。我这样写道：

不要问
再也没有狂欢节了吗
地球上的后来者
应有更好的命运

我也不怕告诉你们
历史的坎坷和曲折
关于饥寒
关于囚禁
关于刑场上的婚礼
关于无名烈士坟
关于未来的半个世纪
还会有的颠簸与艰辛

但你们仍将理直气壮地
来到这个世界上
浑身沾着血迹
脐带联着母亲
大声叫喊啼哭
充满自尊自信
你们有你们
天生的权利和义务
既不会后退
也不会徘徊不进

那年诞生的孩子，今年将过第十五个生日，而在新旧世纪交替之际，他们就都是二十岁上下的青年了。对于他们和他们的兄弟姐妹，我现在要说的，还是这些话，我祝福他们在人生的长路上能够走出误区，走出困境，走向新世纪的狂欢节。

吉林人民出版社推出这套“寄语青年丛书”；面对年轻的朋友，这本小书却不想灌输什么教义和训诫，而要尽可能袒露我自己，一个像我这样的人所体验的人生。每一个个体生命都存在于特定的时空条件下，经历不能重复，体验却是可以沟通的。

在我年轻的时候，比方四十年代末，我开始睁大眼睛看世界，同时把自己的喜怒哀乐跟周围的世界联系起来，有了自己的爱憎，设想自己的未来。这些呈现在当时涂写的诗行里，虽然稚拙，然而真实。在诗集《献给历史的情歌》里我曾把这些少作题为“挑战与追求”，从中的确可以看到我挑战的是什么，追求的又是什么。[1]

我一直相信，一个人的基本走向，大体上在十几岁就已决定了。至少我在十几岁时形成的价值观念、思想方法和感情倾向，影响我一生（或者截至目前，说是大半生吧），这种影响包括它的正面和负面。例如我在一九四八年写的一首诗《蜕》，以蝉的口吻说："我望见/蚂蚁底队伍在发动/我听见/他们底声音飘在旗帜上——或者和我们同行/或者死！"这显然是个左倾的口号；我并没有机会直接师承三十年代的关门主义和冒险主义，然而内因必定是我思想上好走极端和情绪上趋于狂热，加上表现为优越感的幼稚病，留下了这个可怕的历史烙印。这是在自己长期被视同异类、置之死地以后，由己及人，才感悟出来的。

这本小书的大部分篇幅，是八十年代所写的近百篇随笔——或称杂文。整个八十年代是反思的年代，我自己也在新旧体制的变革、各种思潮的撞击之间，学习独立思考，重新认识自己，认识社会。这批杂文记录下了这个思考和认识的过程，连同这一过程中的困惑和苦恼。无疑的，它们也跟前面的诗作一样，带着几乎不可避免也无须掩盖的历史局限。

全中国和全人类一样，每一天、每一时都处在对自然和社会、历史和现实的集体认识与集体再认识的过程之中。过时的会得到更新，褊狭的会得到补充，错误的会得到纠正。对我的杂文中的具体观点，希望年轻的朋友阅读时也能持一种批判的眼光。

---

① 《明天比昨天更长久》一书初编时，收入了一部分早年的诗作。后来出版社调整篇目，建议抽去。序言是先写的，就未改动。又，据责编相告，美工设计封面时，决定整套丛书书名统一以七个字为限，故出版时已成《明天比昨天长久》云。

方成全凭印象勾勒出我手拿自己短诗的漫画像，“啊，透明的心！”是我写阳朔“透明的山，透明的水”诗中的一句

从“短诗卷”中早年之作到后来的“随笔卷”中的杂文，经历了四十年的风风雨雨。四十年间，比起更多饱尝苦难的人们，我所栉沐的，还说不上是多么大多么凶猛的狂风暴雨，正如我在一首绝句中写的：“人间忧患诚如海，沾丐吾身未一瓢。”我走过的道路有起有落，有平坦有坎坷，有顺境有逆境，那上升、平坦和顺利未必值得夸耀和自慰，但坎坷则磨砺了我的意志，促使我较清醒地面对人生，面对世界，面对各式各样的人；比起众多陷身于不幸的人来，我遇到的逆境简直算不得什么，尽管如此，也还足以让我说一句：人生的逆境是我的大学。

年轻的读者对照我早年的诗和后来的杂文，可以发现其中不变的是对生活的执着的热爱，增添了的是一些理性的思考，以及对于人的社会责任的更强烈的自觉，这就是人生逆境这所大学给予我的恩赐。因为正是在逆境里，我才真正体会到：“当历史蒙羞，人民蒙难，祖国蒙尘，我不指望个人有更好的命运。”我已做过无谓的牺牲，我绝不会再提倡无谓的牺牲。我在《送给你一支青春的歌》一文里，又一次引用了屠格涅夫的散文诗《门槛》，那里洋溢着悲壮的献身精神，不但曾使年轻的我渴望着步其后尘，几十年后，今天的我依然受到震撼。这一切，不就是为了我们的近亲和“远亲”都能享有自由幸福的生活吗？

是的，如果问我最想要向青年说什么，那就是让生活更美好，让我爱的人们和爱我的人们都能生活得更快乐，让我和大家都更健康、更合理地做人。为了这样的理想，我们应该做些什么？天地间的美好是没有止境的，人们的理想就像地平线，它永远悬在遥远的前方，走啊走啊走也走不到，但它招引着我们在没有尽头的征途上一步一步地前行。对于每一个体来说，人生只有一次。

是不是从年轻的时候就该想想，我要怎样度过自己难再的青春和宝贵的一生呢？

在一九八二年，四川省峨边县一个刚从中学毕业的女孩子，写信告诉我，由于受到一些挫折，她原想结束自己的生命，但无意中读到我写的《麻雀篇》，那被围剿的麻雀为了爱而顽强地挣扎，终于活下来并保护了幼雏的故事，感动了她，于是放弃了轻生的念头。一个青春的生命的浪花，回到后浪推前浪的长江大河中来，继续跳跃前进了。对我这样以写作来尽自己的社会职责的人，还有什么比这更高更使我欣慰的奖赏呢？

当然，绝不仅仅是在不要轻生的意义上，我呼唤：珍惜生命，热爱生活吧！

“假如生活重新开头”，让我重获一次青春，我想我还会像你们看到的这样走下去。不过，跟年轻的朋友在一起，辨识过前人的脚印，开阔了自己的视野，也许会稍稍聪明一些。

年轻的朋友，我爱你们，并祝福你们：“明天比昨天更长久！”

一九九六年一月三十一日

《邵燕祥文抄》总序

一九八二年初，写过一首小诗《银婚》，开头说：

不知不觉，我们走过了
短暂又漫长的四分之一世纪
太平洋西岸冲积平原上
两只小小的会说话的蚂蚁

结尾说：

我们还将像一对蚂蚁
出入生活中，出入梦里
一条小路蜿蜒到灯前
伸展进儿女的记忆

最后这个意象来自“秋晚莼鲈江上，夜深儿女灯前”，这搅拌着乡情与亲情的词句，从小就深藏在我心中，透出一脉凄清中的温暖。

还有另一句“日暮狐狸眠冢上，夜深儿女笑灯前”，却似有几分凄厉，几分怨怼，几分针砭。其实只要儿女们能在灯前笑语，即便狐狸眠于冢上，又有什么想不开的？

转眼又是一十五年过去，当年来东南郊寒舍小聚的老友，有的在病床，有的在远方，或忙于各自的生计，都不复是刚刚“粉碎四人帮”时候的心境了吧。

结婚四十年，在“银婚”与“金婚”之间，仿佛有“红宝石婚”的说法。这种洋风俗，如同“圣诞节”“情人节”之类，对于我们来说，既不必趋之若赶时髦，也无须谥为“殖民文化”，所谓无可无不可是也。姑用其说，好玩而已。

时间是永恒的主题。岁月于人，道是无情却有情，道是有情却无情。回首四十年前，一九五六年冬，我和谢文秀还没结婚，我竟在黑山扈的解放军胸科医院，替她在开胸大手术的“保证书”上签了名，是何等地冒失！倘若手术或愈后稍有差池，她家人要人，我找谁去？四十年后想起来，才感到后怕。

好在，上帝保佑，手术顺利，出院半个多月就下了床，又不到一个月，我们就在一九五七年一月底结婚了。那时的情景，包括串商店买书架等等，我一切记得清清楚楚，如在眼前。接着，那个不平常的春天来到了，然后是清清楚楚或浑浑噩噩地过了四十年，不可弥补的、不可重复的、无可替代的四十年。多少个“不平常的春天”啊！

这四十年留下些什么？没有金，没有银，也没有红宝石。单有些个旧书故纸。

八十年代以来，我们重新有了新书架，有了架上书，有的我爱看她不爱看，有的她爱看我没兴趣，也有我们两人能共赏的；

甚至借来限期归还的奇书，能拆开看的就拆开看，不能拆的则分日夜班，歇人不歇书。

这些年，我自己也出版了一些诗集、一些杂文随笔小册，她于新诗不暇一顾，杂文则常是我的第一个读者；她兴来时也写一点儿，但从小外孙女一百天到三周岁，她悉心照顾，搁笔三年。我写的东西，有我自己的感悟，也有的其实来自我们的闲谈，好在她并不计较我的“侵权”。尤其是她不再上班这七八年，朝朝暮暮，话题不少，我的笔下掠美事多，真也难分彼此了。

我觉得用“红宝石”来称呼结婚四十周年挺好；不管它使人联想到的是宝石的晶莹和坚硬，还是联想到如血的殷红。我本来很想把这部书叫《红宝石集》的。它是时间的纪念，历史的纪念，也是我们这一段生活的纪念。不过书名叫什么都无所谓。四十年来，我们所有的人循着共同的命运和各自的命运走到今天，真不容易。在我们纪念自己过去的四十年时，这部书就算我们送给当代读者的一份礼物吧。

是为序。

一九九六年十二月七日

答韩国《现代文学》问

一、你如何用简短的话描述二十世纪的特点？

战乱多于和平，忧患多于欢乐。因为暴力往往取代理性，强权必定践踏人权。

二、你怎样简略展望新的千年？

人类仍将通过种种灾难性的处境而艰难地前进：人口和环境问题仍将威胁着人类社会的生存和发展，民族的、宗教的和其他的矛盾仍将困扰着人们，包括恐怖组织活动在内的暴力倾向仍将长期恶化着人际关系和国际关系。

三、你认为过去的这个世纪五部最有价值的文学作品是哪些？

鲁迅《阿Q正传》，T.S.艾略特《荒原》，肖洛霍夫《静静的顿河》，海明威《老人与海》；另有一部留给我未曾阅读的书目。

四、作家通常比别人更爱用一些词汇，你能否举出你比别人更爱用的十个词？

人难自知。这样的问题有待于用计算机进行统计。

二〇〇三年秋，我去香港参加关于巴金的研讨会，于会外会晤《大公报》资深编审马文通先生。

一九八八年，香港大公报社社长、老文化人杨奇向内地牧惠、舒展和我等约稿。我在刊出《论贪污与反贪污》后，遂源源供稿。之后十几年间，组诗《五十弦》和一些新旧体散杂诗作，以及大量杂文随笔，都由马文通经手在《文学周刊》和《小公园》副刊刊出，有不少是首发。

马文通是专研苏俄文学的学者，他乐此不疲，锲而不舍，退休后还常有这方面的文章在内地发表。

五、随着通讯技术和全球化的发展，你如何认识文学的作用的变化？

流行文学将在消费文化的层面上急剧发展，有时甚至形成泛滥之势。但冲击、震撼以至拷打灵魂的文学作品仍将出现，不以数量取胜。

六、鉴于英语在当今世界的优势，你认为会不会对你的文学活动产生影响？

有人说诗是不可翻译的；我则认为鲁迅风格的中国杂文更是无法翻译。我恰恰是这类杂文的作者，我以母语写作，献给母语的读者。

七、人们争论大学对文学产生着重要影响，你如何看待它们对文学的积极或消极的影响？

在中国也许与其他国家不尽相同。因为大学远未普及。而我以为新一代的作家，应该具有大学以上的知识结构。不过一个真正作家的诞生，主要取决于他的生活阅历和由此磨炼出的感悟能力、认知能力、思维能力。

大学文科可以直接产生的，是从事古典和现代文学研究、从事文学理论批评的学者，却也会产生某些学院式的、教条式的学风。

八、你最著名的文学作品是什么？如有可能能否请你摘录一行或一段最能体现你的文学作品性质（特点）的文字？问题的目的是使韩国读者至少能关心你的写作。

五十年代以《到远方去》为代表的组诗在当时有广泛的影响；八十年代是《长城》《我是谁》等抒情长诗；九十年代是组诗《五十弦》。

八十年代转入社会批判和文化批判的杂文写作，有《邵燕祥文抄》三卷出版，即《史外说史》《人间说人》《梦边说梦》。

我写过一句诗：

明天比昨天更长久！

在容易令人失望甚至濒于绝望的岁月里，我仍愿与读者共享希望。

九、你认为文学在新的千年里将如何发展，即走向如何？

在不同的地域，情况各不相同。

如在极权主义下，人们将曲折地表现对人性复归、对自由和人权的呼唤；而在逐步摆脱了精神枷锁的过程中，文学将呈多元化的趋势。

在任何社会，文学的发展在总体上都是钟摆式的。

十、在二十世纪开端之际，尼采说上帝死了，你认为在新的千年有无可与之比较的一种形而上的说法？

尼采也死了，这样的话不知将由谁说出来。

在中国，乌托邦已破碎，但我们还是要——把梦做得好一点。

十一、请补充你想说的别的话。

我本想说，我要说的话都在我的书里，但我刚刚说过，诗，尤其是中国的杂文是无法翻译的，我不奢望操另外母语的读者，能真正透彻地读懂我的杂文。真的遗憾极了！

一九九九年八月一日

第八辑

落叶也非无情物

落叶之思

第二场雪过后，满城落叶，几乎所有的人行道都覆盖了，有的扫到路边的树池子里，就像给残雪加上一层被，让它慢慢融化、渗透，保护着干燥土地的墒情。

那曾经的夏天，繁华而热烈，这些树叶发出油绿的光彩，默默地起着光合作用，又如伞如盖遮着荫凉。但终于有一天成为落叶。年年如此，代代如此。

今年这一年里，像落叶一样飘逝的人，真是何止万千。与我有些过从的，前辈有吴祖光、李慎之，同辈有诗友公刘、孙静轩，到了九月秋风起时，又有两位跟我的人生道路紧密相关的师长去世：严辰和梅益。

五十五年前《人民文学》创刊之初，负责诗稿编审的严辰和吕剑，大概看了我那一两年全部的新诗习作。我是每有所作，便寄给他们。起初不知道编者是谁，只是认为这个杂志办得严肃大方，服膺其权威；他们虽不是每稿必复，但退稿时总是附有认真的意见，最后钤一枚编辑部印章。其实，我只是一九五〇年初和一九五二年秋在那里发过两首诗，编辑部在我身上“投资”可谓大矣。其间，一九五〇年十一月间，严辰给我写信约见，我才得知这两位耐心的编辑的姓名。那次见面，严辰让我自己选编一本诗集，他审定后介绍出版，这就是华东人民出版社一九五一年出的《歌唱北京城》。

将近三十年后，一九七八年，严辰任《诗刊》主编时，提名调我来编辑部工作，这样，我在他直接领导下干了几年。他是一九八四年离休的，不久我也离开了编务岗位。那几年的《诗刊》，可以说主要做了两件事，一是迎接众多被迫离开诗坛的诗人“归来”，像穆旦的诗稿就是严辰从陈瘦竹教授处拿到的；一是扶持新生力量“登场”，还在举办“青春诗会”前，他就多次提议开辟“新人新作小辑”之类的栏目。我到《诗刊》之前，他就向我询问过“文革”期间“地下诗坛”的诗人（当时我所知也很有限），后来《诗刊》最早从民办刊物上选发舒婷、北岛等的作品，跟他的开明是分不开的。

严辰生于一九一四年十二月十一日，“过九不过十”，一九九三年这一天，我和邹荻帆、吴家瑾到他安定门的新居，去参加他的家宴，为老人祝八十大寿，那时，夫人逯斐还在，一家三代人其乐融融，现在看那天的照片，还能感受到温暖的气氛，老严辰坐在中间，明显地发福了。他离休后，读书不辍，还整理出版了一本诗集《严辰新诗六十年》。谁知在一九九七年一场大病，就从一般的记忆力衰退发展到基本失忆的状态。每次去看他，他还记得我，但总是问：“你还在诗刊上班吗？”答以我早离开，一会儿，他又重复问同一个问题。不过，一次我告别时，他突然说：“你还来看我这个大傻瓜！”这表明他一点不“傻”。是的，每年新春，吕剑和我，可能还有别人，都会收到他寄来的贺卡，地址是女儿写的，而关键词和签名是他亲笔，字迹照样浑厚，一点也不颤抖。

一九八〇年初，我与前辈诗人及恩师严辰（右一）、公木（左一）合影

所以他的女儿严星跟我们约定，今年十二月十一日给老人过九十大寿！

但是没等到这一天。

我在今年九月十二日去协和医院太平间向严辰告别。紧接着九月十三日就听到梅益的噩耗。

我常说，梅益是我的第一个上级。其实，我一九四九年六月一日到北平新华广播电台（中央人民广播电台前身）报到时，是个小萝卜头，除了一起调来的同学，应该说谁都是我的上级，不过，在编辑部的领导中，梅益是一把手。当时的电台，加上还在一个院里办公的市台，一共一百多号人，上级下级没有隔阂，我们这样最基层的新来者，也能感到来自梅益的关注。这些不多说了。

我在一九五七年在劫难逃地落入右派另册，梅益，还有其他的领导，都曾有意保我，但时耶命耶，毕竟还有想把我打下去的人手，得到了当时的案例依据和体制支持。这些也不说了。只说我在黄骅农场劳动改造的时候，一九五九年十月，忽然听到广播局有两个摘掉右派帽子的名额，其中一个是我。我，真的“改造好了”吗？天知道。此中原委，我一直没有打听过。但从我对国情的了解，我相信在讨论第一批摘帽名单时，作为一把手的梅益，他的意向会是有决定性的。

在领导层里，在干部和群众之间，一个独当一面的领导干部，特别是一个干练果断的干部，总是会有人拥护有人反对的。这里的恩恩怨怨是是非非，虽说自有公论，其实很难定于一是。从我私人的角度看，梅益于我，如同严辰于我，使我不能不有知遇之感，也许这会被人讥为陈腐，但我并不讳言。抛开这一层不说，我对梅益总的评价，也是功大于过；别的不说，他团结有关人员，几乎是白手起家地建成了覆盖全国并面向世界的广播电台体系，又开创了我国电视事业的最初规模，这是明摆着的，何况他还有着人格的魅力，这些不但在五十年来与他共事的人那里得到验证，而且，从他五十年前在南京中共代表团时联系过的谢蔚明、王孚庆等老记者那里听了“口碑”。

梅益生于一九一三年十二月二日，他没能赶上过他的九十周岁生日。但去年元宵节后，我们一些“老广播”相聚，祝贺他的九十大寿，也是“过九不过十”吧，至今展示当时的照片，梅益笑逐颜开。人越老，越珍重亲情、友情，该算是一条规律。

在他们这些前辈面前，我何敢称老，但也难逃这个规律；我发现自己比过去更加怀念多年的师友，想起他们的好处，哪怕他们已故，却仿佛就在眼前。虽说幽明永隔，但历久弥深的情谊应是超越生死的。

二〇〇三年十一月二十八日

诗之草

小时候，有一次同时借到两本诗集，臧克家的《十年诗选》和卞之琳的《十年诗草》。那时候觉得“十年”是很长很长的一段日子，是一段遥远的过去；而“诗草”二字，更让我眼前一亮，仿佛这不是指的草率、潦草以至“草稿”“草创”之“草”，而就指的是“芳草碧连天”的草。

“长亭外，古道边，芳草碧连天”，是李叔同填的词，同一首外来曲调，另有人填过“红叶落，黄花谢，冷落清秋节”，也带着古典的诗味，但不知怎么，没有唱开。

我哼这首送别的歌，眼前省略了晚风、柳条、笛声、浊酒，只见一条纵向的古道伸向苍茫远方，遥远的地平线如一条横向的黄金分割线，其上是蔚蓝的长天，其下是无边的碧草，天地之间，谁送谁呢，谁将目送谁走向天之涯、地之角？

在我眼前，没有“夕阳山外山”，那该是在行行重行行之后，在另一幅画里，倦旅歇脚在店家门前看到的，预示着走不尽的无限关山。

连天的草，在柳永那里唱作“天黏衰草”，是不是南方的语音？而在我心目中，始终是在北方原上，就像少年白居易稿本开头写的

“离离原上草”：

远芳侵古道，晴翠接荒城。又送王孙去，萋萋满别情。

一样是晴空下绿得发光的草，让背着行囊的过客，也闻到了阳光晒暖的野草的清香。管他王孙不王孙，走在路上就是远行人。满眼是青草萋萋，满心是“离恨恰如春草，渐行渐远还生”，因此，说“萋萋满别情”，犹如说“心里像长了草”一样吧。

不是有意地寻找，而是无心地邂逅，读诗，总是遇见诗中的草，冰心啊，康白情啊，真是“小草在前”；古典的诗歌，更是不期而遇，“青青河畔草”啊，“草色遥看近却无”啊，“细草微风岸”啊，真是“天涯何处无芳草”！穷困潦倒的诗人，一肩行李，披星戴月，但不愁没有道旁河边原上的野草为伴。

没有草，就没有诗歌。草是迁客骚人除诗以外，仅有的无主的财富了吧。

在一九四三或一九四四年寒假里，围炉夜读，我的心随着一个陌生的诗人——戴叔伦飞向边外：

边草，边草，边草尽来兵老。山南山北雪晴，千里万里月明。明月，明月，胡笳一声愁绝。

想见迤逦边墙下，除去呼叫“行不得也哥哥”的鹧鸪，唯有千里暮云笼罩的平芜草野是有生命的，能够以无数尖尖的耳朵倾听征夫的叹息。

被诗人称为边草的，给了远戍边关的士卒们，是拉长了的牵

因湖南诗人胡遐之推介，我随他去衡东县拜晤诗家董月华，老人著有《西溪诗草》，状民间疾苦似得老杜真传。乃写诗以赠："天闲地扃一诗囚，只为情多不自由"，云云。我与饱经苦难的老诗人合影挂？是铺开来的向往？也许是互相默契的慰藉？

诗词读的多了，渐渐发现，遍地的青草往往只有一个共名：春草，秋草，芳草……倒是早年的《诗经》《楚辞》里能找到些植物学上具体的草名。

屈原以芳草美人比喻忠良，不过他说的芳草，兰啊，蕙啊，在今天都被人叫作花，不算草，即使像兰花又叫兰草，毕竟也是家花，不是野草了。而屈原那时候看成恶草的，如萧，如艾，大体上是今天的艾蒿一类吧，多年来用它驱蚊，用它避邪，那蒿草点燃发出的气味，我也感到是一种野性的香。屈原依自己的直觉，把草味分了高低，那标准怕是过苛，至于用这些草代指恶人，更是没来由的事了。

词牌里有个“踏莎行”，引起过我的注意，看到它，总有一种软茸茸的质感，不像踩在干枯落叶上那么吱吱作响吧？甚至因此认为把（William）Shakespeare译作“莎士比亚”，确比“沙士比亚”强，强在哪里？有个草字头！

但我其实一直不知道莎草什么样。直到有一天查字典，原来古色古香的“莎”就是俗称的“三棱草”，竟然是我怠慢了多年的老相识。我在黄骅农场劳动的时候，常年泡在水稻田里，从二三月刚一化冻，春寒料峭，就光脚下田，带水耙地；那时候经年的草籽就藏下身来，它们会抢先在秧苗前面露头，从此天下无宁日矣，所谓“三夏”季节，主要的农活集中为锄草。有两种草天天打交道，一是芦根，不知不觉地从泥土深处串过来，可以叫盘根错节，很难斩草除根，它的生命力旺盛着呢；再一种生命力旺盛的，就数“三棱（子）草”，茎状三棱，蹿高益壮，绿白相间，似葱而坚韧过之，有弹性，只能用手拧住，使劲拔，它的根不太深，拔出来团成一团，深深地塞进泥里去。

每一“丘”也就是每一方稻田里都有三棱草，尤其是在一丘的四角，边边沿沿，我想是平地的时候水把草籽冲过去的吧。这个“丘”字作为田亩的单位，似是古义，那时也顾不上查考；我想，即使那时候有人告诉我，你拔去的一棵棵出头的三棱草，就是诗意盎然的“莎”，我大约也还是只能把它连同诗意一起拔掉。

离开了稻田，莎草不仅不是恶草，在适于欣赏“闲花草”的环境里，它的审美意义就突出了。我不知道它有没有药用价值，如果有，说不定还会担上毒草的罪名呢。不少人听了毒草就怕，我不怕，我写下的文字在一段莫名的岁月里都被说成是毒草，我能怕我自己写的小诗？

世上有花又有草，花有茎叶，草有花朵，不同的是花有木本和草本，草呢，通通是草本，且多的是一年生，但生生不已，代代相传，人们有时候也忘了每一棵草的纲目种属，只见一片茸茸绿草如茵，碧波荡漾如海，笼统地叫一个字：草。

诗也是这样，远远看去，都是一个诗字，蹲下来瞧，有百花又有百草。悲观的人说“草木一秋”，却看不到满世界的“青草年年绿”，全不管“王孙归不归”！乐观的人看到，一代代烧荒的人消失了，而“野火烧不尽，春风吹又生”。

诗离不开花，也离不开草；诗中有花，诗中有草。

就让我和我的作品索性也成为“诗之草”，不好吗？

二〇〇五年一月二十九日

古老的枣　年青的枣

“十一”前我在《北京青年报》上看到黄骅市市长陈西峰到紫禁城“卖枣”的图片新闻，一时也说不清这是黄骅的创举，还是紫禁城的创举？

不到一个月，我有了一个重访黄骅的机缘。第一个早晨朋友就带我上古贡枣园，黄骅是冬枣的原产地，这个叫聚馆的村庄集中了一百九十八棵仍在结枣的古树，可以说是冬枣的老家。到这儿我才知道，这个冬枣，五六百年前明孝宗弘治年间封为贡枣，那时就进过紫禁城了。

近半个世纪前，我在黄骅的中捷友谊农场劳动，经历过两个十月，正当冬枣上市的节令，可从来没听说过冬枣。因为在封闭式管理下，一心只想着“通过劳动改造思想”，心无旁骛，且赶上一段“放开肚皮吃（饭）”的好事，已经挺满足了，又僻处海边，哪里顾得上打听土产，吃零嘴？一般的“人民群众”呢，忙着大跃进，忙着人民公社化，忙着土法炼钢，正是大炼钢铁需要柴火，娘娘河边古老的枣林，粗壮的老树，一夜之间砍了个光。不然的话，六百多年的古树，就不会只剩下今天聚馆的一百九十八棵。

人老了，旧事倒记得清：十岁前，我家前院有七棵枣树，白枣，嘎嘎枣，有名的郎家园的脆枣儿……不是冬枣。南风吹时，枣花淡香，秋风乍起，枣儿就半红，是我们孩子的恩物，“打枣”成了我们的狂欢节。“有枣没枣三竿子”，我们这些脱离乡村的城里人，对枣树的管理不只粗放，简直是粗暴，还说今年打得狠，明年结枣多，全是“棒打出孝子”的植物版。过冬，也只是用白灰给枣树刷一道裙子，防病防虫吧。到了夏天，照样长“洋刺子”，每年一棵树结不了多少枣儿，打一回尝尝鲜，再打一回就是收拾残余了。

这个聚馆除了近二百棵老树，还有不少新树，都经过嫁接，以生命力旺盛的酸枣作砧木，大概古已如此。为什么那么甜，那么脆，别名曾叫“落地酥”，绝对不能打，要登梯子一颗颗地摘；这里有“天时”（气候、光照、湿度等），也有“地利”（土壤成分、墒情等），我说不明白。我看到每棵树不但经过认真的剪枝，树身上还留着一道道“开甲”的痕迹，那是为了控制枝叶疯长，让营养集中到果实上去。没有世世代代种树人的爱心、经验和技术，就没有今天的冬枣。

说是明孝宗有个妃子生在沧州（不知是不是聚馆人），把她从小爱吃的冬枣，推荐给了皇帝，这个弘治帝在位十八年，正当哥伦布发现古巴前后，但他属于历代帝王中平庸之辈，也许唯有钦定冬枣为贡枣，倒算得上是有眼光有口味、值得记入史册的一笔。

五六百年前冬枣就那么好吃了，可见这个品种由来已久，在现任的黄骅市委书记笔下，说是“闻于秦皇，兴于汉武”，想来并无夸张。漫长的农业社会，培植一个农作物优良品种，没有数百数千年难见其功，——中国特有的菊花、莲花优良品种，是从什么年代流传下来的？

黄骅这个地方，上世纪四十年代才以八路军烈士黄骅的名字命名。之前叫韩村。然而这片土地上，七千年前就已有人劳作生息，近年出土的文物可证。战国时期在齐燕两国交界处，当地人说齐王出征得胜，聚臣下大宴于此，留下了“聚馆”之名。若说这年代太久，于史无征，可聚馆村西邻有个乾符村，这“乾符”二字，原是唐僖宗登基用的年号，过了两年，黄巢起事，往后全国长期陷入战乱中。黄巢、李克用们都没打到渤海边吧，这个村庄偏以“乾符”为名，是不是寄托着对大唐盛世的怀念，——谁知道呢？

然而，这里的冬枣树一年年生长着，一代代生长着，在世世代代农民手里成了缀满珍珠玛瑙的宝树。然而晚近多少年，贡枣之名渐杳，摧残之手频加，只有当地人还记得它。

我在一九九八年来过黄骅，还没有人对我说起冬枣。但那时当已有不少人在为改变冬枣的命运默默奋斗。二〇〇一年，黄骅被命名为“中国冬枣之乡”，二〇〇一年，“中国黄骅冬枣原产地域保护单位”和“绿色食品认证”获国家批准。今年五月，黄骅“聚馆古贡枣园”成了“国家重点文物保护单位”！

一说文物保护单位，我们想到的或是历史悠久的宫殿陵墓，或是驰名四方的名胜古迹，像这样拥有近二百棵仍然生机勃勃挂果累累的古枣树的园林，却是绝无仅有。这些“活化石”还在持续生长，在文物保护单位中另列为“其他”：既是经济作物，更是“文化作物”，不仅像其他文物一样需要守望保护，更需要呵护扶植，这是有生命的鲜活的文物啊。在这个意义上，我以为应该是“保护第一，发展第二”，切不可盲目扩种，要让每一株新树都像它的母本和祖辈一样，防止退化。当然还要防止假冒品牌，千万别像南方某一名茶，在产地村中都有人兜售假货。

黄骅冬枣渐为人知，多么不容易，且不说聚馆人从古至今操心费力的辛劳，也不说近年来各级干部的策划与经营，单说有一位从黄骅博物馆退休的女馆长，姓魏（对不住，缘悭一面，也没记住她的名字），她被市政府聘为顾问。据说，为了争取这个既是自然遗产又是文化遗产、既是物质性的又包含了非物质性因素的古贡枣园列入国家重点文物保护单位，她仆仆风尘于京沧路上；因为国内没有先例，不算百折不挠吧，也是否决一次，补充材料再来，再否决，再来……几经往复，直到二〇〇六年五月二十五日申报成功，留下这一段未曾宣扬的佳话，也为文物保护开拓了新视野。

在有六百多年树龄的古枣树前，我心里冒出“大我”这个词。过去说“大我”，多是从横向看，指的是相对于个人的特定群体；假如纵向看，就像这些枣树承前启后，绵延着物种的生命，也凝结着历代聚馆人的希望、梦想、心血和灵魂一样，我们一代代人，是先人的后人，也是后人的先人，无论个人或群体，都是无穷尽的人类历史链条上一个叫作“小我”的环节，站在这个角度看历史，看自己，心胸不是会更开阔、更充满希望吗？

二〇〇六年十一月四日

深秋，在月坛北街

假如我“冷不丁”说一句：“在月坛北街开了个拉德方斯门”，没人能听懂。——月坛北街在北京，拉得方斯在巴黎！——是不是全身麻醉还没醒透？

怎么全身麻醉？皆因我刚动了个“搭桥”手术，这是俗称，那手术的“学名”我记不住。

病名倒记住了，叫“冠状动脉粥样硬化”。五十四年前，我是在斯大林的讣告里，头一次听说，当时觉得这是个遥远的、陌生的名目，跟我不搭界，想不到过了半个世纪，今朝都到眼前来了。我跟斯大林，虽不“相怜”，却是“同病”啊！

那位大人物，因为说过他不呼叫谁也不许进他的寝室，且据说加上贝利亚的故意延迟，破门而入时他已经倒在地上，来不及安装“支架”或“搭桥”了（那时候似乎也还没发明这两项手术）。

我比他幸运，于是要到月坛北街住院手术。

月坛北街？说是住院部在红塔礼堂旁边。那方位我知道。这原是国家计委的内部礼堂，三十年前我的儿女都随学校来此看过电影。当时我在一个文工团打杂，常跟着舞台工作队到红塔礼堂装台。

那年月，记得有一天，新华社记者报道，说在北京全城，烟囱都冒着白烟不冒黑烟了，我正从红塔礼堂出来，向东一望，儿童医院那个方向，烟囱正咕嘟咕嘟大冒其黑烟。

躺在病房，从北窗可以看到茂密的行道树。这条街上公交车少，比较安静。往西不远，街口对面就是钓鱼台国宾馆。

心里有事，醒得早，天还没大亮，窗前那位病友，忽然无奈地说，这乌鸦真讨厌！我耳背，听不见乌鸦叫，用老眼去搜索，依然浓密的枝叶间，穿出一只喜鹊，喜鹊的叫声我熟悉，但好像没有叫，也许在专心地捉虫。这乌鸦和喜鹊，照病友的推测，都是栖息在钓鱼台里的，那里水木清华，为什么还要上街来觅食？

隔着窗，看不真切，行道树是白杨，但似还夹杂着别的树。白杨敏感，它的叶片一天到晚总在颤动。不过，只有二三级风的日子，说不上“白杨多悲风”。只是天渐渐暗下来，禁不住东想西想。想起从今年春夏之交，钟灵去世；秋天，黎焕颐去世。想起这次住院前不久，马文通从香港来电话，告诉我陆拂为在加拿大去世了，我立刻转告林斤澜的女儿布谷，问斤澜能不能承受这个噩耗，让她掂掇告不告诉她爸。斤澜、拂为，他们跟林昭曾经在苏南新闻学校同学……人生如寄，人竟比树木容易凋零！听着这些朋友的消息，真是“渐霜风凄紧，关河冷落，残照当楼”，让人感伤。

还好，病房里容不得你感伤。护士来送药，量血压，送饭员来登记菜饭，各家家属来探视，一时热热闹闹。因为同室的另外两位病友也都在等待手术，免不了忐忑不安，我忙给他们贴安民告示：我的老伴，整整五十一年前，因先天性动脉导管未闭，就到当时设在黑山扈的解放军胸科医院做手术，开胸结扎。那就是这家心血管病医院的前身。你们看到了，半个世纪过去，一切安好，还不放心？

我就是怀着对医生的信心，对自己的信心，“梳妆打扮，送上门去”，上了手术台。

据说是在手术结束后三小时，我从麻醉中醒来。先在楼上CTU，然后回到有监护设备的两人病房，进入从来没有过的体验。

最突出的是口渴。事前早听护理人员讲过术后要控制饮水，但没想到是这样口渴难耐，不但切身懂得了什么叫“口干舌燥”“舌敝唇焦”，舌头不听使唤了，而且看看手和胳臂，皮肤变干，纹理变粗，使你不由得想起木乃伊——也就是干尸形成的机理。

不是有意去想象，我硬是觉得自己身在沙漠或戈壁，四顾无人，更不知绿洲在哪里，干渴中沉沉睡去。欲醒未醒，仿佛有人告诉我，我的身体是躺在“三国大地”上——就是三国时“千里无鸡鸣”的中原大地吗？我难道是散落在那干旱土地上的白骨？

明知道自己睡糊涂了，可还得想办法接着往下睡。一个屡试不爽的老办法，是从小母亲教给我的，连续念叨“阿弥陀佛，阿弥陀佛……”似睡非睡中我还想，应该念“南无阿弥陀佛”，但念了“南无”，想不起下面的词“弥赛亚，米修斯，米歇尔……”，绕一个大圈才找到“阿弥陀佛”，该是许久没念佛的缘故吧，终于费力地睡去。

白天好过，夜晚怕醒，醒了只能睁着眼睛看窗户。这里的窗外没有树，远处楼房只剩下几盏灯光，与我无关。窗玻璃背景是黑色，上面映出一方亮光（后来弄明白那是从病房门上的横窗透进来的）。望着望着，那一方光亮幻化出拉德方斯门，方门，开阔而宏伟，钢结构的吧，衬着高远的蓝天，还有流动的闪光的白云……我仿佛从协和广场向西，穿过凯旋门，一直朝着拉德方斯门：是步行？是乘车？全无感觉，我只知道，我的窄窄的四条血管，像小巷塞车一样，已经很久很久了，现在却一朝开通，车如流水马如龙，足可并驾向拉德方斯门驶去。

啊，在月坛北街开了个拉德方斯门！

这才叫"心旷——神怡"。

当冠状动脉的血管堵塞超过百分之七十五（如下水道管子内壁上挂满铁锈）时，心不能旷，神不能怡。

终于一天比一天好起来，允许多少吃一点润口的水果，每天也可以喝若干克的水了，嘴里逐渐恢复了接近正常的感觉，在床上的玄想因而越来越自由，也越来越实际了，既不再如卧"沙场"与口渴较劲，也不再重温拉德方斯门前的"心旷神怡"，而回到了此时此地的月坛北街。月坛北街东头二号楼里就是吴栾赵阎律师事务所，那里有帮助我们打过版权官司的可敬的律师们；而离我更近的，是在我们住院部南面不远，便是月坛南街，那条街路北六十九号一座楼里，有我每期必读的《炎黄春秋》杂志的编辑部，可敬的编辑先生女士们正在忙着发明年第一期的稿子吧？他们都不知道，在相距不远处一张病床上，有一个人在为他们祝福。

我自己首先有一种幸福感。因为我忽然忆起了曾经的不幸。恰恰五十年前，一九五七年的深秋，我被置之于虚拟的手术床上，接受一场标榜"治病救人"的大手术。我听着刀剪乞吃咔嚓地在我身上响了一阵，伤口还没有缝合，流血还没有止住，疼痛彻骨钻心。一看，"治病救人"的大夫们全已散尽，原来他们开庆功会去了……这比肉体痛苦更大的痛楚，我在《沉船》中写过。肉体的痛苦会过去，这种精神的痛楚却是刻骨铭心的。

然而，半个世纪之后，我在月坛北街，领略了实实在在的“治病救人”，那来自第一等的医院、第一等的医生、第一等的护理的恩惠。自然，在这个过程中，还有我第一等的女、婿、儿、媳，第一等的金婚老伴，他们共同给我的余生一个新的起点。

出院时，我想，我是潘世伟医生改编过的一件“作品”，我一定要在术后康复期谨遵医嘱，成为他众多的“优秀作品”之一。

当我这样说的时候，你能想象我浸沉其中的愉悦和欣慰。然而，当我转念一想，在我们这片土地上，还有几亿人不能获得应有的医疗，有病只能“扛着”时，我的心情转而黯淡了。

二〇〇七年十二月十七日，手术后两个月整

学外文

有人问过我，什么是一生最大的遗憾。我说，是没有学好外文。

我知道，这样的回答，也许会让提问者感到遗憾，因为这既不涉及真理的追求，也不涉及天下的大事，学没学好外文算得了什么呢？

据报道，记者从北师大校方采访到，我所尊敬的启功先生在病床上的最后一句话，是希望台湾早日回归，完成国家统一大业，云云。这翻译成另一种表述，就是以台湾尚未回归为憾了。

启功老先生这一句类似政治遗嘱的话，还真是掷地有声，像是陆游的“王师北定中原日，家祭无忘告乃翁”似的。

我只能自惭心胸窄，器局小，或是“政治化”不够了。

不过，没学好外文，确实是我不止一次感到的遗憾。当然，准确地说，应该是我平生的遗憾之一。

闭关锁国时，用不着外文。不通外文好，绝无里通外国的嫌疑。

而最初深感此憾，已是上世纪八十年代的“现代派热”时，大量被称为现代派或现代主义的小说、诗歌引进来，为之鼓吹的文章，以及反对的声音，响成一片。那时我认定了，像袁可嘉先生这样通晓外文，并且自己写诗、懂得诗的人所介绍，所评论，我是相信的；对于不懂外文却跟着吆喝的，却总是心存戒备，至少是疑虑。因为经验告诉我，所谓文坛上，善于起哄的人太多了。每到这时候就想，如果我哪怕学好一种外文，或哪怕是粗通，于辨识真伪，谨防受骗，当会有把握得多。

后来，过了这段热潮，我仍然感到不通外文是遗憾的。因为对外开放，资讯涌来，如果能直接阅读，就会快捷得多。不管怎么说，会在自己眼前，洞开一大扇通风采光的窗户，令我神往，而我只能羡慕别人了。

我跟许多同辈人一样，年轻时所读的外国文学，多是十八九世纪的名著，对于二十世纪的外国文学特别是战后的作品，知之甚少，须要“补课”。越到晚近，发现不少文学翻译的译笔不尽如人意处越多了。

一般的新闻报道，社会政治资讯，求其快，是第一位的，尤其是网络上所传，谁都不会过分计较技术性的差错。但读文学作品，若发现是以翻译新闻或广告的译笔弄出来的粗糙货，还谈得到审美的愉悦吗？

曾经听同行们谈到稿酬问题时，也议论到翻译稿酬，但没把它跟翻译的质量问题联系起来。最近看到某媒体在一家著名高校的英语专业所作问卷调查，发现这个问题，也像我们面临的许多问题一样，“到了非解决不可的时候”了。因为文学翻译已经出现断档的危机，如上所述已见端倪，而从外语专业在校生的心理趋向看，更大的危机还在后头。看答卷，大约有47位同学，对文学翻译有兴趣的，约占35%左右；在同等收入情况下愿意从事文学翻译的，约有四分之一左右；可是问到在目前稿酬情况下，还愿意从事文学翻译的有多少，全班就只剩5%了，也就是2个人吧。

国家以经济建设为中心，除了国家机关招考公务员外，国企、私企、外企都需要外语人才，文学翻译没有理由凌驾于政治经济之上，但文学翻译毕竟有其独特性，甚至可说有超乎前者的更高要求（在这一点上，学术特别是人文学科专业的翻译也是一样的）。“又要马儿跑，又要马儿不吃草”是行不通的，在市场经济的时代，你凭什么以“安贫乐‘道’”要求于任何从业人员呢？

我于外国文学，只是一个读者，我由此想到，如果我有阅读原著的能力，就不受翻译质量下降的影响了。但我这是一句空话。在广大读者，恐怕也还远远达不到都来看原著的理想境界。你即使懂一种外语，能不能读它的文学作品还是问题，何况世界上不光有英语文学，还有法语文学、德语文学、西班牙语文学、阿拉伯语文学、印度文学、俄罗斯文学、日本文学，以及其他小语种的文学呢。

在国家生活的各个领域，翻译是不可或缺的。在人们精神生活的领域，文学翻译——高质量的文学翻译同样是不可缺少的。

文学翻译的圈内人，当然比我更了解情况。但我这圈外的读者已经感到了切肤之痛，只不过想不出什么办法就是了。

二〇一〇年四月十日

〔附白〕

从近期的《东方早报·书评周刊》，读到陈引驰先生的一篇文章，其标题《“柳河东诗”何以成了“六和通史”》，就提供了一个于中国文史有知识欠缺的译者在翻译外国汉学家著作时的低级错误，文中列举了诸多翻译问题，对我们一般读者来说，就是再一次表明，不是什么人都可以翻译学术著作的，如同不是什么人都可以翻译文学作品一样。一个能做口译的人，如果对中国文化知之不多，尚且不可能成为一个合格的导游；即使是一个合格乃至优秀的导游，是否就能从事文学或学术翻译呢？——这是个“伪问题”，抑或只是个“傻问题”？

太匆匆

这是一个中国古人的呼唤：

“陌上花开，宜缓缓归矣。”

不是大声叫喊，是轻声细语，千年之下，能听出一脉温情。

召唤者这里，陌上花开了；应声者那里，陌上花也开了。于是打点行囊上路。

呼唤的不止一家，应声的不止一人，阳春烟景，到处陌上花都开了。

是游子还乡？是亲人团聚？该不是杨绛所说——特指的“回家”？

我不用人喊回家，我就身在家中。

那年有人引用丰子恺，他说人生好像在车厢，一站一站地行走，有人在这站下车了，有人在那站下车了，李白说日月光阴是过客，他说每个人都是过客。

我则说人生好比住店，也是李白所说天地者万物之逆旅的意思，不过不能席地露天，于是有人住高级宾馆，有人住鸡毛小店，其间人在旅途，也辗转迁徙，随行就市，谁也不能赖住不走，有的从总统套房移居铁窗，也像有人从穷乡僻壤乔迁到星级酒店一样，常有的事，不必大惊小怪。

我与朱正，一九九〇年七月在虎坊路宿舍中“切磋”，天更热时，索性就背心短裤相对畅谈了

萧乾在八十年代写过一本自述生平的小书，收入湖南出版的“骆驼丛书”，书名《搬家史》。可不是，一个人的经历，说穿了就是一个人的搬家史。一个系统、一个单位也是。听说崔永元在广播学院上学的时候，就挺调皮，他在“人民广播事业史”的课上，说广播史就是广播电台搬家史，一语惊人，但想想，不错嘛，从陕北而河北而北平，正如中国共产党取得全国政权，不也经过从上海到江西到陕甘宁再到平山直到“进京”这样一条搬家路线，在这过程中又在各地城乡行军路上留下诸多细碎的搬家地址吗？

拿我自己来说，参加工作前，跟着家人搬过一次家，从礼士胡同搬到船板胡同，一九四九年春跟着华北大学搬过一次家，从北平铁狮子胡同搬到正定天主堂，这年夏天回到古城参加广播电台工作后，电台宿舍就不断搬家：护国寺麻花胡同发射台，西单武功卫胡同金城旅社，王府井西边南河沿，西城北沟沿屯绢胡同，六部口电台后楼，复兴门外真武庙粉楼，灰楼，结婚了住进家属院老三〇二宿舍，然后是下放劳改，又回到这个老三〇二，在院里一共三易其居，再搬到十二层，又搬到劲松三〇七楼，才告别了广播电台的宿舍。不知者看这是一串不相干的地名，我自己和我的家人以至同事，凡知我者，多也知道这些宿舍，平房与楼房，大半已经拆迁，甚至连街道、胡同都找不到了，虽大城市如北京者，也有这么样的沧海桑田。

近三十年，前一半我搬到纪晓岚住过的宣南虎坊桥，后又迁到广渠门（也有旧名沙涡门）外原先叫南磨房乡老虎洞村所在的一座塔楼。此地前临潘家园路，有现已闻名世界的“旧货市场”。我初迁来时，还寻访过“潘家园”有什么典故，后来故老相告，原来是“潘家窑”的“雅化”，正如附近有名的“国贸”站之与旧

上世纪末我迁居潘家园，新居首迎的贵客是章诒和与我们共同的前辈文化学者王世襄先生，我们请客居广州、专程来京的厨艺爱好者土哥就近来我家，向王老献艺请教。他携带部分炊具和食材前来。他亲手做的一道汤得到王老首肯，满心欢喜不胜感奋称“大北窑”并用，从那里往东还有“窑湖桥”，表明这一带曾是京城近郊砖瓦窑较多的地方。

想想萧乾之所谓搬家史，想想我说过的人生好比住店，行年八十，如果没有特殊的变动，我或将终老于此欤？

两个月前，这住了将近十五年的房子开始装修，这该是我此生经历的最后一次装修。前前后后，参与清理图书报刊，干的是力所能及的体力活儿，我以为，虽是原地不动，实际上等于又搬了一次家。“陌上花开，宜缓缓归矣”，花开了否？不知道，因为我关在房里倒腾“百年无废纸”的宝贝呢。

手眼忙着，有时腿脚也忙着，忽从心底冒出几行俚句：

新纸堆连旧纸堆，
百年只怕化灰飞。
文阡字陌花开晚，
何日花开再说归。

这就颇有恋栈之意了。

人之所以为人，是因为人是有记忆的，对自己和周围或大或小范围里的人群的历史记忆。故纸成堆，唤起了早已尘封的甚至遗忘的往事、旧人片断印象，竟至辨不清是恍如隔夜，还是恍如隔世？

人老了，近期记忆有时水过无痕，而远期记忆有刻骨铭心者，只要一提头，历历如在眼前，好像昨天的事。

倒是近年一些事，往往记不真切了，一经看到什么片纸只字，努力回想，却已时过境迁，人事两非，好像非常遥远了。

不是造化弄人，可谓记忆弄人。而记忆是基于自己的意识，怪得了谁呢？

其实，从整个人类更不用说从宇宙的发展来看，三十年、六十年、八十年以至一百年，真如白驹之过隙，而人生不过百年（像周有光、黄慕兰这样寿超百岁的老人，虽似渐多，至少目前还属特例），除了苦难岁月易感度日如年，而回首前尘，终也不免惆怅岁月如流，人到晚年，更兴叹去日苦多，来日苦短，“林花谢了春红，太匆匆”。我们从小时候就读朱自清先生写的《匆匆》，“燕子去了，有再来的时候，花儿谢了，有再开的时候……”长大了听新疆《青春舞曲》也有同样的表述，“太阳下山明天依旧爬上来，花儿谢了明年还是一样地开，美丽小鸟飞去无影踪，我的青春小鸟一样不回来”（不知道是维吾尔文原词译出，还是王洛宾先生编写填词）。好像不分地区，不分民族，人同此心，心同此理，这不是坏事，它有积极的意义，提醒我们珍惜时间，珍惜生命，“未觉池塘春草梦，阶前梧叶已秋声”，生也有涯，“莫把这似水光阴空过了”吧。

二〇一二年四月二十九日

赵武平《人如其读》序

我接到赵武平先生来信时，正好在读林贤治先生的《中国散文五十年》，而且正好读到第三十页所引鲁迅的话：

鲁迅在一篇文章里说到散文时说，“用秕谷来养青年，是决不会壮大的，将来的成就，且要更渺小”；结束呼吁道：“甘为泥土的作者和译者的奋斗，是已经到了万不可缓的时候了，这就是竭力运输些切实的精神的粮食，放在青年们的周围，一面将那些聋哑的制造者送回黑洞和朱门里面去。”

这里说到作者的同时，还说到了译者。鲁迅在可诅咒的地方，可诅咒的时代，呼唤砸破黑暗的铁屋，睁开眼睛看世界。他赞美“盗天火”的人，自己也参与进去，甚至说过用天火煮自己的肉一类的话。他对把外国有价值的书翻译为中文，而且不限于文学作品，是寄予殷切期望的。

正是鲁迅那一代人，从二十世纪初特别是“五四运动”前后，积极地“拿来”国外的先进文化，还有继起的一两代人，包括“巴金那派翻译家”，才使得像我这样的三十年代生人，能够受到与父辈不同的新式教育，从教室里的课文、课外的读物以至音乐、美术各方面，得沐所谓欧风美雨，也听到当时称为弱小民族的呻吟和呐喊。

我平生的重大遗憾之一，是没有学好任何一种外文，以直接阅读外文原著汲取营养。作为一个幼小就爱好文学的偏科学生，从安徒生童话和梁启超译的《十五小豪杰》，到十八、十九世纪各国文学的经典作品，都是借助于当时译者的文笔才能大开眼界的。尽管现在不少翻译界的后起之秀，指出早期译者由于转译和外文程度等原因，不免有许多误译，不能尽如人意，以致不得不由新的较好的译本取代，但我对不少已被淘汰的译本的译者，仍然怀着感恩之心。毕竟是他们在我精神饥渴的少年时代，让我看到了外面的世界，甚至也看到“黑暗王国的一线光明”。何况我知道当时的翻译家们，往往是在穷困潦倒的处境孜孜不倦地工作，即使有人直接的目的是拿译稿换一饭之资，他们也绝不同于今天盗窃前人译笔招摇撞骗的驵侩之流啊！

除了翻译以外，许多翻译家同时是外国文学、外国文化的研究家，并且写得一手优美的散文。其中也透露了翻译的甘苦。然而就我近年所见，似乎除了杨宪益、高莽偶然提到以外，只有周克希写的书把译者的劳动说得引人入胜。我是很希望多看一些这样的随笔的，正如当年为巴乌斯托夫斯基的《金蔷薇》所倾倒，就是因为他诗意地描绘了文学家艺术家的创造性劳动一样。

现在赵武平的这本人文随笔，我一口气看了。正是我期待的一种。他自己译书，又从事译文的编辑出版工作有年，并为此而在国内外奔波，连走访带淘书，日积月累，在写书人书事的时候，特别是涉及翻译家、外国书和外国作家，不须做文抄公，第一手信息多得是，信手拈来。像捷克流亡作家昆德拉，在巴黎左岸一条小巷中深居简出，人称“隐士”，武平却登其堂入其室，为之勾勒了一幅素描。又如日本的村上春树，人们熟悉他的“挪威森林”，却不一定明白他何以决绝地表示不来中国的隐衷，武平却以他对村上非小说作品的熟知，从他的旅行笔记破解了这个秘密，且直言不讳地揭示出来。

书中对一些前辈文人、外国作家逸闻趣事的回忆和记述，还有访书、得书以至失书一类“书话”，都写得隽永有味。但作者好像不安于此，他尤其有意无意地要突破多年来悄悄形成的“书话”一类文字的规范，追求“书话的别样写法”。因此，在他笔下，不但有了指摘译品的《救鱼免溺》《告诉世界的方式》——在后一文中提出译者属于“传媒”的范畴：“译者如记者，是‘传媒’的一种，拥有的权力是如实传播真相，译文或者报道中不该有传媒的‘私货’。”还有了如《人如其读》《解药》《从孔子到斯诺的暗示》《寓言的悲剧》这样“吱吱喳喳发议论”之作，婉而多讽，完全可以选入“年度杂文”中去了。

大约一九三六年，何其芳以唯美的散文集《画梦录》获天津《大公报》文艺奖后，曾说，“从此我要吱吱喳喳发议论”，因为日本入侵之势日亟，抗日救亡成了全国的主题，不宜再耽于空灵和缥缈、闲适与缠绵了。我也是惯于街谈巷议的，并非书斋中人，吱吱喳喳话已嫌多，就此打住。

二〇一二年清明

落叶也非无情物

已是阳历十一月杪，雨雪放晴三四天，气候稳定。趁薄日出门散步。

见一溜垂柳转疏变黄，夹道上落叶枕藉，不止一层，无人打扫，任雪化为水，又结成冰，乱步杂沓，想见日久会成了混入泥土化为腐殖质吧。

腐殖质这个术语，还是小学自然课上学来的，那时小楷字帖《长恨歌》上还有“落叶满阶红不扫”，可见西宫南内也难免荒芜，忽又想到诗里的“宛转蛾眉马前死”，死者已矣，眼前地下数不清的“柳叶眉”，还不是纷纷就死吗？然而，那边高树大叶子，在人们脚下不免轧轧作声，这边窄窄的柳叶一声不响，好像安然接受了这一切，令人心宽。

记得公木老师上世纪八十年代写过一首《落叶》。老诗人晚年，“落日心犹壮”，教学著书不息，要追回沦为“右派”后失去的时间。偶有诗作，却多写人生感悟、老人心境。这首诗所抒发的，近于龚自珍“落红不是无情物，化作春泥更护花”的意思，垂老之年略作回顾，随时准备像落叶那样归于泥土……写得通达平静，是自勉也是自慰。

龚诗出自由衷的真诚，但仍带几分浪漫色彩，毕竟年未半百，那不曾消磨净尽的俊逸的爽气，仍从笔端流出。公木之诗，则是年已耄耋的老人，壮志豪情沉淀久久，与其说诉诸他者，倒更像默默独语的自誓了。

公木于我是前辈，他以“临终的眼”看世界，又以临终的心说出最后的志愿。那么晚辈如我，亦届暮年，见叶落而不惊秋，见落叶归土亦无伤怀，总算不负师教。我辈草芥，毕生不是红花，因缘凑合，似曾勉为绿叶，然则叶落随风，物情之常，终成腐殖质是必然无疑的，是否能当春护花，只看天意了。不是吗？

但愿此文，不使读到它的朋友生衰飒之感，足矣。至于算你是有情还是无情，无所谓了也。

二〇一五年十一月十九日

寄慰袁鹰老友

我因重听，老伴替我接电话。今天一位友人相告，袁鹰先生的夫人，吴芸红大姐去世了。

我和芸红大姐不熟，虽然早年也给她在团中央少儿部主持的有关刊物写过儿童诗，但只是一般作者和编者的关系。我和袁鹰从一九五四年订交，可谓“平生风义兼师友”，至今已过六十年。我知道他们多年来相依相守，身边相伴的只有一个小时候在十年动乱环境中致残的幼女。如今芸红离去，病父残女将何以堪！

去年年末，还接到袁鹰夫妇寄赠亲友的贺年卡，印的是他们伉俪摄于抗战胜利七十周年的双人照，都在胸前佩戴了纪念章，笑盈盈的，流露出满怀由衷的喜悦。照片上方题写着：

燕祥、文秀老友：

敬祝新春全家幸福！

满眼风光又一年，

欢欢喜喜看新天。

愿花长好人长健，

恬静安康胜似仙。

袁鹰吴芸红同贺

二〇一五年岁暮

看到照片上的老夫妇，虽然袁鹰病后明显消瘦，但都挺精神的，我也是满心的欢喜。一时，我就写了一首七律作答：

岂有闲情悲逝水，但从来路鉴初心。

青丝白发偕形影，信史诤言潜苦辛。

沧海惯经潮涨落，文场频遇祸纷纭。

百年患难夫妻在，赢得诗情天籁真。

二〇一五年十二月二十七日

在这之前，二〇一三年秋，袁鹰八秩有八的生辰前后，我也曾偶成一诗写呈：

六十年前逛北京，回音壁忆小丁丁。

沧桑云狗匆匆换，雨电风霆岁岁惊。

王府井难寻井址，虎坊桥只剩桥名。

燕台来去云游客，空见高楼逼禁城。

二〇一三年十月十九日

一九五一年中央人民广播电台开办对少年儿童广播节目，向我约稿，我刚好看到袁鹰一九五〇年出版的《小丁丁游历北京城》，是他初访北京后写的一本有趣的童书，其中写天坛回音壁的一章启发了我，为少儿节目写了一首《过队日我们上天坛》，朗诵播出，反响不错。其时我还不认识袁鹰，不知他是何许人。后来我知道他的夫人（那时都还称为“爱人”）吴芸红是在上海被广大少儿读者热爱的“知心姐姐”。袁鹰在编报纸、写散文的同时，大量为孩子写作，原来是“妇唱夫随”，也是对芸红大姐工作的呼应和支持。

一九五四年夏天，宋庆龄先生的中国福利会破天荒举办第一届全国优秀儿童文学创作评奖。袁鹰和我各以一首叙事诗同获二等奖。我当时出差在长春汽车厂工地，未及参加授奖仪式，不然就会跟袁鹰在会场碰面了。

这年秋后，《中国少年报》开作者座谈会，我和袁鹰在会前一刻就循名相认了。那年我二十出头，他也还不到三十岁，当然他是兄长，一团和气的笑脸，从那时到暮年，是长期的“品牌”。

后来，我们的“君子之交”历经起伏不断的风波，包括一二十年的被迫暌隔，终于在上世纪七八十年代之交得以延续。他在一九七八年受人民文学出版社之邀，参加编选一套“1949—1979儿童文学”从书里的《诗选》，亲自跑到虎坊路的诗刊社来找我，于是我们有了一次愉快的合作。

转眼到了一九八五年秋，忘记了是逢到什么际会，我写了一首打油诗赠袁鹰：

相交三十一春秋，昨夜西风俱白头。
秋水频惊芳草梦，金台遥接北塘楼。
敢担道义何慷慨，漫写悲欢岂矫揉？
大度应容情万斛，笑他如棍复如钩。

一九八五年十二月二十五日

（此诗原有注：“秋水”“悲欢”俱袁鹰散文集名；“北塘楼”为袁鹰忆旧篇名。金台云云，袁住所盖在金台路也。）

又是斗转星移，一晃三十年，当时“打油”，乃调侃他大腹便便，正是“春风大雅能容物”，使我们如坐春风，自与“如棍复如钩”之辈截然不同。

袁鹰在家里可不是“撒手大掌柜”，不免操劳，跌跤骨折，不意由此引起连锁反应，竟致长期卧床了。又遭丧妻之痛，更是雪上加霜。无以为慰，写这篇小文，缕述交谊始末，重温在漫长岁月里的友情。我们虽从青壮洎于暮年，但我们都不是孤独的。经过一个把人性、人情都加以横扫的年代，能把诚挚的友谊保持下来，是多么不容易。我说过我的朋友是我的“财富”，袁鹰比我的经历丰富，他的朋友更多，年长的，年轻的，互相存问相煦间，让我们不须惆怅，不伤迟暮，过好每一天的日子。

二〇一六年六月二日